三國志

＊

박상률 완역 삼국지 8

＊

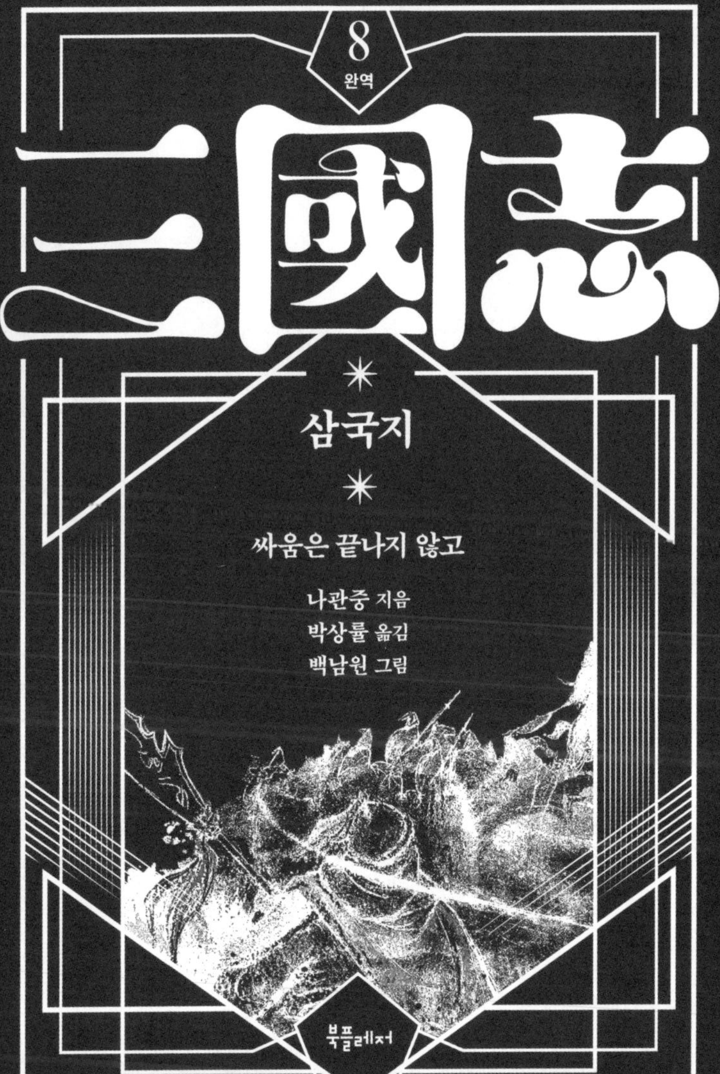

三國志

완역

8

삼국지

싸움은 끝나지 않고

나관중 지음
박상률 옮김
백남원 그림

북플레저

사마의
자는 중달. 하내 온현 사람이다. 생각이 깊고
인내심이 강해 조조와 조비·조예에 이르기
까지 세 임금의 신임을 받는다. 겉으로는 조
심스럽고 속을 드러내지 않으며, 점차 세력
을 넓혀 나라의 권력을 거머쥔다.

맹획
남만의 왕. 제갈량이 남
쪽을 정벌할 때 일곱 번
사로잡혔으나, 그때마다
진심으로 항복하지 않아
매번 풀려난다.

마속
자는 유상. 양양 의성 사람으로, 마씨 다
섯 형제 중 막내다. 제갈량의 신임을 받
아 중용되었고, 가정 싸움에서 조운과
함께 출전해 군을 이끈다.

조예

자는 원중. 조비의 뒤를 이어 위나
라의 두 번째 황제가 된다. 조진·
진군·사마의의 보좌를 받으며 촉
과 오의 공격을 막아낸다.

등지

자는 백묘. 의양 신야 사람. 학식
이 깊고 말솜씨가 뛰어나 사신으
로 활약하며, 오나라와의 동맹을
다시 이어놓는다.

유선

자는 공사. 유비의 아들이며, 장판에서 조
운이 구한 아두가 바로 그다. 유비의 뒤를
이어 촉의 황제 자리에 오른다.

강유

자는 백약. 천수 기현 사람이다. 제갈량의 뒤를
이어 촉의 군사를 이끌었으며, 무예와 지략을 겸
비해 촉의 마지막까지 전장을 누빈다.

제갈량의 남만 정벌 (225년)

제갈량은 대군을 이끌고 남하하여 고정·옹개·
주포 등 남만 세력을 토벌하고 맹획을 여러 차
례 사로잡았다. 그러나 끝내 풀어주며 무력보다
덕으로 남만을 다스리고자 했다.

제갈량의 제1차 북벌

본문 참고 : 제95회 석 자 거문고로 사마의의
대군을 물리친 제갈량

가정 싸움과 공성계(228년)

제갈량은 제1차 북벌에서 기산을 거점으로 진격했으나, 가정을 지키던 마속이 패하며 큰 손실을 입었다. 그러나 서성에서 거문고를 타는 공성계로 사마의의 대군을 물리쳐 위기를 넘겼다.

이 지도는 이해를 돕기 위해 정사 삼국지를 바탕으로 한 것으로, 소설 속 삼국지와 일부 차이가 있을 수 있습니다.

차례

일러두기

1. 옮길 때 바탕으로 삼은 책은 중국의 강소고적출판사江蘇古籍出版社에서
   1999년에 펴낸《수상삼국연의繡像三國演義》이다.

2. 각 권 및 각 회의 제목은 원문에 없어 옮긴이가 달았다.

3. 본문에 나오는 열두 달의 월은 원문 그대로 따랐다.

4. 황제·왕·임금 따위의 부르거나 가리키는 말은 될 수 있으면 객관적으로 썼다.
   특별히 유비를 선주, 유선을 후주 하는 식으로 따로 대우하지 않았다.

5. 짐朕/고孤·신臣·경卿 등은 나·저·그대 등 우리 시대에 맞는 말투로 바꾸었다.
   굳이 봉건시대에 쓰던 그대로 할 까닭이 없어서였다.

6. 사람 이름은 대화문에서는 자, 호, 벼슬 이름, 고향 이름 등 부르는 사람의
   처지에서 쓰는 대로 했으나, 지문에서는 본디 이름으로 통일하여 썼다.

7. 숫자는 대화문 속에서는 우리말로 소리 나는 그대로 적고, 지문에서는
   아라비아숫자로 적는 것을 기준으로 했다.

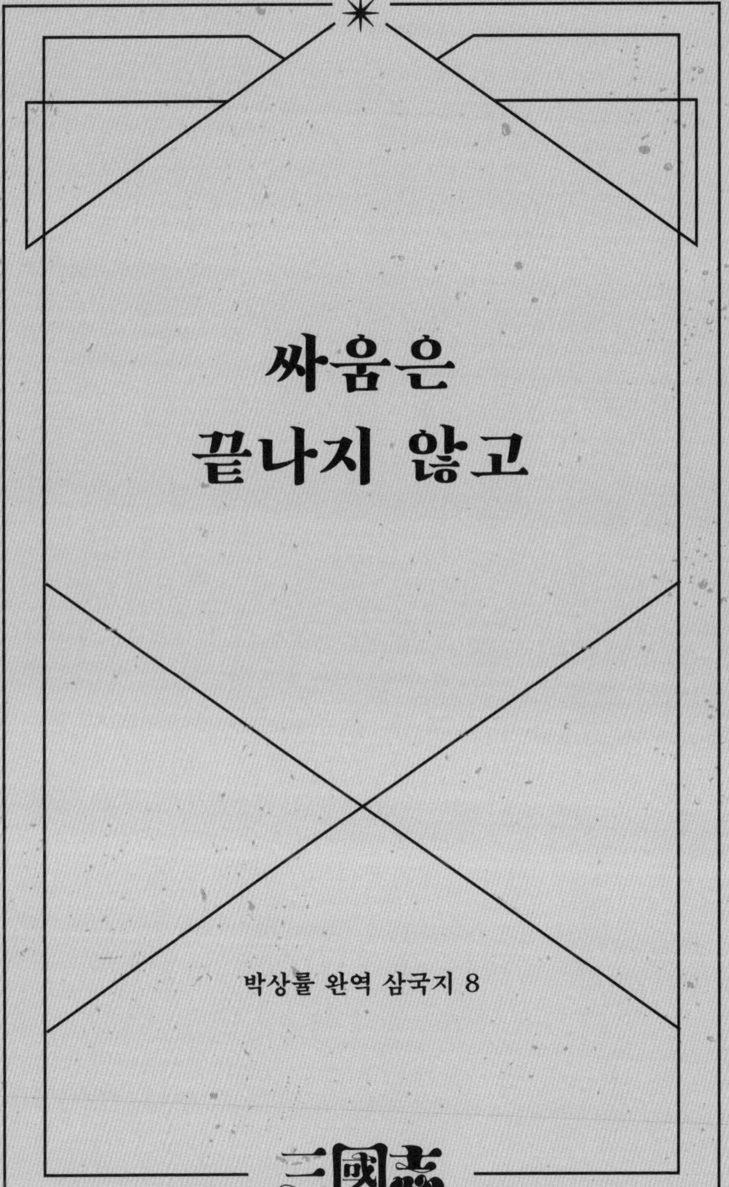

싸움은
끝나지 않고

박상률 완역 삼국지 8

三國志

백제성에서 죽는 유비

유비는 아들을 부탁하는 유언을 하고
제갈량은 앉아서 다섯 갈래 적을 무너뜨리다

장무 2년 여름 6월, 동오의 육손은 촉군을 효정 이릉 땅에서 크게 깨뜨렸다. 그 바람에 유비는 백제성으로 쫓겨 들어가고, 조운이 군사들을 이끌고 성을 지켰다. 그때 마량이 왔다. 마량은 대군이 이미 싸움에 진 걸 보자 무척 안타까워하며 제갈량이 한 말을 유비에게 전했다.

유비가 한숨을 길게 내쉬었다.

"내가 승상의 말을 일찍 들었으면 오늘 이 꼴이 되지는 않았을 텐데! 내 무슨 낯짝으로 성도로 돌아가 신하들을 보겠는가!"

유비는 그대로 백제성에 머물기로 하고, 눌러 지내는 숙소를 영안궁이라고 이름 붙였다.

풍습·장남·부동·정기·사마가 등이 나라를 위해 싸우다 죽었다는 소식이 들어왔다. 이에 유비는 가슴 찢어지는 아픔을 어찌할 수가 없었다. 그러고 있는데 곁에서 모시는 이가 또 보고했다.

"황권이 강북 군사들을 이끌고 위로 가서 항복해버렸습니다. 폐하께서는 그 사람 가족들을 잡아다 죄를 물으라 하십시오."

유비가 말했다.

"황권은 오군이 강 북쪽을 끊는 바람에 돌아갈 길이 막혀 위에 항복할 수밖에 없었을 거요. 이는 내가 황권을 저버린 꼴이지 황권이 나를 버린 게 아니오. 어찌 그 사람 가족들에게 죄를 물을 수 있겠소?"

유비는 오히려 황권의 가족에게 녹으로 주는 쌀을 계속 대주라고 했다.

한편 황권이 위에 항복하자 장수들은 그를 조비한테 데려갔다.

조비가 말했다.

"그대가 지금 나한테 항복하였는데, 그 옛날 진평과 한신

    박상률 완역 삼국지 8

처럼 하기 위해서인가?”

황권이 울며 말했다.

“저는 촉 황제의 두터운 은혜를 입은 사람입니다. 저에게 강북의 군사를 모두 맡겼는데 육손이 길을 끊어버려 촉으로 돌아갈 수 없게 되어버렸습니다. 그렇다고 오에 항복할 수는 없는 일이어서 폐하께 와서 항복했습니다. 싸움에 진 장수로서 목숨을 건진 일만도 다행인데, 어찌 부끄럽게 옛사람들 흉내를 내겠습니까!”

조비는 무척 좋아라 하며 황권을 진남장군으로 삼으려 했으나 황권은 애써 사양하며 받지 않았다. 그때 곁에서 모시는 이가 들어와 보고했다.

“촉에서 염탐꾼이 왔는데, 촉 임금이 황권 장군의 가족을 다 죽였다 합니다.”

황권이 말했다.

“저와 촉 임금은 서로 믿음이 깊습니다. 제 속마음을 다 아실 터라 절대로 제 가족을 죽이지 않았을 겁니다.”

조비가 고개를 끄덕였다.

나중에 어떤 사람이 황권을 꾸짖는 시를 지어 읊었다.

오에 항복할 수 없어 위에 항복했다네

충성과 의로움이 있다면 어찌 두 임금을 섬길 수 있나

안타까운 일이로다, 제때 죽지 못한 황권이여
역사는 그 일을 결코 가벼이 여기지 않으리

조비가 가후에게 물었다.

"내가 천하를 통일하려면 촉과 오 가운데 어디를 먼저 무찔러야겠소?"

가후가 대답했다.

"유비는 영웅입니다. 게다가 제갈량 같은 뛰어난 신하가 나라를 잘 다스리고 있습니다. 동오의 손권은 일 돌아가는 걸 잘 꿰뚫어볼 줄 압니다. 게다가 육손이 지금 험하고 중요한 자리마다 군사를 모아놓고 있고, 강과 호수를 끼고 있어 쉽게 해볼 수 없습니다. 제가 보기에 우리의 장수들 가운데에는 손권이나 유비를 해볼 만한 이가 없습니다. 비록 폐하께서 하늘 같은 무게와 자세로 밀어붙이신다 하더라도 아직은 다 잘되기를 바랄 수 없습니다. 그러니 굳게 지키면서 두 나라에 뭔가 바뀌는 일이 생기기를 기다려야 합니다."

조비가 말했다.

"나는 이미 대군을 세 길로 나누어 오를 치게 했는데, 어째서 이길 수 없다 하오?"

상서 유엽이 나서서 대답했다.

"요즘 동오의 육손은 칠십만 촉군을 깨뜨렸습니다. 그러니 위아래가 다 한마음이 되어 있습니다. 게다가 험한 강과 호수가 막고 있어 무찌르기가 쉽지 않습니다. 또 육손은 꾀가 많은 사람이라 반드시 준비를 하고 있을 터입니다.”

조비가 언짢은 표정을 지었다.

“그대는 저번에 나더러 오를 치라고 하더니 이젠 말라고 하니 어찌 된 일이오?”

유엽이 대답했다.

“사정이 그때와 달라졌기 때문입니다. 지난번에 동오는 촉군에게 여러 차례 지고 있던 때라 기운이 빠질 대로 빠져 있어서 칠 만했습니다. 그러나 지금은 싸움마다 이겨 기운이 백 배나 높아져 있습니다. 그래서 칠 때가 아닙니다.”

조비가 툭 내뱉었다.

“나는 이미 뜻을 굳혔으니 그대들은 더 말하지 마시오.”

조비는 어림군을 직접 이끌고 세 길로 나누어 나간 군사를 도우러 갔다. 이때 염탐꾼이 달려와 보고했다. 동오 쪽에서는 이미 준비를 하고 있다고 했다.

“여범이 군사를 이끌고 와 조휴를 막고 있고, 제갈근이 이끄는 군사는 남군에서 조진을 맞을 준비를 하고 있고, 주환이 이끄는 군사는 유수에서 조인을 막을 준비를 하고 있습니다.”

이에 유엽이 다시 말렸다.

"이미 준비를 하고 있다면 가보았자 좋을 일이 없을 듯합
니다."

그러나 조비는 끝내 말을 듣지 않고 군사를 이끌고 떠났다.

한편 오의 장수 주환은 나이가 27살밖에 되지 않았는데
도 배짱과 꾀가 뛰어나 손권이 무척 아꼈다. 그는 유수에서
군사를 거느리고 있다가 조인이 대군을 몰고 선계를 치러
온다는 소식을 들었다. 이에 거의 모든 군사를 선계로 보내
고, 말 탄 군사 5천 명만 데리고 성을 지키고 있었다. 이때
급한 보고가 들어왔다.

"조인의 대장 상조와 제갈건·왕쌍 들이 날래고 씩씩한
군사 오만 명을 몰고 유수성으로 나는 듯이 쳐들어오고 있
습니다."

군사들은 그 소식에 모두 벌벌 떨며 두려운 빛을 감추지
못했다.

주환이 칼을 잡고 말했다.

"이기고 지는 일은 장수 하기에 달려 있지, 군사가 많고
적은 것에 달려 있지 않다. 군사 다루는 책을 보면 '쳐들어
오는 군사가 지키는 군사의 배라 하더라도, 지키는 군사가
쳐들어오는 군사를 물리칠 수 있다'고 했다. 조인은 지금 천
릿길을 달려왔으므로 사람이고 말이고 모두 지쳐 있으리

　　　　　　　　　　　　

라. 우리가 있는 곳은 높다란 성으로, 남으로는 장강이 흐르고 북으로는 험한 산이 버티고 있다. 우리는 편안하게 앉아서 지친 적을 기다리고 있는 셈이다. 이런 때 주인은 손님을 쉽게 누를 수 있어 백 번 싸우면 백 번 이길 수 있다. 조비가 직접 쳐들어온다 해도 걱정할 필요 없는데, 조인 패거리쯤이야 들먹일 필요도 없다!”

주환은 군사들에게 깃발을 내리고 북소리를 내지 말라는 명령을 내렸다. 마치 지키는 이가 아무도 없는 듯이 한 것이다.

위의 앞장선 장수 상조는 날래고 씩씩한 군사를 몰고 유수성으로 달려오고 있었다. 멀리서 보니 성 위에 군사고 말이고 아무것도 보이지 않았다. 상조는 군사들을 재촉해 서둘러 나아갔다. 거의 성 가까이 이르렀을 때였다. 난데없이 쾅 소리가 울려퍼지더니 깃발들이 한꺼번에 일어섰다. 이어 주환이 칼을 비껴들고 나는 듯이 말을 달려나와 곧바로 상조에게 달려들었다. 채 3합도 다 싸우기 전에 주환은 상조를 단칼에 베어 말 아래로 고꾸라뜨렸다. 오군은 이긴 기운을 타고 한바탕 몰아쳤다. 위군은 크게 져 헤아릴 수 없을 정도로 많은 이가 죽어 나자빠졌다. 주환은 크게 이기고, 깃발이며 무기며 말을 셀 수 없이 많이 거두어들였다.

곧이어 조인이 군사를 이끌고 뒤쫓아왔다. 그러나 선계

에서 오군이 몰려와 덮치는 바람에 조인은 크게 지고 물러 갔다.

조인은 돌아가 조비를 보고 싸움에 크게 진 일을 자세히 보고했다. 조비는 깜짝 놀랐다. 곧바로 의논을 하고 있는데 염탐꾼이 달려와 보고했다.

"조진과 하후상이 남군을 에워쌌으나 안에서는 육손의 군사가 숨어 있다 몰려나오고, 밖에서는 제갈근의 군사가 숨어 있다 몰려와 안팎에서 치는 바람에 크게 지고 말았습니다."

말을 미처 끝맺기도 전에 염탐꾼이 또 하나 달려들어왔다.

"조휴도 여범한테 지고 말았습니다."

조비는 세 길로 나누어 간 군사가 모두 졌다는 말을 듣자 한숨을 길게 내쉬었다.

"내가 가후와 유엽의 말을 듣지 않았더니 이렇게 지는 꼴을 보고 말았구나!"

때는 한여름이라 돌림병이 크게 돌아 말 탄 군사, 일반 군사 가리지 않고 열에 예닐곱이 죽어나갔다. 조비는 어쩔 수 없어 군사를 이끌고 낙양으로 돌아갔다. 이때부터 오와 위는 사이가 더욱 나빠졌다.

한편 유비는 병이 들어 영안궁에 드러누워 일어나지 못

하고 있었는데 갈수록 더욱 좋지 않았다. 장무 3년 여름 4월, 유비는 병이 온몸에 퍼진 걸 스스로 알게 되었다. 게다가 관우와 장비 두 아우를 떠올리며 우는 바람에 병은 더욱 깊어만 갔다. 두 눈조차 잘 보이지 않게 되자 곁에서 모시는 사람조차 보기 싫다며 내치곤 했다.

홀로 누워 있는데 갑자기 으스스한 바람이 일며 등불이 꺼질 듯하다 다시 살아났다. 등불 아래 두 사람이 서 있는 게 보였다.

유비는 화를 내며 말했다.

"내 마음이 편치 않아 너희들을 물러가라 했는데 어째서 또 왔느냐!"

그러나 그렇게 꾸짖어도 그들은 물러가지 않았다. 유비는 몸을 일으켜 살펴보았다. 뜻밖에도 위쪽에 있는 사람은 관우고, 아래쪽에 있는 이는 장비였다. 유비는 소스라치게 놀랐다.

"두 아우는 살아 있었던 게냐?"

관우가 대답했다.

"우리는 사람이 아니라 귀신입니다. 하늘의 임금님께서 저희 두 사람이 평생 동안 믿음을 저버리지 않고 살았다고 하여 명령을 내려 신으로 삼으셨습니다. 형님을 모시고 형제들이 한자리에 모일 날도 머지않았습니다."

유비는 그들을 부여잡고 목을 놓아 울었다. 그러다 깜짝 놀라며 깨어보니 두 아우는 보이지 않았다. 곧바로 사람을 불러 어느 만큼 밤이 깊었는지 물었더니 딱 한밤중이라 했다.

유비가 한숨을 길게 뱉으며 말했다.

"내가 이 세상에 머물 날도 얼마 남지 않았구나!"

유비는 성도로 사람을 보내 승상 제갈량과 상서령 이엄 등에게 밤낮없이 영안궁으로 달려와 마지막 남기는 말을 들으라 했다. 제갈량은 태자 유선은 남아 성도를 지키게 하고, 유비의 둘째 아들인 노왕 유영과 셋째 아들인 양왕 유리와 함께 황제를 보기 위해 영안궁으로 달려왔다.

제갈량이 영안궁에 도착하여 보니 유비의 병은 깊을 대로 깊어져 있었다. 제갈량이 엎드려 절을 하니 유비가 곁에 앉으라 한 뒤 등을 쓰다듬으며 말했다.

"내가 승상을 만난 뒤 뜻하지 않게 황제가 되긴 했으나, 내 앎의 바탕이 얕아 승상의 말을 듣지 않다가 이렇게 지고 말았소. 뉘우치는 마음과 한스러움이 병이 되어 이제 아침에 죽을지 저녁에 죽을지 모르게 되었소. 태자가 약해서 어쩔 수 없이 승상에게 부탁하지 않을 수 없구려."

말을 마친 유비의 얼굴 가득 눈물이 얼룩졌다.

제갈량 역시 눈물을 흘리며 말했다.

"부디 폐하께서는 귀하신 몸을 잘 보호하셔서 천하가 바라는 바를 이루어주십시오!"

유비가 눈을 들어 둘러보았다. 마량의 아우 마속이 곁에 있는 게 눈에 들어왔다. 유비가 그더러 잠깐 물러가 있으라 했다. 마속이 나가자 유비가 제갈량에게 물었다.

"승상은 마속의 재주를 어떻게 보시오?"

제갈량이 대답했다.

"이 사람 역시 이 시대의 뛰어난 사람입니다."

유비가 힘없이 손을 저었다.

"그렇지 않소. 내가 보기엔 말이 사실보다 훨씬 더 앞서니 크게 쓸 만한 사람은 아니오. 승상은 잘 살피도록 하시오."

유비는 그 말을 한 뒤 신하들을 모두 안으로 불러들였다. 이어 종이와 붓을 내오라 하여 마지막 남기고 싶은 말을 써서 제갈량에게 주며 한숨을 길게 내쉬었다.

"나는 글을 많이 읽지는 않았으니 이치는 대충 아오. 성인께서 말씀하시기를 '새가 죽을 때가 되면 울음소리가 구슬프고, 사람이 죽을 때가 되면 하는 말이 착하다'고 했소. 내가 본디 여러분과 함께 조가 역적을 무찌르고 한나라를 붙들어세우기로 했는데, 이제 불행히도 여기서 헤어지게 되었소. 수고스럽더라도 승상은 이 조서를 태자 선에게 전해주시고, 그 안에 해놓은 말을 가벼이 여기지 않도록 해주시오. 부디 모든 일을 승상이 잘 알아서 가르쳐주시기 바라오!"

공명을 비롯해 모두들 엎드려 울며 말했다.

"부디 폐하께서는 귀하신 몸을 잘 돌보시기 바랍니다. 저희들은 개나 말 정도의 하찮은 힘이라도 아끼지 않으며 폐하께서 저희들을 알아주시고 써주신 은혜를 갚겠습니다."

유비는 곁에서 모시는 이에게 제갈량을 일으켜세우게 한 뒤 한 손으로는 흐르는 눈물을 훔치고 다른 손으로는 제갈량의 손을 잡으며 말했다.

"나는 곧 죽을 테니 가슴속에 묻어둔 얘기를 하겠소."

제갈량이 물었다.

"어떤 말씀이신지요?"

유비가 울며 말했다.

"그대의 재주는 조비보다 열 배나 뛰어나니 반드시 나라를 편안하게 하고 마침내 큰일을 마무리 지을 수 있소. 태자를 도와줄 만하면 돕고, 도와주어도 재주를 펼 만한 인물이 아니면 그대가 직접 성도의 주인이 되시오."

제갈량은 그 말을 듣자 온몸에 진땀이 흐르고 몸 둘 바를 몰라 쩔쩔매다가 그대로 바닥에 엎드려 울며 말했다.

"제가 어찌 온 힘을 다해 돕지 않겠습니까? 충성스러움과 곧은 뜻으로 계속 죽음을 무릅쓰고 돕겠습니다!"

말을 마치자 제갈량은 바닥에 머리를 찧어댔다. 그 바람

　　　　　　　　　　　　　박상률 완역 삼국지 8

유비가 뒷일을 부탁하자 제갈량이 바닥에 머리를 찧다.

에 피가 흘렀다.

유비는 제갈량을 곁으로 불러 앉힌 뒤 노왕 유영과 양왕 유리를 가까이 오라 하여 단단히 일렀다.

"너희들은 내 말을 깊이 새겨들어라. 내가 죽고 나면 너희 세 형제는 승상을 아버지처럼 섬겨라. 조금이라도 게을리 하면 안 된다."

말을 마치자 유비는 두 왕더러 제갈량에게 절을 올리도록 했다. 두 왕이 절을 마치자 제갈량이 말했다.

"제가 창자가 삐져나오고 머리가 깨져 바닥에 흩어지더라도 어찌 폐하께서 알아주시고 써주신 은혜를 갚을 수 있겠습니까!"

유비가 뭇 벼슬아치들에게 말했다.

"나는 이미 승상에게 태자를 부탁하고, 아들들에게 승상을 아버지로 섬기게 했소. 그대들 모두 승상을 잘 받들어 내가 바라던 바를 저버리지 않도록 하시오."

유비는 또 조운에게 따로 부탁했다.

"나는 그대와 온갖 어려움을 뚫으며 여기까지 이르렀는데 이렇게 헤어질 줄은 미처 몰랐소. 그대는 나와 오래 나눈 정을 생각해서 내 자식을 잘 돌보아 내 뜻을 저버리지 않도록 해주시오."

조운이 울며 절을 했다.

"제가 어찌 개와 말 정도의 하찮은 힘이라도 아끼겠습니까! 이 한몸 다 바쳐 폐하의 말씀을 받들겠습니다!"

유비가 다시 여러 벼슬아치들을 돌아보았다.

"여러분들에게 모두 따로따로 부탁하지 못하겠소. 부디 스스로를 아끼고 몸조심하기 바라오."

말을 마치자마자 유비는 숨을 거두었다. 그의 나이 63살로, 장무 3년 여름 4월 24일이었다.

나중에 두보가 시를 지어 읊었다.

오를 치기 위해 삼협으로 간 촉 임금

그해에 바로 영안궁에서 세상을 떴네

황제의 푸른 깃발 펄럭이던 데가 저 빈 산 너머인가

아름다운 궁전 간 데 없고 들 가운데에 절이 자리 잡았구나

옛 사당 삼나무에는 학이 깃들이고

철따라 제사 있는 날엔 촌 늙은이들 다녀가네

제갈량의 사당 무후사도 가까이 있어

임금과 신하가 함께 제사를 받는다네

유비가 세상을 뜨자 문무 벼슬아치들 가운데에 슬피 울지 않는 이가 없었다. 제갈량은 벼슬아치들을 이끌어 황제의 관을 받들어 모시고 성도로 돌아갔다. 태자 유선이 성 밖으로 나와 관을 맞은 뒤 조회하던 궁전 안에 모셨다. 슬피 울며 예의를 갖춘 뒤 유비가 남긴 조서를 펼쳤다.

내가 처음에 병이 들었을 땐 그저 설사만 날 뿐이었다. 그러던 게 차츰 여러 가지 병이 겹쳐 내 스스로 어찌하지 못하게 되어 버렸다. 내 듣기에 사람이 쉰을 넘겨 살면 일찍 죽었다 하지 않는다고 했다. 나는 이제 예순 하고도 몇 해를 더 살았으니 지금 죽는다고 무슨 한이 있겠느냐? 다만 너희 형제들이 걱정스러울 뿐이다. 힘쓰고 또 힘쓰거라. 나쁜 일은 아무리 작더라도 하지 말고, 좋은 일은 아무리 작더라도 하도록 하라. 오로지 어질고 덕스러워야 남이 나를 따르게 할 수 있느니라. 너희들 아비는 덕이 보잘것없어 본받을 게 없다. 부디 승상과 함께 좇아 일을 하되, 승상을 아버지처럼 섬기며 조금도 게을리하지 말라! 이를 절대 잊지 말라! 너희 형제들은 이름이 세상에 널리 떨치도록 힘써라. 애써 부탁하노라! 애써 부탁하노라!

여러 신하들이 유비가 남긴 조서를 다 듣고 나자 제갈량이 말했다.

"나라에는 단 하루도 임금이 없어서는 안 되오. 이제 태자를 세워 한나라를 계속 이어가게 해야겠소."

이에 태자 유선을 황제 자리에 오르게 하고 연호는 건흥으로 바꿨다. 제갈량의 벼슬도 더해져 무향후로 삼아 익주목까지 맡도록 했다.

유비는 혜릉에 묻혔으며, 죽은 뒤 이름은 소열황제가 되었다. 황후 오씨는 황태후로 높여졌고, 감부인은 소열황후로, 미부인 역시 황후로 높여졌다.

더불어 뭇 벼슬아치들의 자리도 높이고 상을 내렸으며, 온 나라의 죄수들을 풀어주었다.

위군은 이러한 사실을 일찌감치 알아내 중원에 보고했다. 바로 가까이 모시는 신하가 보고하자, 조비가 무척 좋아라 하며 말했다.

"유비가 죽었다 하니 이제 나는 걱정거리가 없어졌소. 그 나라에 주인이 없는 틈을 타 군사를 일으켜 치는 게 좋지 않겠소?"

가후가 말렸다.

"비록 유비는 죽었다지만 틀림없이 아들을 제갈량에게 부탁했을 겁니다. 제갈량은 유비가 자기를 알아주고 써준 은혜를 갚기 위해 반드시 온 마음과 힘을 다해 어린 임금을 섬길 겁니다. 폐하께서는 저들이 정신없이 어수선하다고 가벼이 쳐들어가서는 안 됩니다."

그런 말을 나누고 있는데 갑자기 한 사람이 자리를 떨치고 나섰다.

"이런 때를 타서 무찌르지 않고 어떤 때를 다시 기다려야 합니까?"

모두들 그를 쳐다보았다. 사마의였다. 조비가 아주 흐뭇해하며 어떻게 치면 좋겠느냐고 묻자 사마의가 대답했다.

"중원의 군사들로만 쳐서는 빨리 이기기 어렵습니다. 다섯 갈래로 나누어 대군을 일으켜 사방에서 들이쳐야 합니다. 그렇게 해서 제갈량이 머리와 꼬리가 서로 돕지 못하도록 해놓아야 해볼 수 있습니다."

조비가 어떻게 다섯 갈래로 군사를 일으킬 것인지 묻자 사마의가 대답했다.

"우선 편지 한 통을 써서 요동 선비국으로 보내고, 그곳 왕인 가비능에게 금이며 비단을 듬뿍 주십시오. 그러면서 요서의 강족 군사 십만 명을 일으키게 하여 먼저 길을 나서게 해 서평관을 치도록 하십시오. 두 번째로는 남만으로 편지를 보내 만왕 맹획에게 벼슬과 상을 내리십시오. 그런 뒤 군사 십만 명을 일으키게 해 익주·영창·장가·월준 네 고을로 쳐들어가 서천 남쪽을 무찌르게 하면 됩니다. 세 번째로는 오로 사람을 보내 사이좋게 지내자 하면서 땅을 떼어주겠다고 하십시오. 그러면서 손권에게 군사 십만 명을 일으키게 하여 동천·서천의 험한 길목을 치게 해서 부성을 빼앗도록 하십시오. 네 번째로는 항복한 장수 맹달한테도 사람을 보내 상용 군사 십만 명을 일으키도록 하여 서쪽을 쳐 한중을 무찌르게 하면 됩니다. 마지막으로 대장군 조진을 대도독으로 삼은 뒤 군사 십만 명을 거느리고 장안에서 양평으로 나아가 서천을 빼앗도록 하십시오. 이렇듯 다섯 갈래 길로 나누어 모두 오십만 대군이 한꺼번에 쳐들어가면 좋겠습니다. 그리하면 제갈량이 제아무리 여망 같은 재주를 가졌다 하더라도 어찌해볼 수 있겠습니까?”

조비가 무척 좋아라 하며 곧바로 말솜씨 좋은 사람 넷을 뽑아 네 곳으로 몰래 보냈다. 이어 조진을 대도독으로 삼은 뒤 군사 10만 명을 거느리고 가 바로 양평관을 빼앗도록 했다.

그때 장료를 비롯한 옛 장수들은 모두 열후가 되어 저마다 기주·서주·청주·합비 등으로 가서 그곳 길목을 지키고 있어 부르지 않았다.

한편 촉한에서는 유선이 자리에 오른 뒤 병이 들거나 세상을 뜬 옛 신하들이 많았다. 나라의 벼슬아치를 새로 뽑는 거라든지 나랏돈과 식량·재판 등 모든 일을 승상인 제갈량이 맡아서 보았다. 이때 유선은 아직 황후를 맞이하지 못하고 있었다. 그래서 제갈량은 여러 신하들과 함께 유선에게 말했다.

"돌아가신 거기장군 장비의 따님이 아주 어진데다 나이도 이제 열일곱이니 정궁황후로 삼는 게 좋을 듯합니다."

유선은 바로 그 말을 받아들였다.

건흥 첫해 가을 8월, 갑자기 멀리서 급한 보고가 들어왔다.

"위가 다섯 길로 대군을 몰고 서천을 치러 오고 있습니다. 대도독이 된 조진이 군사 십만 명을 이끌고 양평관으로 쳐들어오고 있고, 배반한 장수 맹달은 상용 군사 십만 명을 이끌고 한중으로 쳐들어오고 있습니다. 게다가 동오 손권도 날래고 씩씩한 군사 십만 명을 몰고 험한 길목을 무찌른 뒤 서천으로 들어오려 하고 있고, 만왕 맹획은 군사 십만 명을 몰고 익주를 비롯한 네 고을로 쳐들어오고 있습니다. 또 번왕 가비능도 군사 십만 명을 이끌고 서평관을 치기 위해 오고 있습니다. 이렇게 다섯 갈래 군사들이 모두 들이닥치면 몹시 위험하게 됩니다. 이미 승상께는 보고드렸습니다. 그런데도 승상께서는 어쩐 일인지 며칠째 일을 보러 나오시지 않습니다."

보고를 듣고 난 유선은 소스라치게 놀랐다. 곧바로 가까이 모시는 이를 시켜 제갈량을 들어오도록 했다. 심부름 갔던 이가 한나절이 한참 지나서야 돌아와 보고했다.

"승상부 사람 말이 승상께서는 지금 병이 들어서 나오실 수 없다 합니다.”

유선은 안절부절못했다.

다음 날 유선은 다시 황문시랑 동윤과 간의대부 두경을 시켜 승상이 누워 있는 데까지 가서 큰일이 난 걸 알리도록 했다. 동윤과 두경 두 사람은 승상부로 갔다. 그러나 두 사람도 안으로 들여보내주지 않았다.

두경이 문을 지키는 벼슬아치에게 못마땅한 투로 말했다.

“돌아가신 황제께서 승상께 뒷일을 부탁하셨고, 지금 황제께서 자리에 오르신 지 얼마 되지도 않았는데 조비가 다섯 갈래로 군사를 나누어서 쳐들어오는 바람에 군사 일 돌아가는 게 무척 급하건만, 승상께서는 어찌하여 병이 나셨다 둘러대시기만 하며 나오시지 않는단 말이오?”

이 말을 듣고 안으로 들어갔던 사람이 한참 만에 나와 승상의 말을 전했다.

“병이 좀 나아지신 듯하여 내일 아침에 조정에 나가셔서 일을 보신다 합니다.”

동윤과 두경 두 사람은 길게 한숨을 내쉬며 돌아갔다.

다음 날 많은 벼슬아치들이 아침부터 다시 승상부 앞에 가서 기다렸다. 그러나 저녁때가 다 되도록 제갈량은 또 나오지 않았다. 벼슬아치들은 저마다 속으로 몹시 걱정스러웠으나 그대로 흩어져 돌아갈 수밖에 없었다.

두경이 들어가 유선에게 말했다.

"폐하께서 직접 승상부로 가셔서 어찌해야 할지를 물어보십시오."

유선은 곧바로 여러 벼슬아치들을 거느리고 안으로 들어가 황태후에게 사실을 털어놓았다. 황태후가 소스라치게 놀라며 말했다.

"승상께서 어쩐 일로 이러시는가? 돌아가신 황제께서 부탁하신 바를 잊어버리셨단 말인가? 내 직접 가봐야겠소!"

동윤이 말렸다.

"태후께서는 가벼이 움직이시면 안 됩니다. 제 생각에 승상께서는 틀림없이 깊은 뜻을 지니고 있습니다. 일단 폐하께서 먼저 가보십시오. 그래도 일을 돌보지 않으면 그때 태후께서 황실 사당으로 승상을 부르셔서 까닭을 물으셔도 늦지 않습니다."

황태후는 그러기로 했다.

다음 날 유선은 수레를 타고 직접 승상부로 갔다. 문을 지키는 벼슬아치가 황제의 수레를 보자 몸 둘 바를 몰라 하며 땅에 엎드려 절을 하며 맞았다.

유선이 물었다.

"승상께서는 어디 계시는가?"

문 지키는 벼슬아치가 말했다.

"어디 계신지는 잘 모르겠습니다. 다만 어떤 벼슬아치가 와도 들여보내지 말라고만 했습니다."

유선은 수레에서 내려 혼자서 안으로 들어가 세 번째 문까지 지났다. 그때 제갈량이 홀로 대지팡이를 짚은 채 조그마한 연못가에서 물고기들이 노니는 걸 들여다보고 있는 게 눈에 들어왔다. 유선은 제갈량 뒤에 한참 동안 서 있다가 느릿느릿 말했다.

"승상께서는 좀 어떠시오?"

제갈량이 뒤를 돌아보았다. 유선이 서 있는 걸 보자 깜짝 놀라며 지팡이를 내던지고서 엎드려 절을 하며 말했다.

"저는 만 번 죽어 마땅합니다!"

유선이 제갈량을 붙들어세우며 말했다.

"지금 조비가 군사를 다섯 길로 나누어 쳐들어온 탓에 일이 아주 급합니다. 그런데 승상께서는 어찌하여 나오셔서 일을 돌보려 하지 않으십니까?"

제갈량이 크게 웃음을 터뜨리고 나더니 유선을 안으로 들게 하였다.

자리를 잡고 앉자 제갈량이 말했다.

"다섯 길로 나누어 쳐들어오는 걸 제가 어찌 모르겠습니까? 제가 지금 연못가에 있었던 건 물고기들이 노니는 걸 구경하느라 그런 게 아니라 무슨 생각을 좀 하느라 그러고 있었습니다."

유선이 말했다.

"아무튼 앞으로 어찌해야 되겠습니까?"

제갈량이 대답했다.

"강족 왕 가비능과 만왕 맹획, 배반한 장수 맹달과 위의 장수 조진 등 네 갈래 군사는 제가 이미 모두 물리쳤습니다. 오로지 손권 쪽 한 갈래가 남아 있는데, 그쪽도 물리칠 방법은 이미 세워놓았습니다. 다만 말솜씨 좋은 사람 하나를 심부름 보내야 하는데, 마땅한 사람을 찾지 못했을 뿐입니다. 그래서 속으로 깊이 생각하고 있었습니다. 폐하께서는 무엇 때문에 걱정을 하십니까?"

유선은 제갈량의 말을 듣고 나자 놀랍기도 하고 기쁘기도 했다.

"승상께서는 과연 귀신도 생각 못 할 꾀를 가지고 계십니다! 어떻게 적군을 물리치셨는지 들려주시지요."

제갈량이 말했다.

"돌아가신 황제께서 폐하를 저한테 부탁하셨는데 제가 어찌 잠깐이라도 게을리하겠습니까? 성도의 벼슬아치들은 모두들 군사 쓰는 법의 깊은 이치를 모릅니다. 중요한 일은 남들이 눈치채지 못하게 해야 합니다. 그래서 새나가지 않도록 사람을 조심했습니다. 이 늙은 신하는 서쪽의 번국왕 가비능이 서평관으로 쳐들어올 걸 미리 알고 마초에게 막도록 했습니다. 마초는 대를 이어 서천에서 죽 살며 강족 사람들의 마음을 얻었습니다. 강족 사람들은 그를 하늘로부터 귀신같은 힘을 내려받은 장군이라고 우러러보고 있습니다. 그래서 저는 서둘러 사람을 뽑은 뒤 밤을 도와 달려가 마초에게 글을 보내 서평관을 굳게 지키게 하였습니다. 아울러 사방에 군사들을 숨겨두고 날마다 번갈아가며 적을 막도록 했습니다. 그러니 그쪽으로 오는 적은 걱정할 필요가 없습니다.

또 남만 맹획이 네 고을을 덮치러 온다기에 역시 글을 띄워 위연더러 군사 한 무리를 거느리고 막으라 했습니다. 왼쪽 군사가 나가면 오른쪽 군사는 들어오고, 오른쪽 군사가 나가면 왼쪽 군사가 들어오게 함으로써 군사가 무척 많아 보이게 하는 꾀를 쓰도록 했습니다. 남만 군사들은 힘은 넘치지만 의심이 많아, 군사가 많아 보이면 두려워하며 쳐들어오지 못합니다. 그렇게 해서 이쪽도 걱정 없이 해놓았습니다.

또 맹달이 군사를 몰고 한중으로 쳐들어오리라는 것도 알고 있습니다. 맹달은 원래 이엄과 살고 죽기를 같이하기로 했습니다. 제가 성도로 돌아올 때 이엄에게 남아서 영안궁을 지키도록 했습니다. 이미 저는 이엄의 글씨체로 편지

한 통을 써서 맹달에게 보냈습니다. 맹달은 틀림없이 병을 핑계 대고 나오지 않을 거고 군사들 마음도 풀어질 테니 이쪽도 걱정하지 않아도 됩니다.

또 조진이 군사를 몰고 양평관으로 쳐들어오는지도 알고 있지만, 그쪽은 땅 생김새가 험해서 어렵지 않게 지킬 수 있습니다. 이미 조운에게 군사 한 무리를 이끌고 가 길목을 지키되 싸우지는 말라고 했습니다. 우리 쪽이 나가지 않는 걸 보면 조진은 오래 있지 못하고 스스로 물러갑니다.

이렇듯이 네 갈래 적군은 모두 걱정하지 않아도 됩니다. 그래도 혹시라도 잘못이 있을까 싶어 관흥과 장포 두 장수에게 군사 삼만 명씩을 몰래 내주며 중요한 길목에 가 있으면서 각 방향의 군사를 돕도록 했습니다. 이처럼 여러 군데로 군사를 보내면서도 모두 성도를 거치지 않고 가게 해서 아는 사람이 아무도 없습니다. 이제 남은 건 동오 쪽 군사인데, 아직 움직이지 않고 있습니다. 만약에 네 길로 먼저 움직인 군사가 이겨 서천이 위험에 빠지면 반드시 쳐들어올 겁니다. 그러나 네 곳이 뜻대로 되지 않았을 때도 군사를 움직이겠습니까? 제가 생각하기에 손권은 조비가 전에 세 갈래로 동오를 쳐들어온 일에 대한 원한이 아직 안 풀려 틀림없이 그 말을 따르려 하지 않을 겁니다. 그렇더라도 말솜씨가 좋은 사람 하나를 동오로 보내 뭐가 좋고 나쁜지를 따져 타이르도록 해야 합니다. 동오만 물러가게 하면 네 갈래 군사는 조금도 걱정하지 않아도 됩니다. 그런데 동오를 달래러 보낼 사람을 아직 찾지 못해 머뭇거리고 있었습니다. 폐하께서는 어쩌자고 이렇게 번거로이 오셨습니까?"

유선이 말했다.

"태후께서도 승상을 직접 만나려 하셨소. 이제 승상의 말씀을 듣고 보니 마치 꿈에서 깨어난 듯하오. 무얼 더 걱정하겠소!"

제갈량은 유선과 함께 술을 몇 잔 나누어 마신 뒤 유선을 배웅하러 승상부 밖으로 나갔다. 뭇 벼슬아치들은 문밖에 둥그렇게 모여 서 있다가 밝은 낯을 하고 나오는 유선을 맞았다. 유선은 제갈량과 헤어져 수레에 오른 뒤 조정으로 돌아갔다. 벼슬아치들은 모두들 어찌 된 일인지 몰라 어리둥절할 뿐이었다. 그때 제갈량이 보니 여러 벼슬아치들 가운데에 한 사람이 하늘을 쳐다보며 웃는 게 보였다. 그 사람 얼굴에 밝은 빛이 가득했다. 제갈량은 그를 자세히 보았다. 바로 의양 신야 사람으로 자가 백묘인 등지였다. 지금 호부상서 자리를 맡고 있는데, 한나라 사마 등우의 후손이었다. 제갈량은 가만히 사람을 시켜 등지에게 남아 있으라고 했다. 벼슬아치들이 다 흩어져 돌아가자 제갈량은 등지를 서원으로 불러들여 물었다.

"지금 촉·위·오 세 나라가 솥발처럼 나누어 서 있소. 두 나라를 쳐서 천하를 통일하고 한나라를 다시 일으키려면 어느 나라를 먼저 쳐야겠소?"

등지가 대답했다.

"제 어리석은 생각이나마 말씀드리겠습니다. 위가 비록 한나라의 역적이기는 하나 힘이 워낙 세어서 갑작스레 흔들기는 어려우니 천천히 꾀해야 합니다. 지금 폐하께서 자리에 오르신 지 얼마 안 되어 백성들 마음도 아직 안정되지 않았습니다. 그러니 마땅히 동오와 손잡고 입술과 이처럼 서로 기대고 돕는 사이가 되어야 합니다. 돌아가신 황제 때의 묵은 원한부터 깨끗이 씻어내는 게 멀리 앞날을 위한 방법이라 생각합니다. 승상께서는 어떻게 생각하시는지요?"

제갈량이 크게 웃었다.

"나도 그렇게 생각한 지 오래요. 다만 아직 마땅한 사람을 만나지 못했는데 오늘 드디어 만났구려!"

등지가 물었다.

"승상께서는 그 사람이 무얼 했으면 하십니까?"

제갈량이 대답했다.

"나는 그 사람을 동오로 보내 좋은 사이를 맺고 오게 하려 하오. 공이 이미 그 뜻을 알고 있으니 임금의 명령에 흠이 가게 하지 않으리라 믿소. 이번에 가는 일은 공이 아니면 안 되겠소."

등지가 말했다.

"저처럼 어리석고 재주도 없는 사람이 그런 일을 맡아 해 낼 수 있을지 두렵습니다."

제갈량이 말했다.

"내가 내일 황제께 말씀드리고 백묘를 가게 할 테니 절대 마다하지 마시오."

등지는 그렇게 하기로 하고 물러갔다.

다음 날 제갈량은 유선에게 보고하여 등지를 동오로 가 게 했다. 등지는 유선에게 절을 하고 물러난 뒤 동오를 바라 고 떠났다.

오나라 사람들이 싸움이 끝난 걸 보니
촉나라에서 예물 갖춰 좋은 사이 맺으러 오네

과연 등지는 이번에 가서 어떻게 할는지…….

제86회

다시 한뜻으로 뭉친
촉과 오

진복은 타고난 말솜씨로 장온을 누르고
서성은 불로 공격해 조비를 깨다

한편 동오에서는 육손이 위군을 물리치고 나자 오왕 손권이 육손을 보국장군 강릉후로 삼고 형주목까지 맡겼다. 이리하여 군사는 모두 육손이 맡아 다스리게 되었다. 장소와 고옹은 손권에게 연호를 바꾸자고 했다. 손권은 이를 받아들여 황무 첫해로 했다.

이때 갑자기 위에서 보낸 사람이 왔다는 보고가 들어왔다. 손권이 들여보내라 하자 위에서 온 사람이 들어와 말했다.

"전에 촉이 사람을 보내와 도와달라고 했습니다. 그때 위에서 잠깐 생각을 잘못해 군사를 내보냈는데, 지금 와서 무척 안타까워하고 있습니다. 지금 네 길로 군사를 일으켜 서천을 무찌르려 하니 동오에서 도와주시기 바랍니다. 만약에 촉 땅을 얻으면 절반씩 나누어 가지면 됩니다.”

손권은 그 말을 듣고 어찌해야 할지 몰라 장소와 고옹 등에게 물었다.

장소가 말했다.

“육백언의 의견이 뛰어나니 한번 물어보시지요.”

손권은 곧바로 육손을 불러들이도록 했다.

육손이 와서 말했다.

“조비가 지금 중원을 차지하고 앉아 있어 섣불리 꾀할 수는 없습니다. 그런데 이번에 하자는 대로 따르지 않으면 틀림없이 원수지게 생겼습니다. 제가 보기에 위와 오 모두 제갈량을 해볼 만한 사람이 없습니다. 그러니 일단 하자는 대로 따르겠다 하시고, 군사를 가다듬어 준비한 뒤 네 갈래 군사가 어찌 되는지를 살펴보는 게 좋겠습니다. 네 길로 쳐들어간 군사가 이겨 서천이 위험에 빠지면서 제갈량이 앞뒤로 서로 돕지 못하게 되면 폐하께서는 그때 군사를 보내시면 됩니다. 군사를 보내시되 위보다 먼저 성도로 쳐들어가도록 하는 게 가장 좋은 방법입니다. 만약에 네 길로 쳐들어간 군사가 싸움에 지면 그때 다시 의논하시지요.”

손권은 그 말을 좇기로 했다.

손권이 위에서 보낸 사람에게 말했다.

"군사를 일으키는 데 필요한 게 아직 준비가 덜 되었소. 날을 잡아 군사를 일으켜 떠나보내겠소."

위에서 보낸 사람은 절을 한 뒤 돌아갔다.

손권은 사람을 보내 싸움판이 어찌 돌아가는지를 알아보게 했다. 먼저 서쪽 번국 군사들은 서평관까지 갔으나, 마초를 보자 싸울 생각도 하지 않고 물러났다는 보고였다. 이어 남만 맹획은 군사를 일으켜 네 고을을 치러 갔으나, 위연이 군사가 많은 것처럼 부풀린 꾀에 걸려 되레 쫓겨가고 말았다고 했다. 상용의 맹달은 군사를 거느리고 나아갔으나, 가는 길에 갑자기 병이 들어 더 나아가지 못했다고 했다. 조진의 군사는 양평관까지는 갔으나, 조운이 곳곳의 험한 길목을 틀어막고 있어 어찌해보지 못했다 했다. 과연 장수 혼자서 관을 지켜도 만 명의 군사를 막아낼 수 있는 곳이라 그랬다고 한다. 조진은 야곡 가는 길에 군사를 모아놓고 있었으나 끝내 이기지 못하고 돌아갔다는 보고였다.

이러한 보고를 듣고 난 손권이 문무 벼슬아치들에게 말했다.

"육백언은 참으로 귀신같은 사람이오. 내가 만약에 함부로 움직였으면 서촉하고 또 원수질 뻔했소."

그때 갑자기 서촉에서 등지가 왔다는 보고가 들어왔다.

　　　　　　　　　　　　

장소가 말했다.

"이건 제갈량이 군사를 물러가게 하기 위해 낸 꾀로, 등지를 시켜 우리를 말로 어찌해보려고 그럽니다."

손권이 물었다.

"그렇다면 뭐라고 대답을 해야겠소?"

장소가 대답했다.

"먼저 대궐 앞에 커다란 가마솥을 하나 걸어놓고 기름을 수백 근 부은 뒤 불을 피워 펄펄 끓이도록 하십시오. 그런 뒤 키 크고 머리통 큰 무사 천 명에게 모두 칼을 들고 궁 문 앞에서 대궐에 이르기까지 서 있게 하고서 등지를 부르십시오. 등지가 오면 그가 입을 열어 말할 틈을 주지 마십시오. 옛날에 한나라의 역이기가 제나라를 달래 싸움 준비를 못 하게 했지만, 그 틈을 탄 한나라 장수가 제나라로 쳐들어간 탓에 제나라 왕이 역이기를 가마솥에 삶아 죽인 일을 들먹이며 꾸짖으십시오. 그러면서 곧바로 끓는 기름솥에 넣고 죽이겠다고 호통치시며 그 사람이 뭐라고 대꾸하는지 지켜보십시오."

손권은 그 말대로 하기로 했다. 바로 기름솥을 내다 걸게 하고, 무사들에게 무기를 들고 양쪽으로 늘어서 있게 한 뒤 등지를 불러들였다.

등지는 옷차림을 가다듬은 뒤 들어갔다. 궁 문 앞을 지나자니 몸집이 단단하고 씩씩해 보이는 무사들이 저마다 단단하게 생긴 칼에 큰 도끼와 긴 창과 짧은 칼 따위의 무기를 들고 대궐에 이르기까지 양쪽으로 죽 늘어서 있었다.

등지는 바로 그 속셈을 알아차렸다. 그래서 조금도 두려워하는 빛 없이 고개를 빳빳이 들고 아무렇지도 않다는 듯이 걸어들어갔다. 대궐 앞에 이르자 기름이 펄펄 끓는 가마솥이 있었다. 양쪽의 무사들은 모두 등지를 뚫어져라 바라보았다. 등지는 살짝 웃으며 지나갔다. 손권을 가까이에서 모시는 신하가 구슬을 꿰어 만든 발이 드리워진 데로 등지를 안내했다. 등지는 손을 맞잡아 얼굴 앞으로 올리며 허리만 길게 구부렸다 펼 뿐 절은 하지 않았다. 이에 손권이 구슬발을 걷게 한 뒤 크게 호통을 쳤다.

"어째서 절은 하지 않느냐!"

등지가 꼿꼿이 선 채 대답했다.

"큰 나라 천자께서 심부름을 보낸 사람은 작은 나라의 임금한테 절을 하지 않는 법입니다."

손권이 화를 벌컥 냈다.

"네가 세 치 혓바닥을 놀려 역이기가 제나라를 달래던 일을 흉내 내려 하는구나! 곧장 기름솥으로 들어가라!"

등지가 껄껄 웃었다.

"사람들 말로는 동오에 어진 이가 많다고 하던데, 한낱 선비 하나를 두려워할 줄은 미처 몰랐습니다!"

손권은 더욱 화가 치밀어올랐다.

"내 어찌 너처럼 하잘것없는 선비를 두려워하겠느냐?"

등지가 말했다.

"이 사람 등백묘를 두려워하지 않는다면, 제가 동오를 달래러 왔다고 한들 이토록 수선을 피우실 까닭은 없지 않습니까?"

손권이 말했다.

"제갈량이 너를 보낸 건 나를 달래 위와 사이를 끊고 촉과 좋은 사이를 맺자고 하는 것 아니냐?"

등지가 말했다.

"저는 촉의 신비 가운데 한 사람이기는 하나, 특별히 오를 위해 뭐가 좋고 나쁜지를 알려주러 왔습니다. 그런데 이처럼 군사를 늘어세우고 솥을 걸어놓은 채 심부름꾼 하나를 막고 있습니다. 속이 어찌 이토록 좁아터질 수 있습니까!"

손권은 그 말을 듣자 갑자기 부끄러운 생각이 들었다. 바로 무사들을 물러가게 한 뒤 등지를 위로 올라오라 하여 자리를 내준 뒤 물었다.

"오와 위의 좋고 나쁜 것이 무엇이오? 부디 선생이 나를 깨우쳐주시오."

등지가 되물었다.

"대왕께서는 촉과 사이좋게 지내고 싶으십니까? 아니면 위와 사이좋게 지내고 싶으십니까?"

손권이 대답했다.

"나는 촉의 주인과 사이좋게 지내고 싶소. 그러나 촉의 주인이 나이가 어린데다 앎도 얕아 끝까지 이어나갈지 그게 걱정이오."

등지가 말했다.

"대왕께서는 바로 이 세상의 뛰어난 영웅이시고, 제갈량도 마찬가지로 한 시대의 뛰어난 사람입니다. 촉의 산과 내는 험하기 짝이 없고, 오는 세 강이 단단히 막아주고 있습니다. 두 나라가 힘을 한데 모아 입술과 이 같은 사이가 된 뒤를 생각해보십시오. 앞으로 나아가면 천하를 삼킬 수 있고, 뒤로 물러나면 솥발처럼 서 있을 수 있습니다. 그런데 대왕께서 지금 만약에 위에 머리를 굽히며 스스로 신하라 하면, 위는 반드시 대왕을 불러들여 인사를 올리게 합니다. 뿐만 아니라 태자도 불러들여 곁에 두고 볼모로 삼겠지요. 하라는 대로 하지 않으면 바로 군사를 일으켜 쳐들어오고요. 그리되면 촉도 세상 흘러가는 흐름에 따라 같이 칠 수밖에 없습니다. 그러고 나면 대왕께서는 다시는 강남 땅을 차지하실 수 없습니다. 만약 대왕께서 제 말씀을 어리석다고 여기시면 저는 바로 대왕 앞에서 죽어 말로 달래러 왔다는 소리를 듣지 않을까 합니다.”

말을 마치자마자 등지는 옷자락을 말아 안은 뒤 뜰아래로 내려가 가마솥으로 뛰어들어가려 했다. 손권이 급히 말린 다음 그를 안으로 데리고 가 귀한 손님으로 맞아들였다.

손권이 말했다.

“선생의 말씀은 바로 내 생각과 똑같소. 내 이제 촉의 주인과 힘을 합치고 싶소. 선생이 나를 위해 가운데에서 애를 써주지 않으시겠소?”

“아까 저를 삶아 죽이려 하신 분도 대왕이시고, 이제 저를 부리려 하시는 분도 대왕이십니다. 대왕께서는 아직도 망설이시며 뜻을 정하지 못하시는데 제가 어찌 믿을 수 있겠습니까?”

손권이 딱 부러지게 말했다.

“내 뜻은 이미 정해졌소. 선생은 더 의심하지 마시오.”

오왕 손권은 등지를 머물러 있으라 한 뒤 뭇 벼슬아치들을 불러 모아놓고 말했다.

“나는 강남 여든한 고을을 가지고 있고 형초 땅까지 차지하고 있는데, 오히려 저 외진 데에 있는 서촉만도 못하구려. 촉에는 등지 같은 사람이 있어 자기 주인을 욕되게 하지 않는데, 오에는 촉에 들어가 내 뜻을 밝혀줄 사람 하나 없구려.”

등지가 가마솥으로 뛰어들어가려 하다.

그러자 한 사람이 앞으로 나서며 말했다.

"제가 심부름을 다녀오겠습니다."

모두들 그를 쳐다보았다. 오군 사람으로, 자가 혜서이며 중랑장으로 있는 장온이었다.

손권이 말했다.

"그대가 촉에 가서 제갈량을 만나 내 뜻을 제대로 옮길 수 있을지 모르겠소."

장온이 말했다.

"공명도 사람입니다. 제가 그 사람을 두려워할 게 뭐 있겠습니까?"

손권은 크게 기뻐하며 장온에게 상을 두터이 내렸다. 그린 뒤 등지와 함께 서천으로 가서 좋은 사이를 맺도록 했다.

한편 제갈량은 등지가 떠난 뒤 안으로 들어가 유선에게 말했다.

"등지가 이번에 가서 꼭 일을 이루고 옵니다. 동오에는 똑똑한 사람이 많으니 누군가 한 사람이 되갚는 인사를 하러 오겠지요. 폐하께서는 부디 예의를 다해 맞으십시오. 그러면 오로 돌아가 서로 좋은 사이가 되도록 합니다. 만약에 오와 사이가 좋아지면 위도 섣불리 촉을 넘겨다보지 못합니다. 오와 위가 조용히 가라앉으면 저는 남만을 무찔러 다스려놓은 뒤 위를 어찌해보겠습니다. 위만 무찌르고 나면 동오 역시 오래 가지 못합니다. 그렇게 되면 다시 천하가 하나 되는 일이 이루어집니다."

유선은 제갈량의 뜻에 따르기로 했다.

그때 마침 보고가 들어왔다. 동오에서 장온이 등지와 함께 되갚는 인사를 하러 왔다고 했다. 유선은 문무 벼슬아치들을 뜰에 모아놓은 뒤 등지와 장온에게 들어오라 일렀다. 장온은 자기 맘먹은 대로 되었다 싶어 거침없는 자세로 들어와 유선에게 인사를 했다. 유선은 장온에게 비단 방석이 얹혀 있는 둥그런 의자를 내주며 왼쪽에 앉으라 한 뒤 잔치를 베풀어 대접했다. 유선은 정성껏 예의를 다하는 모습을 보여주었다. 잔치 자리가 끝나자 벼슬아치들은 장온을 숙소까지 배웅했다.

다음 날엔 제갈량이 잔치를 열어 장온을 대접했다.

제갈량이 장온에게 말했다.

"돌아가신 황제께서는 살아 계실 때 오와 사이가 좋지 않았소. 그러나 이미 세상을 뜨셨으니 더는 말할 까닭이 없소. 지금 폐하께서는 오왕을 무척 우러러 받드시며 지난날의 원한을 버리고 영원히 좋은 사이를 맺어서 힘 모아 위를 깨고자 하시오. 그러니 공께서는 돌아가시거든 오왕께 부디 잘 말씀드려주시오."

장온은 그러겠다고 했다. 술기운이 슬슬 오르자 장온은 즐거이 웃고 떠들면서 저 혼자 잘난 체를 했다.

다음 날 유선은 장온에게 황금과 비단을 내린 뒤 성 남쪽에 있는 한 숙소에서 술자리를 베풀며 뭇 벼슬아치들로 하여금 배웅하게 하였다.

제갈량은 애써 정성스레 술을 권했다. 한창 술을 마시고 있는데 갑자기 술에 취한 사람 하나가 들어와 허리를 길게 굽히고 난 뒤 자리에 앉았다. 장온이 그를 못마땅하게 여기며 제갈량에게 물었다.

"저 사람은 누구인지요?"

제갈량이 대답했다.

"진복이라는 사람이오. 자는 자칙인데 지금 익주의 학사로 있소."

장온이 웃었다.

"이름이 학사라지만 가슴속에 뭐 배운 게 좀 담겨 있소?"

진복이 낯빛을 바로잡으며 말했다.

"촉에서는 키가 석 자밖에 되지 않는 철부지 어린아이도 다 배우는데 나라고 배운 게 없겠소?"

장온이 말했다.

"그럼 공은 어떤 걸 배웠소?"

진복이 대답했다.

"위로는 하늘에 관해서, 아래로는 땅에 관한 것까지 두루 배웠소. 유교·불교·도교 등 삼교와 유가류·도가류·음양가류·법가류·명가류·묵가류·종횡가류·잡가류·농가류 등 구류는 물론 춘추전국시대의 여러 학자들의 학문에 대해서도 모르는 게 없소. 게다가 예로부터 지금까지 일어나고 스러져간 일에다 성인과 어진 사람들의 가르침에 이르기까지 보지 않은 게 없소."

장온이 웃으며 물었다.

"공이 큰소리를 치고 나오니, 하늘에 대한 걸 하나 묻겠소. 하늘은 머리가 있소?"

진복이 대답했다.

"있지요."

장온이 다그치듯 물었다.

"어디에 있소?"

진복이 거침없이 대답했다.

"서쪽에 있소.《시경》을 보면 '안타까워하며 서쪽을 돌아본다'라는 말이 있소 이로 미루어볼 때 하늘의 머리가 서쪽에 있다는 걸 알 수 있소."

장온이 또 물었다.

"그럼 하늘에 귀는 있소?"

진복이 대답했다.

"하늘은 높은 데 있으면서 낮은 데 소리를 듣습니다.《시경》을 보면 '학이 그윽한 물가에서 우니, 그 소리가 하늘에 들린다'고 했소. 귀가 없으면 어떻게 듣겠소?"

장온이 또 물었다.

"그럼 하늘은 발도 있소?"

진복이 대답했다.

"발도 있지요.《시경》을 보면 '하늘의 걸음걸이가 무척 힘들다'고 했소. 발이 없다면 어떻게 걸을 수 있겠소?"

장온은 안달이 났다.

"그럼 하늘은 성도 있소?"

"어찌 성이 없겠소!"

"성이 무어요?"

"유씨요."

"무엇 때문에 유씨라 하오?"

"천자, 즉 하늘의 아들이 유씨이니, 아들을 낳은 하늘의 성도 유씨이지요."

진복이 그렇게 둘러대자 장온은 바짝 약이 올라 아예 내놓고 다그쳤다.

"해는 동쪽에서 뜨지요?"

진복은 이번에도 거리낌없이 대답했다.

"해가 동쪽에서 뜨긴 하지만 질 때는 서쪽으로 가지요."

동쪽의 오는 결국 서쪽의 촉을 못 해본다는 말이었따.

진복이 또렷또렷한 목소리로 계속 물 흐르듯 막힘없이 대답하자 자리에 있는 이들 모두 놀랐다.

장온은 더 할 말이 없어 입을 다물었다. 그러자 진복이 물었다.

"선생은 동오의 이름난 선비이시고 저에게 하늘의 일에 대해 물으셨으니 틀림없이 하늘의 이치를 잘 알고 계시리라 여겨집니다. 아주 오랜 옛날 하늘과 땅이 나뉠 때, 음과 양으로 갈리면서 가볍고 맑은 건 위로 떠올라 하늘이 되고, 무겁고 흐린 건 아래에서 엉기어 땅이 되었다 합니다. 그런데 공공씨가 싸움에 져 머리로 부주산을 들이받는 바람에 하늘을 받치는 기둥이 부러지고 땅을 달아맨 끈이 끊어져, 하늘은 서북쪽으로 기울고 땅은 동남쪽이 꺼졌다 합니다. 그러나 하늘은 가볍고 맑은 게 떠올라 이루어졌다는데 어떻게 서북쪽으로 기울 수 있습니까? 그렇다면 가볍고 맑은 것 말고 또 무엇이 더 있는지요? 부디 선생께서 가르쳐주시기 바랍니다."

장온은 대꾸할 말을 찾을 수 없어 비켜 앉으며 진복에게 사과했다.

"촉에 이처럼 뛰어난 분이 많으시리라곤 미처 몰랐습니다! 지금 말씀하신 걸 듣고 나니 막혔던 가슴이 확 뚫리는 듯합니다.”

제갈량은 혹시라도 장온이 창피해하며 마음을 다칠까봐 얼른 좋은 말로 다독거렸다.

“이런 자리에서 어려운 소리 들먹거려봐야 모두 말장난에 지나지 않습니다. 공께서는 천하와 나라를 편안하게 하는 방법을 잘 알고 계시는데, 저런 입놀림에 마음 쓸 게 뭐 있겠소!”

장온은 절을 하며 고마워했다.

제갈량은 등지를 장온과 함께 오로 다시 가서 인사를 하게 했다. 장온과 등지 두 사람은 제갈량에게 절을 하고 헤어져 동오를 바라고 떠났다.

이때 오왕 손권은 촉에 간 장온에게서 아무런 소식이 없자 의논을 하기 위해 문무 벼슬아치들을 불러모았다. 바로 그때 가까이서 모시는 이가 보고했다.

“촉에서 등지를 보내 인사하도록 했습니다. 지금 장온과 함께 왔습니다.”

손권이 들라 하자 장온이 들어와 절을 한 뒤 유선과 제갈량의 덕스러움을 칭찬했다. 이어 촉에서 오와 오래도록 사이좋게 지내자 하며 등지를 다시 보내 인사하도록 했다고 말했다. 손권은 무척 좋아라 하며 바로 잔치를 열게 했다.

손권이 등지를 보고 말했다.

"오와 촉 두 나라가 위를 무찔러 평화로운 세상을 만들고 난 뒤 두 나라 임금이 나누어 다스린다면 즐겁지 않겠소?"

등지가 대답했다.

"하늘에는 해가 둘일 수 없고 백성에게는 임금이 둘일 수 없다고 했습니다. 위를 무찌르고 난 뒤에 하늘의 뜻이 누구한테 돌아갈지 그건 알 수 없습니다. 다만 임금 된 이는 저마다 덕을 닦아 쌓고, 신하 된 이는 저마다 충성을 다하다 보면 싸움은 저절로 없어집니다."

손권이 껄껄 웃었다.

"그대의 정성스러움은 참으로 대단하오!"

손권은 등지를 두터이 대접한 뒤 촉으로 돌려보냈다. 이때부터 오와 촉은 서로 사이좋게 지냈다.

한편 위의 염탐꾼은 이러한 소식을 재빨리 중원에 알렸다.

보고를 받자 조비는 화가 치밀어올랐다.

"오와 촉이 손을 잡은 건 틀림없이 중원을 어찌해보자는 속셈 때문이다. 그렇다면 내가 먼저 치고 말리라."

이리하여 문무 벼슬아치들을 죄다 모아놓고 군사를 일으켜 오를 칠 일을 의논했다. 이때 대사마 조인과 태위 가후는 이미 죽고 없었다.

시중 신비가 나서며 말했다.

"중원은 땅은 넓으나 사람은 그리 많지 않습니다. 그래서 군사를 일으키면 별로 좋지 않은 점이 많습니다. 오늘 할 수 있는 방법은 십 년 동안 군사를 모아 기르면서 아울러 농사도 같이 짓게 하는 겁니다. 그렇게 식량이며 군사를 넉넉하게 갖추고 나서 무찌르러 가야 오와 촉을 깰 수 있습니다."

조비가 소리를 버럭 내질렀다.

"세상이 어떻게 돌아가는지 모르는 선비 나부랭이나 하는 소리를 하고 있구먼! 지금 오와 촉이 서로 손잡고 당장 우리 땅으로 쳐들어오려 하는데 어느 세월에 한가하게 십 년 세월을 기다린단 말이오!"

조비는 바로 군사를 일으켜 오를 치라는 명령을 내렸다.

사마의가 나섰다.

"오는 험한 장강이 가로막고 있어 배가 있어야 건널 수 있습니다. 폐하께서 직접 무찌르러 가시려면 크고 작은 싸움배를 마련하셔야 합니다. 그런 뒤 채하와 영수를 따라 회수로 들어가서 수춘을 빼앗으십시오. 이어 광릉에 이르러 장강 어귀를 건너신 뒤 남서를 빼앗으시는 게 가장 나은 방법입니다."

조비는 그 말을 받아들였다. 바로 배 만드는 일을 시작하게 해 밤낮을 가리지 않고 서둘러 임금이 타는 배 10척을 만들게 하였다. 길이가 20길에 2천 명을 태울 수 있는 배였다. 또 군사용으로 쓸 만한 배 3천 척 남짓을 거두어들였다.

마침내 위나라 황초 5년 가을 8월에 높고 낮은 장수들을 죄다 모아 싸움에 나섰다. 조진을 앞장서게 하고 장료·장합·문빙·서황 들은 대장으로 삼아 먼저 떠나도록 했다. 허저와 여건은 가운데를 맡도록 하고 조휴는 뒤를 따르도록 했다. 또 유엽과 장제는 참모관으로 삼았다. 앞뒤로 군사 30만 명이 물과 뭍에서 날을 잡아 떠나기로 했다. 이어 사마의는 상서복야로 삼아 허도에 머물며 나랏일을 모두 알아서 돌보게 했다. 이리하여 마침내 위군은 싸우러 나아갔다.

한편 동오의 염탐꾼은 이러한 일을 알아다가 바로 가서 보고했다.

가까이서 모시는 이가 급히 오왕 손권에게 보고했다.

"지금 위왕 조비가 직접 임금 배를 타고 물과 뭍으로 삼십만 남짓의 대군을 이끌고 채하와 영수를 거쳐 회수로 오고 있답니다. 틀림없이 광릉을 친 다음 강을 건너 강남으로 내려옵니다. 그리되면 몹시 좋지 않습니다."

손권은 깜짝 놀라 바로 문무 벼슬아치들을 모아놓고 의논했다.

고옹이 나서서 말했다.

"폐하께서는 이미 서촉과 사이좋게 지내기로 했으니 제

갈공명에게 편지를 보내 한중에서 군사를 내보내 적의 힘이 둘로 나뉘게 하십시오. 그러는 한편 대장 하나를 남서로 보내 적을 막도록 하십시오."

손권이 말했다.

"육백언이 아니고서는 맡을 이가 없을 거요."

고옹이 말했다.

"육백언은 형주를 지키고 있어 가벼이 움직일 수가 없습니다."

손권이 말했다.

"내가 그걸 모르는 바 아니오. 그러나 대신 보낼 마땅한 사람이 보이지 않소."

손권이 말을 채 끝내기도 전에 한 사람이 큰소리를 지르며 나섰다.

"제가 비록 재주는 없으나 군사 한 무리를 이끌고 가 위군을 막겠습니다. 조비가 직접 장강을 건너오면 제가 반드시 사로잡아 폐하께 바치겠습니다. 만약에 강을 건너오지 않더라도 위군을 반 넘게 무찔러 동오를 쉬이 넘겨다보지 못하게 하겠습니다."

손권이 그를 보았다. 서성이었다. 손권은 무척 기뻤다.

"그대가 강남 쪽을 지켜준다면 내가 무얼 걱정하겠소!"

손권은 서성을 안동장군으로 삼은 뒤 건업과 남서의 군

사를 모두 다스리게 했다. 서성은 고마움을 나타낸 뒤 명령을 받들고 물러났다. 바로 모든 군사들에게 명령을 내려 무기를 많이 장만하게 하고 깃발도 많이 세우도록 하면서 강변을 지킬 준비를 했다.

갑자기 한 사람이 불쑥 나서며 말했다.

"오늘 대왕께서 장군에게 중요한 자리를 맡게 하신 건 바로 위군을 깨부수고 조비를 사로잡으라는 뜻이오. 그런데 장군은 어째서 강 건너 회남으로 빨리 군사를 보내 적을 맞아 싸우려 하지 않으시오? 질질 끌다 조비군이 들이닥쳐 일을 그르칠까 걱정이오."

서성이 그를 바라보았다. 손권의 조카인 손소였다. 손소의 자는 공례이고 벼슬은 양위장군이었다. 일찍이 광릉을 지킨 일이 있는데, 젊은 나이로 힘이 넘쳐 지나칠 정도로 씩씩했다.

서성이 말했다.

"조비군은 수가 무척 많고 이름난 장수들이 앞장서고 있어 우리가 강을 건너가 맞아 싸워서는 안 되네. 저쪽 배가 북쪽 강가에 다 모이기를 기다렸다가 꾀를 써서 깨고자 하네."

손소가 말했다.

"나는 군사를 삼천 명 거느리고 있고, 광릉 땅 길도 잘 알고 있소. 그러니 강북으로 가서 조비와 죽기로 한판 겨뤄볼까 하오. 만약에 이기지 못하면 군법에 따르겠소."

서성은 안 된다고 했다. 그런데도 손소는 고집을 꺾지 않고 가겠다고 했다. 서성이 거듭 안 된다고 했으나 손소는 두 번 세 번 계속 가겠다고 고집을 부렸다.

마침내 서성이 화를 내고 말았다.

"네가 이렇게 명령을 따르지 않으면 내 어찌 뭇 장수들을 다스리겠느냐?"

서성은 무사들에게 손소를 끌고 가 목을 베라 하였다. 무사들은 손소를 끌고 밖으로 나가 검은 기를 세웠다. 손소의 부하 장수 하나가 부리나케 손권에게 달려가 알렸다. 손권은 소식을 듣자마자 말에 올라 손소를 구하러 달려왔다. 손권이 이르러 보니 무사들이 막 목을 베려 하고 있었다. 손권이 무사들을 급히 말려 물리친 뒤 손소를 구했다.

손소가 울면서 말했다.

"저는 지난날에 광릉에 있어서 그곳 길에 밝습니다. 그리 가서 조비를 맞아 싸우지 않고 조비가 장강으로 내려올 때까지 기다렸다가는 동오는 바로 그날로 끝장입니다!"

손권은 바로 영채로 들어갔다. 서성은 손권을 막사 안으로 맞아들인 뒤 말했다.

"대왕께서는 저더러 도독을 맡아 위군을 막으라 하셨습니다. 지금 양위장군 손소는 군법을 따르지 않고 명령을 어겨 목을 베려 했습니다. 그런데 대왕께서는 어찌하여 그 사람을 구해주셨습니까?"

손권이 대답했다.

"손소가 제 뜨거운 피와 기운만 믿고 군법을 어긴 모양인데, 부디 너그러이 용서해주기 바라오."

서성이 말했다.

"법은 제가 세우지도 않았고, 대왕께서 세우시지도 않았습니다. 법은 나라의 바탕입니다. 이처럼 가까운 사이라 하여 죄를 묻지 않으시면 어떻게 많은 사람들을 다스릴 수 있겠습니까?"

손권이 말했다.

"손소가 죄를 지었으니 장군이 알아서 하도록 맡겨두어야 하오. 그런데 본디 유가였던 그 녀석을 형님께서 무척 아끼시어 손씨 성을 내리신데다 나를 위해서도 적지 않은 공을 세웠소. 그래서 지금 그 녀석을 죽인다면 형님께 의로움을 저버리는 꼴이 되오."

서성이 말했다.

"그럼 대왕의 낯을 보아 죽이지 않겠습니다."

손권은 손소에게 절을 하고 잘못에 대해 용서를 빌라고 했다. 그러나 손소는 절은커녕 되레 소리 높여 외쳤다.

"내 보기에는 군사를 이끌고 가 바로 조비를 무찔러야 하

                    박상률 완역 삼국지 8

오! 내 죽더라도 당신 생각에는 따를 수 없소!"

서성의 낯빛이 바뀌었다. 손권은 손소를 꾸짖어 물리친 뒤 서성에게 말했다.

"저따위 녀석 없다고 해서 군사적으로 손해날 게 뭐 있겠소? 이제 앞으론 절대로 쓰지 마시오."

손권은 그렇게 말을 뱉은 뒤 돌아갔다.

그날 밤 아랫사람이 급히 들어와 서성에게 보고했다.

"손소가 날래고 씩씩한 군사 삼천 명을 이끌고 몰래 강을 건너갔습니다."

서성은 혹시라도 잘못되면 손권을 볼 낯이 없을 게 걱정되었다. 그래서 정봉을 불러 비밀 계획을 일러주며 군사 3천 명을 이끌고 강을 선니가 도우라 했다.

한편 위나라 임금 조비는 임금 배를 타고 광릉에 이르렀다. 앞장섰던 조진은 이미 장강 기슭에 군사를 펼쳐놓고 있었다.

조비가 물었다.

"강가에 적군은 얼마나 있소?"

조진이 대답했다.

"건너편 강언덕을 멀리까지 살펴보았으나 사람 하나 보이지 않고 깃발도, 영채도 없습니다."

조비가 말했다.

"이건 틀림없이 속임수요. 내 직접 가서 속내를 살펴보아야겠소."

조비는 강 길을 크게 열어 임금이 타는 배를 띄우게 한 뒤 장강으로 나아가 강가에 이르렀다. 배 위에는 용·봉·해·달 등이 새겨진 다섯 빛깔 깃발이 세워져 있고, 에워싸고 있는 임금 수레는 눈이 부실 정도였다. 조비는 배 위에 앉아 멀리 강 남쪽을 바라보았다. 사람 하나 보이지 않아 유엽과 장제를 돌아보며 물었다.

"강을 건너가도 되겠소?"

유엽이 대답했다.

"싸움을 할 때는 속으로 알찰수록 겉으로는 허술하게 보이도록 하는 법입니다. 저들이 대군이 오는 걸 보고 어찌 준비를 하지 않고 있겠습니까? 폐하께서는 지금 가벼이 나아가지 마시고 네댓새 더 기다리시면서 움직임을 살펴보시기 바랍니다. 그런 뒤 앞장선 부대를 보내 살펴보도록 하십시오."

조비가 고개를 끄덕였다.

"그대 말이 바로 내 뜻과 같소."

그날 해가 저물자 강 위에서 머물렀다. 달이 없어 캄캄했지만 군사들 모두 횃불을 치켜들어 하늘에서 바닥에 이르기까지 온통 대낮같이 밝았다. 그러나 강 남쪽은 불빛 한 점

내비치지 않았다.

조비가 곁에 있는 이들에게 물었다.

"왜 저러는가?"

곁에서 모시는 이가 대답했다.

"폐하께서 군사를 거느리고 오신다는 소문을 듣고 모두들 쥐새끼처럼 달아난 모양입니다."

조비는 어이없는 대답에 속으로 웃고 말았다.

새벽이 되자 짙은 안개가 끼어 바로 앞사람 얼굴도 알아보기 힘들었다. 조금 뒤 바람이 일자 안개가 흩어지고 구름도 걷혔다.

강 남쪽을 바라보니 성이 잇대어 있는데, 성 위 다락집엔 창과 칼들이 햇빛을 받아 반짝거리고 깃발들도 가득 꽂혀 있었다.

여러 차례에 걸쳐 같은 보고가 들어왔다.

"남서 강가 쪽에서부터 석두성에 이르기까지 수백 리에 걸쳐 성이 이어져 있고, 수레와 배가 거침없이 오고 가고 있습니다. 이게 모두 다 하룻밤 사이에 이루어졌습니다!"

조비는 소스라치게 놀랐다.

이는 모두 다 서성이 낸 꾀였다. 서성은 갈대를 묶어 사람처럼 만든 뒤 죄다 푸른 옷을 입히도록 했다. 그런 뒤 깃발을 들려 역시 가짜로 만든 성 위에 세워놓도록 했다. 위군들은 성 위에 군사들이 엄청 많이 있는 성싶어 가슴이 서늘할 수밖에 없었다.

조비가 한숨을 길게 내쉬었다.

"위에 무사들이 수천 무리가 있지만 아무짝에도 쓸 데가 없구먼. 강남 사람들 하는 일이 저렇게 뛰어나니 아직 어찌 해볼 수가 없다!"

놀라 어이없어하고 있는데 갑자기 거센 바람이 미친 듯이 휘몰아치더니 파도가 크게 일며 하늘로 솟구쳤다. 조비의 옷자락이 강물에 젖고, 커다란 배가 엎어질 듯싶었다. 조진은 당황스러워하며 문빙더러 작은 배를 급히 몰고 가 조비를 구하도록 했다. 임금 배에 타고 있는 사람들은 서 있을 수조차 없었다. 문빙은 임금 배에 뛰어오른 뒤 조비를 업고 다시 작은 배로 뛰어내린 다음 바로 나루로 들어갔다. 이때 갑자기 염탐꾼이 달려왔다.

"조운이 군사를 이끌고 양평관을 나와 장안으로 쳐들어가고 있습니다."

그 말에 조비는 까무러칠 정도로 놀라 낯빛이 하얘지면서 바로 군사를 거두어 돌아가자고 했다. 군사들은 저마다 달아나기에 바쁜데 뒤에서는 오군이 쫓아왔다. 조비는 임금이 쓰는 물건조차도 버리고 달아나라고 일렀다.

조비가 탄 배가 막 회하에 이르렀을 때 난데없는 북소리

　　　　　　　　　　　　　박상률 완역 삼국지 8

와 나팔 소리가 울려퍼지며 외침 소리가 크게 일었다. 이어 한쪽에서 사나운 범 같은 군사 한 무리가 쏟아져나왔다. 앞선 대장은 바로 손소였다. 위군은 어찌해보지 못하고 절반 넘게 죽고 말았다. 물에 빠져 죽은 이도 헤아릴 수 없었다. 장수들은 있는 힘을 다해 조비를 구했다.

조비가 회하를 지나 30리를 채 못 갔을 때였다. 회하의 갈대밭에서 갑작스레 불길이 치솟아올랐다. 미리 고기 기름을 뿌려둔 뒤 불을 지르자 마침 불어온 바람에 불길은 더욱 거세졌다. 이윽고 불길은 하늘을 덮더니 임금 배까지 꼼짝 못 하게 했다. 조비는 놀라 부리나케 작은 배로 옮겨 탔다. 그 배가 가까스로 강언덕에 이르렀을 때 임금 배는 이미 불길에 휩싸여 있었다. 조비는 허둥지둥 말에 올랐다. 그때 또 언덕 위에서 군사 한 무리가 쏟아져 내려왔다. 앞장선 장수는 정봉이었다. 장료가 급히 말을 몰고 나가 싸우려 했으나 정봉이 쏜 화살에 허리를 맞고 말았다. 서황이 장료를 구해 함께 조비를 보호하며 달아났다. 이때 잃은 군사들이 셀 수 없이 많았다. 손소와 정봉은 계속 쫓아와 말과 수레와 배와 무기들을 셀 수 없이 많이 빼앗았다.

위군은 크게 지고 돌아갔다. 오의 장수 서성은 큰 공을 세웠다. 오왕 손권은 그에게 상을 아주 두텁게 내렸다. 장료는 허도로 돌아간 뒤 화살 맞은 자리가 도져서 죽고 말았다. 조비는 장료의 장사를 잘 지내주도록 했다.

한편 조운은 군사를 이끌고 양평관에서 나와 무찌르러 가던 길에 승상 제갈량의 급한 편지를 받았다. 익주의 늙은 장수 옹개가 만왕 맹획과 손잡고 군사 10만 명을 일으켜 네 고을로 쳐들어오고 있으니 조운더러 군사를 거두어 돌아오라는 내용이었다. 양평관은 마초더러 굳게 지키도록 하고, 승상이 직접 남쪽을 칠 생각이라고 했다.

이리하여 조운은 급히 군사를 거두어 돌아갔다. 이때 제갈량은 성도에서 군사와 말을 정리하며 직접 남쪽을 칠 준비를 하고 있었다.

지금 막 동오와 북위가 싸우는 걸 보았는데
이제 또 서촉과 남만이 싸우는 걸 보겠네

과연 이기고 짐은 어떻게 갈라질는지…….

남만을 치러 나선 제갈량

제갈량은 남만을 치기 위해 군사를 크게 일으키고
만왕 맹획은 황제의 군사에 대들다 첫 번째로 사로잡히다

승상 제갈량은 성도에 있으면서 큰일이든 작은 일이든 어느 한쪽에 치우침 없이 잘 살펴서 돌보았다. 이에 동천과 서천 백성들은 모두들 평화롭기 그지없는 세월을 즐겼다. 밤에도 문을 열어놓고 지내면서 길에 떨어진 물건도 슬쩍 집어가는 이가 없었다. 게다가 연거푸 풍년이 들어 늙은이·어린이 가리지 않고 모두들 배를 두드리며 노래 불렀다. 젊은이들은 나라에서 부르기라도 하면 앞을 다투듯이 나가 일을 해치웠다. 이리하여 군사 물자며 무기 등 모든 물건들이 갖추어지지 않은 게 없고, 쌀도 창고에 그득했으며, 다른 재

물들도 넉넉했다.

건흥 3년에 익주에서 급한 보고가 날아들었다.

"만왕 맹획이 군사 십만 명을 일으켜 우리 땅으로 쳐들어 왔습니다. 건녕 태수 옹개는 한나라의 십방후 옹치의 후손인데도 지금 맹획과 손잡고 배반하였습니다. 장가군 태수 주포와 월준군 태수 고정 두 사람은 성을 바치며 항복했습니다. 오로지 영창군 태수 왕항만이 배반하지 않고 있습니다. 지금 옹개·주포·고정 세 사람은 부하 군사들을 이끌고 모두 맹획의 앞잡이가 되어 영창군을 치고 있습니다. 왕항은 공조인 여개와 함께 백성들을 모아 죽기로 성을 지키고 있지만 돌아가는 판이 아주 좋지 않습니다."

제갈량은 곧장 조정으로 들어가 유선에게 보고했다.

"남만이 우리를 따르지 않고 있는데, 참으로 나라의 골칫거리라 여겨집니다. 제가 직접 대군을 이끌고 가서 무찌르겠습니다."

유선이 걱정스레 물었다.

"동에는 손권이 있고 북에는 조비가 있습니다. 지금 승상께서 나를 놔두고 나가셨다가 만약에 오나 위가 쳐들어오면 어찌해야 합니까?"

제갈량이 대답했다.

"동오는 우리와 이제 막 사이좋게 지내자고 약속한 터라

딴 생각을 하지 않을 겁니다. 만약에 다른 생각을 품고 쳐들어오더라도 백제성에 있는 이엄이 육손을 막아냅니다. 또 조비는 싸움에 진 지 얼마 안 되어서 날카로운 기운이 이미 다 꺾이어 먼 데까지 나올 수 없습니다. 더더구나 마초가 한중의 여러 길목을 틀어막고 있어 걱정하지 않으셔도 됩니다. 제가 또 관흥과 장포에게 군사를 나누어주며 서로 돕도록 한 뒤 폐하를 잘 보호하도록 해놓았으니 만에 하나의 잘못도 없을 겁니다. 저는 지금 먼저 남쪽 오랑캐를 치고, 이어서 북쪽을 쳐 중원을 빼앗겠습니다. 그리하여 마침내 돌아가신 황제께서 세 번씩이나 찾아주신 은혜와 저에게 폐하를 부탁하신 그 깊은 믿음을 갚도록 하겠습니다.”

유선이 말했다.

“내가 나이가 어리고 아는 게 없으니 승상께서 다 알아서 해주시기 바랍니다.”

말을 채 끝맺기 전에 한 사람이 썩 나서며 소리쳤다.

“안 됩니다! 안 됩니다!”

모두들 그를 바라보았다. 남양 사람으로, 자가 문의이며 간의대부 자리에 있는 왕련이었다.

왕련이 제갈량을 보고 말했다.

“남쪽 지방은 땅이 거칠어 농사도 지을 수 없고 무서운 병도 도는 곳입니다. 더더구나 승상께서는 나라의 가장 중요한 일을 맡고 계십니다. 그러니 직접 싸움터에 나가시면 안 됩니다. 옹개 무리는 좀 가렵다 마는 옴 정도밖에 안 됩니다. 승상께서 가시지 않고 대장 하나만 보내셔도 반드시 무찌르고 돌아올 겁니다."

제갈량이 말했다.

"남만 땅은 우리 나라에서 멀리 떨어져 있어 임금의 덕스러움을 입지 못한 사람들이 많소. 그래서 우리를 따르게 하기가 쉽지 않소. 그러니 내가 직접 치러 가지 않을 수 없소. 일 돌아가는 판을 보아가며 때로는 강하게, 때로는 부드럽게 해야 하니 다른 사람을 보낼 수 없소."

왕련이 거듭 말렸으나 제갈량은 듣지 않았다. 제갈량은 유선에게 떠나는 인사를 남긴 뒤 물러나왔다. 그런 뒤 바로 장완을 참군으로 삼고 비의는 장사로, 동궐과 번건 두 사람은 연사로 삼았다. 이어 조운과 위연을 대장으로 삼아 군사를 모두 다스리게 하고, 왕평과 장익은 부장으로 삼은 뒤 서천 장수 수십 명과 군사 50만 명을 일으켜 익주를 바라고 떠났다.

이렇게 길을 가고 있는데 갑자기 관우의 셋째 아들인 관색이 제갈량을 찾아왔다.

"형주가 무너진 뒤 포가장으로 피해 거기서 몸을 추스르며 있었습니다. 늘 서천으로 가 돌아가신 황제 폐하를 뵙고 나서 아버님 원수를 갚고자 했으나 상처가 쉬이 낫지 않아 떠나지 못했습니다. 이제야 상처가 나아 알아보았더니 동오의 원수들은 이미 다 죽었다고 들었습니다. 황제를 뵈려고 서천으로 가는 길이었는데, 마침 남쪽을 치러 가는 군사를 만나 이렇게 특별히 찾아뵙게 되었습니다."

제갈량은 그 말을 듣자 놀라워했다. 조정에 사람을 보내 보고하는 한편 관색을 앞장세워 함께 남쪽을 치러 갔다.

대부대가 열을 지어 앞으로 나아가는데 모두들 흐트러짐이 없었다. 배고프면 먹고, 목마르면 마시고, 밤이 되면 머무르고, 날이 새면 또 떠났다. 지나는 길에 백성들 것이라곤 조금도 손대지 않았다.

한편 옹개는 제갈량이 직접 대군을 거느리고 온다는 소식을 듣자 곧바로 고정·주포와 함께 의논했다. 군사를 세 길로 나누어 고정은 가운데 길을 맡고 옹개는 왼쪽을, 주포는 오른쪽을 맡아 저마다 군사 5, 6만씩을 이끌고 적을 맞기로 했다.

이에 고정은 악환을 앞장세웠다. 악환은 키가 9자나 되고, 얼굴이 아주 사납고 무섭게 생긴 사람이었다. 방천극 창한 자루만으로 싸움에 나서는데 만 사람을 해볼 정도로 씩씩했다. 악환은 촉군을 맞아 싸우기 위해 본부 영채에서 군사를 거느리고 나왔다.

이때 제갈량은 이미 대군을 거느리고 익주 가까이 가 있었다. 앞장선 장수 위연과 부장 장익·왕평이 막 익주 어귀로 들어서다가 악환의 군사와 마주쳤다. 양쪽은 둥그렇게 진을 펼치고 마주 섰다.

위연이 말을 타고 나가 큰소리로 꾸짖었다.

"역적들은 빨리 항복하라!"

악환이 말을 달려나와 위연에게 덤벼들었다. 몇 합 싸우지 않고 위연이 거짓으로 진 척하며 달아나자 악환이 그 뒤를 쫓았다. 몇 리 못 갔을 때였다. 외침 소리가 크게 일더니 장익과 왕평이 양 갈래로 쏟아져나와 뒤를 끊었다. 위연도 다시 되돌아서서 무찌르기 시작했다. 세 장수는 힘을 모아 이내 곧 악환을 사로잡았다. 그들은 악환을 본부 영채에 있는 제갈량에게 끌고 갔다. 제갈량이 묶인 걸 풀어주라 하고 술과 먹을 것을 내주며 물었다.

"너는 누구의 부하 장수냐?"

악환이 대답했다.

"저는 고정의 부하 장수로 있습니다."

"나는 고정이 본디 충성스럽고 의로운 사람으로 알고 있다. 지금 이러는 건 옹개의 꾐에 빠져서이다. 너를 놓아줄 테니 돌아가서 고태수에게 빨리 항복하여 뒤탈이 크게 나지 않도록 하라 일러라.”

악환은 절을 하며 고마워한 뒤 돌아가 고정에게 제갈량의 덕스러움을 이야기했다. 고정 역시 감격스러워했다.

다음 날 옹개가 영채로 찾아왔다. 인사를 나누고 나자 옹개가 물었다.

“사로잡혔던 악환이 어떻게 돌아올 수 있었소?”

고정이 대답했다.

“제갈량이 의로움을 베풀어 놓아주었소.”

옹개가 말했다.

“이건 바로 제갈량이 우리 사이를 벌어지게 하려고 꾀를 쓴 거요. 우리 둘이 서로 다투게 하려고 쓴 꾀란 말이오.”

고정은 긴가민가하여 마음을 정할 수가 없었다. 그때 갑자기 촉의 장수가 와서 싸움을 건다는 보고가 들어왔다. 옹개는 직접 군사 3만 명을 이끌고 나가 맞았다. 그러나 옹개는 몇 합 싸우지도 못하고 말 머리를 돌려 달아나기 시작했다. 위연은 군사를 이끌고 20리 넘게 몰아쳤다.

다음 날 옹개는 또 군사를 이끌고 싸우러 나왔다. 그러나 제갈량은 사흘 동안 꼼짝도 하지 않았다. 나흘째 되는 날 옹개와 고정은 군사를 두 길로 나누어 함께 촉의 영채를 덮치러 갔다.

이미 제갈량은 위연에게 군사를 두 길로 나누어 숨어 있도록 했다. 과연 옹개와 고정은 두 길로 나누어 쳐들어왔다. 바로 그때 숨어 있던 군사들이 뛰쳐나가 절반 넘게 죽이거나 다치게 했다. 사로잡은 이도 셀 수 없이 많았다. 제갈량은 사로잡은 적들을 모두 본부 영채로 끌고 오게 한 뒤 옹개와 고정의 군사를 나누어 따로따로 가두어두도록 했다. 이어 군사들을 시켜 소문을 퍼뜨렸다.

"고정의 군사들만 살려주고 옹개의 군사들은 다 죽인다더라."

사로잡힌 군사들은 모두들 이 소문을 들었다. 조금 뒤 제갈량은 옹개의 군사들을 막사 앞으로 끌고 오게 한 뒤 물었다.

"너희들은 누구의 부하들이냐?"

모두들 거짓으로 대답했다.

"고정의 부하들입니다."

제갈량은 그들을 모두 살려주라 이르며 술과 음식을 먹였다. 그런 뒤 사람을 시켜 그들을 멀리 데리고 가서 자기네들 영채로 돌아가게 했다. 이어 제갈량은 또 고정의 군사들을 불러다놓고 물었다.

모두들 입을 모아 대답했다.

"저희들이야말로 진짜 고정의 부하들입니다."

제갈량은 이들 역시 살려주며 똑같이 술과 음식을 내다 먹인 뒤 짐짓 목에 힘을 주며 말했다.

"옹개가 오늘 사람을 보내 항복하겠다고 하면서 너희들 주인과 주포의 머리를 가지고 오는 걸로 공을 세우겠다고 했다. 그러나 나는 차마 그렇게 하라 할 수 없었다. 너희들이 고정의 부하 군사들이라 하여 놓아주는 거니 두 번 다시 배반하지 말도록 하라. 만약에 또 잡혀오면 결코 쉽게 용서해주지 않겠다."

군사들은 절을 하며 고마워한 뒤 떠나갔다. 영채로 돌아간 군사들은 고정에게 가서 겪었던 일을 죄다 털어놓았다.

고정은 옹개의 영채로 몰래 사람을 보내 사정을 살펴보고 오도록 했다. 잡혔다가 돌아온 옹개의 군사들은 모두들 제갈량의 덕스러움을 들먹이면서 고정에게 오고 싶어 했다. 고정은 그런 보고를 받고도 마음이 편치 않았다. 그래서 이번엔 제갈량의 영채로 사람을 보내 어찌 돌아가는 건지 살펴보고 오도록 했다. 그런데 이 사람이 그만 길가에 숨어 있던 군사에게 잡혀 제갈량 앞으로 끌려갔다. 제갈량은 짐짓 그 사람을 옹개의 부하로 아는 척하면서 막사 안으로 불러들여 물었다.

"네 우두머리는 이미 고정과 주포 두 사람의 머리를 바치겠다고 약속했다. 그런데 어찌하여 약속한 날짜를 넘기는고? 그리고 너는 보니 허술하기 짝이 없는 놈인데 어떻게 염탐꾼 노릇을 하겠다고 왔느냐?"

염탐꾼은 제대로 대답을 하지 못하고 우물쭈물했다. 제갈량은 그에게 술과 음식을 내다 주게 한 다음 비밀 편지 한 통을 써주며 말했다.

"이 편지를 옹개에게 갖다주어라. 빨리 손을 써서 일을 그르치지 않도록 해야 한다고 전해라."

염탐꾼은 고맙다고 절을 한 뒤 물러나왔다. 고정에게 간 염탐꾼은 제갈량의 편지를 바치며 제갈량한테서 들은 대로 옹개가 이러저러했다 하더라고 일렀다.

편지를 읽고 난 고정이 화를 벌컥 냈다.

"나는 저를 거짓 없이 참된 마음으로 대했는데 도리어 나를 배반하고 해치려 하다니, 인정으로 볼 때 이럴 수 없다!"

바로 악환을 불러 이런 사실을 이야기하자, 악환이 듣고 나서 말했다.

"공명은 어진 사람이니 그 사람을 배반하지 않아야 좋습니다. 우리가 지금 이렇게 배반하게 된 것도 모두 옹개 탓입니다. 그러니 옹개를 죽인 다음 공명에게 항복하는 게 좋겠습니다."

고정이 말했다.

"어떻게 죽이지?"

악환이 대답했다.

"술자리를 마련한 뒤 사람을 보내 옹개를 부르십시오. 만약에 딴마음을 품고 있지 않으면 아무 말 없이 올 겁니다. 만약에 오지 않는다면 그건 틀림없이 딴마음을 품고 있기 때문입니다. 그땐 주공께서 앞쪽을 바로 들이치십시오. 저는 영채 뒤 샛길에 숨어서 기다리겠습니다. 그러면 옹개를 사로잡을 수 있습니다."

고정은 그 말을 좇아 술자리를 마련한 뒤 옹개를 불렀다. 그러나 옹개는 전날 잡혔다 풀려온 군사들이 한 말 때문에 뭔가 의심이 들어 술자리에 가지 않았다.

이날 밤 고정은 군사를 이끌고 가서 옹개의 영채를 덮쳤다. 제갈량한테 잡혔다 죽지 않고 돌아온 군사들은 모두들 고정의 덕을 입었다고 생각하고 있어서 도리어 고정을 도우려 들었다. 그런 까닭에 옹개군은 싸우기도 전에 어지러움에 빠지고 말았다. 옹개는 하는 수 없어 말을 타고 산길로 달아났다. 미처 2리도 못 갔을 때였다. 북소리가 울리는가 싶더니 군사 한 무리가 뛰쳐나왔다. 악환의 군사였다. 악환이 방천극을 꼬나잡고 말을 몰아 앞을 막았다. 옹개는 미처 손 한 번 제대로 놀려보지 못하고 악환이 한 번 찌른 창에 말 아래로 고꾸라졌다. 악환은 옹개의 머리를 베어 들었다. 이에 옹개의 군사들은 모두 고정에게 항복했다.

고정은 양쪽 군사들을 모두 이끌고 제갈량에게 가서 항복하고 옹개의 목을 바쳤다. 제갈량은 막사 안 위쪽에 높다랗게 앉아 있으면서 곁에 있는 이들더러 고정을 끌어내어 목을 베라 하였다.

고정은 어이없었다.

"저는 승상의 큰 은혜에 깊이 느끼는 바가 있어서 옹개의 머리를 가지고 항복하러 왔습니다. 그런데 어찌하여 목을 베려 하십니까?"

제갈량이 껄껄 웃었다.

"너는 지금 거짓으로 항복하러 왔다. 태연히 나를 속이려 하다니!"

"승상께서는 어찌하여 저더러 거짓 항복한다 하십니까?"

제갈량은 작은 상자 속에서 편지 한 통을 꺼내 고정에게 보여주며 말했다.

"주포가 벌써 항복 편지를 몰래 보내왔다. 거기 보니 너는 옹개와 살고 죽기를 같이하기로 다짐했다고 하더라. 그런 네가 어떻게 하루아침에 그 사람 목을 베어 올 수 있단 말이냐? 그래서 네가 거짓으로 항복한 걸 내가 안다."

고정은 억울하기 짝이 없었다.

"주포가 아무래도 사이를 떼어놓는 꾀를 쓴 모양입니다. 승상께서는 절대로 믿으시면 안 됩니다!"

"나도 한쪽 말만 그대로 믿을 수는 없다. 만약에 네가 주포를 잡아오면 네 마음이 거짓이 아니라고 믿으마."

"승상께서는 의심하지 마십시오. 주포를 사로잡아가지고 와서 다시 뵙고 싶습니다."

"만약에 그렇게만 한다면 더 의심하지 않겠다."

고정은 곧장 부장 악환과 본부 군사를 이끌고 주포의 영채를 덮치기 위해 떠났다. 영채에서 10리쯤 떨어진 곳에 이르렀을 때였다. 산 뒤쪽에서 군사 한 무리가 뛰쳐나왔다. 주포의 군사였다. 주포는 고정의 군사가 오자 급히 맞으려 하며 말을 건네려 했다. 그러나 고정은 주포를 보자 대뜸 욕을 퍼부어댔다.

"너는 무엇 때문에 제갈승상한테 편지를 보내 사이를 갈라놓는 꾀를 쓰며 나를 해치려 했느냐?"

주포는 까닭을 몰라 눈을 크게 뜨며 어안이 벙벙한 표정을 지었다. 그때 갑자기 악환이 말 뒤로 돌아가더니 주포를 한 창에 찔러 말 아래로 고꾸라뜨렸다.

고정이 큰소리로 외쳤다.

"따르지 않는 이는 모두 죽여버리겠다!"

이에 군사들 모두 땅에 엎드리며 항복했다. 고정은 양쪽 군사들을 거느리고 제갈량에게 가서 주포의 머리를 바쳤다.

제갈량이 큰소리로 웃었다.

"내 일부러 그대에게 이 두 역적을 치게 해서 충성스런 마음을 드러내게 했네."

제갈량은 고정을 익주 태수로 삼으며 세 고을을 맡아 다스리도록 하고, 악환은 아장으로 삼았다. 이리하여 세 갈래 군사는 모두 다스려졌다.

영창 태수 왕항이 성을 나와 제갈량을 맞았다. 성 안으로 들어가자 제갈량이 물었다.

"공은 누구랑 같이 이 성을 아무 탈 없이 지켜냈소?"

왕항이 대답했다.

"제가 오늘까지 이 고을을 탈 없이 잘 지킬 수 있었던 건 모두 여개가 힘을 쏟았기 때문입니다. 여개는 영창 불위 사람인데 자는 계평이라 합니다."

제갈량은 바로 여개를 불러오게 했다. 여개가 와서 인사를 마치자 제갈량이 말했다.

"오래전부터 공이 영창의 이름 높으신 선비라고 들었소. 이 성을 지키는 데도 공의 힘이 아주 컸다는군요. 지금 남만 지방을 무찌르고자 하오. 공께서 좋은 생각을 가지고 있으신지요?"

여개가 지도 한 벌을 꺼내 제갈량에게 주며 말했다.

"제가 여기서 벼슬살이를 하면서 남쪽 사람들이 배반하려 한다는 걸 진즉 알아챘습니다. 그래서 몰래 사람을 그쪽 땅 안으로 들여보내 군사가 머물러 있기 좋은 곳과 싸우기 좋은 곳 등을 살펴 그림으로 그려놓았습니다. 이름하여 '남만을 무찌를 수 있는 안내도'입니다. 이걸 즐거이 명공께 바칩니다. 명공께서 이를 살펴보시면 남만을 무찌르시는 데 도움이 되실 겁니다."

제갈량은 무척 기뻐하며 여개를 행군교수로 삼은 뒤 길 안내를 하는 향도관도 아울러 맡겼다. 마침내 제갈량은 군사를 이끌고 앞으로 나아가 남만 땅 안으로 깊숙이 들어갔다.

한창 가고 있는데 갑자기 황제가 사람을 보내왔다는 보고가 올라왔다. 제갈량은 그를 맞았다. 황제가 보낸 사람은 마속이었는데 흰옷을 입고 있었다. 마속은 형인 마량이 세상을 뜬 지 얼마 안 되어서 상복 차림을 하고 있었다.

마속이 말했다.

"황제 폐하의 명령을 받들어 군사들에게 나누어줄 술과 비단을 가져왔습니다."

제갈량이 조서를 받은 뒤 하나하나 나눠주도록 일렀다. 이어 마속을 막사 안에 있게 하면서 이야기를 나누다 물었다.

"나는 황제의 조서를 받들어 남만을 무찌르러 왔소. 유상의 생각이 뛰어나다는 말을 오래전부터 들었소. 부디 한말씀 해주시오."

마속이 대답했다.

"어리석은 생각이나마 몇 마디 드릴 테니 승상께서는 헤아려 들어주시기 바랍니다. 남만은 멀리 떨어져 있고 산이 험하다는 걸 믿고 굽히지 않은 지 오래되었습니다. 오늘 깨부순다 해도 내일이면 또 배반합니다. 승상께서 대군이 그쪽에 다다르면 틀림없이 굽히고 따릅니다. 그런데 승상께서는 또 군사를 돌려 북쪽의 조비를 치러 가셔야 합니다. 그때 남만은 우리의 빈틈을 알고 바로 또 배반합니다. 뭐니 뭐니 해도 싸움에서는 마음을 무찌르는 게 가장 좋다고 했습니다. 성을 무찌르는 건 그보다 못하다 했습니다. 또 마음으로 하는 싸움이 가장 낫고, 군사로 싸우는 건 그보다 못하다 했습니다. 부디 승상께서는 그들이 마음으로부터 따르도록 하십시오."

제갈량이 무릎을 탁 쳤다.

"유상이 내 마음을 훤히 꿰뚫고 있구려!"

이에 제갈량은 마속을 참군으로 삼은 뒤 바로 대군을 이끌고 앞으로 나아갔다.

한편 만왕 맹획은 제갈량이 꾀를 써서 옹개 무리를 무찔렀다는 소식을 듣자 의논하기 위해 곧바로 세 동의 으뜸 장수들을 불렀다. 첫째 동의 으뜸 장수는 금환삼결이고, 둘째 동의 으뜸 장수는 동도나이고, 셋째 동의 으뜸 장수는 아회남이었다. 세 동의 으뜸 장수들이 오자 맹획이 말했다.

"지금 제갈승상이 대군을 이끌고 우리 땅으로 쳐들어왔으니 어쩔 수 없이 힘을 모아 싸울 수밖에 없다. 그대들 셋은 군사를 세 길로 나누어 나아가라. 이기는 사람을 동의 우두머리로 삼겠다."

이리하여 금환삼결은 가운데 길로, 동도나는 왼쪽 길로, 아회남은 오른쪽 길로 저마다 군사 5만 명씩을 이끌고 나아갔다.

이때 제갈량은 영채 안에서 회의를 하고 있었다. 그때 염탐꾼이 나는 듯이 달려와 보고했다. 세 동의 으뜸 장수들이 군사를 세 길로 나누어 오고 있다는 내용이었다. 제갈량은 보고를 받자마자 조운과 위연을 불러들였다. 그러나 제갈량은 두 사람에게는 아무런 말을 하지 않고 다시 왕평과 마충을 들라 하여 말했다.

"지금 남만 군사들이 세 길로 나누어 오고 있다 하오. 자룡과 문장을 보내고 싶으나 두 사람은 거기 지리를 잘 몰라 보낼 수가 없소. 왕평은 왼쪽 길로 가서 적을 맞고, 마충은 오른쪽 길로 가서 적을 맞으시오. 자룡과 문장을 뒤따라 보내 돕도록 하겠소. 오늘은 군사와 말을 살펴 정리하고 내일 해가 뜨는 대로 떠나도록 하시오."

두 사람이 명령을 받고 나가자 이번엔 장의와 장익을 불러들여 말했다.

“그대 두 사람은 군사 한 무리를 함께 이끌고 가운데 길로 가서 적을 맞도록 하시오. 오늘은 군사와 말을 살피고 정리한 뒤 내일 왕평과 마충이 떠날 때 같이 약속하고 떠나도록 하시오. 자룡과 문장을 보내 무찌르고 싶으나 두 사람은 지리를 잘 몰라 쓰지 못하오.”

장의와 장익은 명령을 받고 물러갔다.

조운과 위연은 제갈량이 자기들을 제쳐놓자 잔뜩 화가 난 빛을 감추지 못하고 있었다. 이에 제갈량이 두 사람을 보고 말했다.

“내가 그대들을 쓰기 싫어서가 아니오. 이제 나이도 있고 한데 험한 데에 갔다가 남만 사람들한테 걸려들기라도 하면 날카로움이 꺾일까봐 걱정이 되어 그러오.”

조운이 말했다.

“우리가 지리를 안다면 어쩌겠소?”

제갈량이 딱 잘라 말했다.

“두 사람은 조심하면서 가벼이 움직이지 않는 게 좋겠소.”

두 사람은 몹시 좋지 않은 기분으로 물러갔다.

조운이 위연을 자기 막사로 데려가서 의논했다.

“우리 둘은 앞장선 장수인데도 지리를 모른다 하며 일부러 쓰지 않고 있소. 그러면서 우리 아랫사람들만 쓰니, 이 부끄러운 일을 어찌해야 하오?”

위연이 대답했다.

"우리 두 사람이 바로 말을 타고 가서 직접 살펴봅시다. 그곳 토박이를 붙잡아 길을 알려달라 하면서 적을 치면 큰 일을 이룰 수 있을 거요."

조운은 그러기로 하고 말에 올라 가운데 길로 해서 갔다. 몇 리 못 가 멀리 바라보니 먼지가 크게 일어나고 있었다. 두 사람은 언덕 위로 올라가 살펴보았다. 과연 남만군 수십 명이 말을 달려 이쪽으로 오고 있었다. 두 사람은 두 길로 나누어 덮쳤다. 남만군들은 서로 마주치자마자 깜짝 놀라며 달아나기 시작했다. 조운과 위연은 몇 사람씩을 사로잡은 뒤 본부 영채로 돌아왔다. 이어 술과 음식을 내어 먹이며 그쪽 사정을 자세히 물었디.

남만군이 대답했다.

"앞쪽 산어귀에 금환삼결 으뜸 장수의 영채가 있습니다. 거기서 동서 양쪽 길로 가면 오계동이 나오고, 동도나와 아회남의 영채 뒤쪽도 나옵니다."

조운과 위연은 그 말이 끝나자마자 바로 사로잡은 남만군을 길잡이로 앞세운 뒤 날래고 씩씩한 군사 5천 명을 이끌고 나갔다. 밤이 막 이슥해질 무렵으로 날씨가 좋아 달이 밝고 별이 빛났다. 달빛이 밝아 길을 가기가 훨씬 수월했다.

금환삼결의 영채 앞에 이르렀을 때는 한밤중이 막 지날

무렵이었다. 남만군들은 일어나 밥을 짓고 있었다. 날이 밝는 대로 싸우러 가기 위해서였다. 그때 갑작스레 조운과 위연이 두 길로 나누어 쳐들어오자 남만군들은 큰 어지러움에 빠지고 말았다. 조운은 그대로 가운데 쪽으로 덮쳐 들어가다 금환삼결과 바로 마주쳤다. 말이 어우러져 싸운 지 단 1합 만에 조운이 한 번 내지른 창에 금환삼결이 말 아래로 고꾸라졌다. 조운은 그의 머리를 베어서 들어올렸다. 나머지 군사들은 싸울 생각도 못 하고 흩어져버렸다.

위연은 군사를 반으로 나누어 동도나의 영채를 덮치기 위해 동쪽 길로 갔다. 이어 조운은 나머지 절반의 군사를 이끌고 아회남의 영채를 덮치기 위해 서쪽 길로 갔다. 그들이 남만군의 영채에 이르렀을 땐 벌써 날이 밝아오고 있었다.

위연이 동도나의 영채를 들이치러 갔을 때, 동도나는 영채 뒤로 촉군이 쳐들어온다는 보고를 이미 받았다. 그래서 바로 군사를 이끌고 영채 밖으로 나와 적을 맞았다. 그때 갑자기 영채 앞 문 쪽에서 한 가닥 외침 소리가 일며 군사들이 어지러움에 빠져들었다. 왕평의 군사들이 벌써 덮쳐들었기 때문이다. 양쪽에서 치는 바람에 남만군은 크게 지고 말았다. 동도나는 겨우 길을 뚫고 달아났다. 위연이 그 뒤를 쫓았으나 놓치고 말았다.

한편 조운은 군사를 이끌고 아회남의 영채 뒤로 갔다. 그

박상률 완역 삼국지 8

때 마충은 벌써 영채 앞을 덮치고 있었다. 양쪽에서 몰아치자 남만군들은 크게 지고 말았다. 아회남은 어지러움을 틈타 달아나버렸다.

모두들 군사를 거두어 돌아가자 제갈량이 물었다.

"세 동의 남만군 가운데에서 두 동의 으뜸 장수들이 달아났다. 그렇다면 금환삼결의 머리는 어디 있는고?"

조운이 금환삼결의 머리를 바쳤다.

모두들 입을 모아 말했다.

"동도나와 아회남은 말을 버리고 산고개를 넘어 달아났습니다. 그래서 쫓아가 잡지 못했습니다."

제갈량이 껄껄 웃었다.

"두 사람은 내가 이미 잡아다놓았소."

조운과 위연은 물론 다른 장수들도 그 말을 믿을 수가 없었다. 조금 있자 장의가 동도나를 끌고 들어왔다. 이어 장익이 아회남을 끌고 왔다. 모여 있는 이들은 모두 놀라며 고개를 갸우뚱했다.

제갈량이 말했다.

"나는 여개의 지도를 보고 그 사람들이 어디에 영채를 세웠는지를 알고 있었소. 그래서 짐짓 말로써 자룡과 문장을 들쑤셨소. 그래야 날카로운 기운을 내뿜으며 적의 한가운데로 깊숙이 쳐들어가리라 생각했기 때문이오. 그러고 나

면 금환삼결을 쳐부순 다음 군사를 나누어 왼쪽과 오른쪽
영채의 뒤로 갈 거라 짐작하고 왕평과 마충을 시켜 돕도록
했소. 자룡과 문장이 아니고서는 이 일을 맡을 이가 없소.
나는 또 동도나와 아회남이 틀림없이 산길을 따라 달아나
리라 여겼소. 그래서 장의와 장익을 보내 군사를 숨어 있게
하고 관색더러 돕게 해서 이 두 사람을 사로잡았소.”

여러 장수들은 모두 엎드려 절을 했다.

“승상의 슬기는 기가 막힐 정도입니다. 귀신도 헤아리지
못할 겁니다!”

제갈량은 동도나와 아회남을 막사로 데려오라 하여 묶은
걸 풀어주게 한 뒤 술과 음식과 옷을 내어주라 일렀다. 이어
자기 동으로 돌아가 다시는 나쁜 일을 돕지 말라 하였다. 두
사람은 울며 절을 한 뒤 샛길을 따라 돌아갔다.

제갈량이 장수들을 돌아보았다.

“내일 맹획이 틀림없이 직접 군사를 이끌고 싸우러 올 거
요. 이참에 사로잡아야겠소.”

제갈량은 조운과 위연에게 어떻게 해야 할지 방법을 일
러주며 군사 5천 명씩을 이끌고 가게 했다. 또 왕평과 관색
에게도 군사 한 무리씩을 주며 방법을 일러주었다. 제갈량
은 나누는 일을 마치고 나자 막사에 앉아 소식을 기다렸다.

한편 만왕 맹획은 막사 안에 앉아 있었다. 그때 갑자기 염탐꾼이 달려와 보고했다. 세 동의 으뜸 장수들이 죄다 제갈량에게 잡혀가고 부하 군사들도 모두 흩어져버렸다고 했다. 맹획은 화가 치밀어올라 군사를 모두 이끌고 나오다 바로 왕평의 군사와 맞닥뜨렸다. 양쪽 군사들은 둥글게 진을 쳤다. 왕평이 칼을 비껴든 채 말 위에서 바라보았다. 문기가 열리는 쪽에 수백 명의 남만 장수들이 말을 탄 채 양쪽으로 늘어서 있었다. 가운데에서 맹획이 말을 타고 나왔다. 머리에는 보석을 박은 자줏빛 금관을 썼고, 몸에는 술이 달린 붉은색 비단 웃옷을 입었으며, 허리에는 사자 모양이 새겨진 옥띠를 두르고, 발에는 매 주둥이처럼 생긴 녹색 신을 신고 있었다. 그는 갈기의 털이 곱슬곱슬한 적토마를 타고, 소나무 무늬가 새겨진 보배 칼 두 자루를 차고 있었다.

맹획이 고개를 쭉 빼 앞을 바라보고 나서 곁에 있는 남만의 장수들을 돌아보았다.

"사람들 하는 소리가 제갈량이 군사를 잘 부린다더니, 오늘 이렇게 진을 친 걸 보니 그것도 아니구나. 깃발들은 섞여 어지럽고, 줄도 가지런하지 않고, 칼과 창 같은 무기도 우리 것보다 나을 게 하나도 없다. 지난날 들은 말들이 다 헛소문이었구먼. 이런 줄 진작 알았으면 나는 벌써 대들었을 텐데. 누가 뛰쳐나가 촉의 장수를 사로잡아 우리 군사의 힘을 떨

맹획이 직접 군사를 이끌고 싸우러 나오다.

쳐보겠느냐?"

말이 끝나기가 무섭게 장수 하나가 소리를 내지르며 뛰쳐나왔다. 망아장이라는 이였다. 망아장은 큰 칼을 들고 흰 점이 박힌 누런 말을 타고서 왕평에게 달려들었다. 두 장수는 어우러져 싸우기 시작했다. 그러나 몇 합 싸우지 않고 왕평이 달아났다. 맹획은 군사들을 죄다 몰아 그 뒤를 쫓았다. 관색이 싸우는 척하더니 또 달아나 20리쯤 뒤로 물러났다. 맹획은 그 뒤를 바로 쫓아갔다. 그때였다. 난데없이 외침 소리가 크게 일더니 왼쪽에서는 장의가, 오른쪽에서는 장익이 뛰쳐나오더니 돌아갈 길을 끊어버렸다. 게다가 왕평과 관색도 다시 돌아와 무찌르기 시작했다. 앞뒤에서 치는 바람에 남만군은 크게 지고 말았다.

맹획은 부장들을 데리고 죽기 살기로 싸워 가까스로 벗어나 금대산을 바라고 달아났다. 뒤에서는 세 길로 나뉜 군사들이 쫓아왔다. 맹획이 그렇게 달아나고 있는데 이번엔 앞쪽에서 외침 소리가 크게 일며 사나운 범 같은 군사 한 무리가 뛰쳐나와 길을 막았다. 앞장선 대장을 보니 상산 조운이었다. 맹획은 까무러치게 놀라며 부리나케 금대산 샛길로 달아났다. 조운이 뒤를 쫓으며 짓이기는 바람에 남만군은 또 크게 져 사로잡힌 이가 헤아릴 수 없었다.

맹획은 겨우 말 탄 군사 수십 명과 함께 산골짜기 안으로 들어갔다. 그러나 뒤쫓는 군사들은 바짝 다가오고, 앞길은 좁아서 말을 타고 갈 수가 없었다. 그래서 말을 버리고 산으로 기어올라가 고개를 넘어 달아났다. 그때 또 산골짜기 안에서 느닷없이 북소리가 크게 났다. 제갈량이 이른 대로 위연이 일반 군사 5백 명을 이끌고 숨어 있었다. 맹획은 어찌해보지 못하고 위연에게 사로잡히고 말았다. 따라가던 이들도 모두 항복했다.

위연은 맹획을 끌고 본부 영채의 제갈량에게 갔다. 제갈량은 벌써 소와 양을 잡아 영채 안에 잔치 자리를 마련해놓고 있었다. 잔치 자리엔 무사들이 서릿발처럼 번쩍거리는 칼과 창을 들고 7겹으로 둘러서 있었다. 게다가 황제가 군사를 다스릴 수 있는 권리를 나타내기 위해 내린 작은 도끼와 큰 도끼도 보이고 해 가리개도 세워져 있었다. 앞뒤로는 새 깃을 묶어 꾸민 장식물과 군사용 악기가 있고, 왼쪽·오른쪽으로는 어림군이 늘어서 있어서 가지런함 속에 묵직한 기운이 가득했다.

제갈량은 막사 위쪽에 앉아 남만군들이 셀 수도 없이 많이 끌려들어오는 모습을 보고 있었다. 제갈량은 그들을 막사로 불러 묶인 걸 모두 풀어주라 하고 부드러운 말로 달래었다.

"너희들은 모두 아무런 죄 없는 착한 백성들이다. 불행히도 맹획한테 붙들려 이렇듯 놀라 자빠질 일을 겪었다. 너희들 부모와 형제, 아내와 자식들은 틀림없이 문짝에 기대어 너희들이 돌아오나 내다보고 서 있을 거다. 만약에 싸움에 졌다는 소식이라도 들을라치면 가슴이 무너지고 창자가 끊어지며 눈에서 피눈물이 쏟아질 게다. 내 이제 너희들을 모두 풀어줄 테니 돌아가 부모와 형제, 아내와 자식들의 마음을 편안하게 해주어라.”

제갈량은 말을 마친 뒤 바로 술과 음식을 먹이고 식량까지 내어주며 돌아가게 했다. 이에 남만군들은 모두 그 은혜에 깊이 감격하여 울며 절을 한 뒤 돌아갔다.

이어 제갈량은 무사들에게 맹획을 데려오라 했다. 조금 뒤 무사들은 꽁꽁 묶인 맹획을 앞에서 잡아끌고 뒤에서 떠밀며 막사 앞으로 데려왔다. 맹획이 막사 앞에 무릎을 꿇자 제갈량이 말했다.

“돌아가신 황제께서 너를 서운하게 대하지 않으셨거늘, 너는 어찌 겁도 없이 배반하였느냐?”

맹획이 대답했다.

“동천·서천의 땅은 모두 다른 사람이 차지하여 살아왔다. 그랬는데 너희 주인이 억지로 빼앗은 뒤 스스로 황제라고 일컬었다. 나는 대대로 여기서 살아왔는데 너희들이 제멋대로 내 땅을 빼앗았다. 그래놓고 어찌 나보고 배반했다고 하느냐?”

제갈량이 말했다.

"너는 지금 나한테 사로잡혔다. 마음으로부터 항복할 생각이 없느냐?"

맹획이 대답했다.

"산이 후미지고 길이 좁다 보니 어쩌다 잘못하여 너한테 잡혔다. 그러니 어찌 항복할 수 있겠느냐!"

"네가 항복하지 않겠다면 내 너를 놓아주마. 어쩔 테냐?"

"네가 나를 놓아주면 돌아가 다시 군사와 말을 가다듬어 제대로 겨뤄보겠다. 만약에 내가 다시 사로잡히면 그때는 항복하겠다."

제갈량은 곧바로 묶인 걸 풀어주라 한 뒤 옷을 내어다 입히게 하고 술과 음식을 먹였다. 이어 말에 태운 다음 사람을 시켜 영채 밖 길까지 바래다주도록 했다. 이리하여 맹획은 자신의 영채로 돌아갔다.

손안에 들어온 적 놓아주며 돌아가게 했다네
가르침 모르고 사는 사람 항복받기 어려워 그랬다네

과연 다시 와서 싸우면 어찌 될는지……

제갈량에게 덤비는 맹획

제갈량은 노수를 건너 다시 맹획을 묶어오고
거짓으로 항복한 걸 알고 맹획을 세 번째 사로잡다

제갈량이 맹획을 놓아 보내자 여러 장수들이 몰려와 물었다.

"맹획은 남만의 우두머리입니다. 이참에 다행스럽게도 사로잡았기에 남쪽 땅을 가라앉힐 수 있었는데 승상께서는 어찌하여 놓아주셨습니까?"

제갈량이 빙그레 웃었다.

"내가 그 사람을 사로잡는 건 바로 주머니 속 물건 꺼내는 것처럼 쉬운 일이오. 그러나 그 사람이 마음으로부터 항복해야 저절로 다스려지오."

장수들은 그 말을 듣고도 믿을 수가 없었다.

그날 맹획은 노수 가까이까지 갔다. 마침 싸움에 진 군사들이 모여서 소식을 묻고 있었다. 군사들은 맹획을 보자 놀랍고 반가워서 절을 하며 물었다.

"대왕께서는 어떻게 빠져나와 돌아오셨습니까?"

맹획이 대답했다.

"촉 사람들한테 잡혀 갇혀 있다가 여남은 사람을 죽이고 밤의 어둠을 틈타 빠져나왔다. 오는 길에 염탐꾼을 하나 만났지. 이번엔 바로 그놈을 죽이고 말을 빼앗아 타고서 그 자리를 벗어나 이렇게 왔다."

모두들 크게 기뻐했다. 그들은 맹획을 둘러싸고 노수를 건넜다. 영채를 세우고 각 동의 추장들을 불러모은 뒤 돌아온 남만군을 살펴보니 거의 10만 명 남짓 되었다.

이때 동도나와 아회남은 자기 동에 돌아와 있었다. 맹획이 사람을 시켜 부르자 두 사람은 두려워 어쩔 수 없이 군사를 이끌고 나타났다.

맹획이 명령을 내렸다.

"나는 이미 제갈량의 속셈을 다 알아버렸다. 그쪽과 마주 싸워서는 안 된다. 싸우다가는 속임수에 걸려들고 만다. 촉군은 먼 길을 왔기에 지쳐 있다. 게다가 요즘 날씨가 푹푹 찌는데 어찌 오래 버틸 수 있겠느냐? 우리 앞에 있는 노수는 험하기 짝이 없다. 배와 뗏목을 죄다 남쪽 언덕 가까이

끌어다 매어놓도록 하라. 그런 다음 그쪽에다 흙으로 성을 쌓도록 하라. 도랑을 깊이 파고 담을 높이 쌓은 다음 제갈량이 무슨 꾀를 쓰는지 지켜보기만 하면 된다!"

추장들은 맹획이 하라는 대로 배와 뗏목을 남쪽 언덕에 붙들어 매어놓고 흙으로 성을 쌓기 시작했다. 산과 벼랑을 끼고 있는 쪽은 적을 내려다볼 수 있는 다락집도 높이 세우고, 거기에다가 활과 쇠뇌를 비롯해 돌을 날리는 기구까지 갖추어둠으로써 오래 버틸 수 있게 했다. 식량과 말먹이는 각 동에서 가져오기로 했다. 맹획은 마침내 모든 준비가 허술한 데 없이 완전하게 되었다고 여기며 아무런 걱정 없이 마음을 놓고 지냈다.

한편 제갈량은 대군을 이끌고 나아갔다. 노수에 다다른 앞부대에서 염탐꾼이 나는 듯이 달려와 보고했다.

"노수에 배고 뗏목이고 하나도 없습니다. 게다가 물살도 매우 빠르기 짝이 없습니다. 건너편 언덕에는 흙으로 된 성이 쌓여 있는데 모두 남만군들이 지키고 있습니다."

때는 5월이라 날씨가 푹푹 쪘다. 더더구나 남쪽이라 더위가 한층 더 심해 군사들은 갑옷은 물론 옷조차 걸치고 있기가 힘들었다. 제갈량은 직접 노수 가로 가서 살펴본 뒤 영채로 돌아와 뭇 장수들을 막사 안으로 불러 모아놓고 명령을 내렸다.

"맹획은 지금 노수 남쪽에 군사를 모아놓고 있소. 도랑을 깊이 파고 담을 높이 쌓아올려놓고 우리 군사를 막으려 하고 있소. 내 이미 군사들을 이끌고 여기까지 왔는데 어찌 그냥 돌아갈 수 있겠소? 여러분들은 각각 군사를 이끌고 숲이 우거진 산 쪽으로 가시오. 군사와 말을 쉬게 합시다."

제갈량은 여개를 노수에서 1백 리 떨어진 곳으로 보내 그늘지고 선선한 곳을 골라 영채 네 개를 세우게 했다. 이어 왕평과 장의·장익·관색을 시켜 영채를 하나씩 맡아 지키게 하였다. 영채 안팎에는 모두 풀로 지붕을 얹어 햇볕을 가리게 하여 말과 군사들이 그늘 밑에서 쉬게 하였다. 이를 보고 참군 장완이 제갈량에게 기서 말했다.

"제가 보기엔 여개가 지은 영채가 썩 좋지 않습니다. 지난날 돌아가신 황제께서 동오한테 질 때의 땅 생김새와 같습니다. 만약에 남만군이 몰래 노수를 건너와 영채를 덮치면서 불로 공격이라도 하면 어떻게 구하시겠습니까?"

제갈량이 웃으며 말했다.

"공은 너무 걱정하지 마시오. 내 이미 좋은 방법을 생각해 놓았소."

그러나 장완을 비롯해 모두들 그 뜻을 알 수 없어 어리둥절해할 뿐이었다.

그때 뜻밖에 촉에서 마대가 더위 먹은 데 쓰는 약과 식량으로 쓸 쌀을 가지고 왔다는 보고가 들어왔다. 제갈량이 들어오라 이르자 마대가 들어와 절을 하였다. 쌀과 약을 영채 네 곳에 나누어준 뒤 제갈량이 물었다.

"그대가 데리고 온 군사가 얼마나 되오?"

마대가 대답했다.

"삼천 명입니다."

"여기 내가 거느리고 있는 군사들은 여러 차례 싸우느라 지금 매우 지쳐 있소. 그대 군사를 좀 썼으면 싶은데 앞장서 주겠소?"

"모두가 나라의 군사인데 네 군사 내 군사가 어디 있겠습니까? 승상께서 쓰시겠다면 죽는다 해도 기꺼이 따르겠습니다."

"지금 맹획이 노수를 막고 있는 까닭에 건너갈 길이 없소. 나는 먼저 저쪽의 식량 옮기는 길을 끊어 저쪽 군사들이 저절로 어지러움에 빠지도록 하려 하오."

"어떻게 하면 끊을 수 있습니까?"

"여기서 백오십 리 내려가면 노수 아래쪽에 사구라는 곳이 있소. 그곳은 물살이 느려 뗏목을 타고 건널 수 있소. 그대는 군사 삼천 명을 거느리고 물을 건너 곧장 남만동으로 들어가 먼저 식량길을 끊은 뒤 동도나와 아회남 두 으뜸 장수에게 연락하시오. 그러면 도와줄 거요. 부디 잘못되지 않도록 하시오."

마대는 기꺼이 군사를 이끌고 떠나 사구에 다다르자 군사들더러 물을 건너게 하였다. 물이 그리 깊어 보이지 않자 절반 넘는 군사가 뗏목을 타지 않고 옷만 벗어 든 채 바로 첨벙첨벙 물속으로 걸어들어갔다. 그러나 절반쯤 건넜을 때 모두들 고꾸라지기 시작했다. 급히 언덕으로 끌어내놓았으나 입과 코로 피를 쏟으며 죽어갔다. 마대는 깜짝 놀라 밤새 달려가 제갈량에게 보고했다.

제갈량이 길을 안내하는 토박이에게 물으니 그가 대답했다.

"요즘은 한창 더울 때라 노수에 독이 꽉 차 있습니다. 특히 낮에는 더 뜨겁기 때문에 독 기운이 더 많이 올라옵니다. 그럴 때 사람이 물을 건너면 틀림없이 독에 취하고 맙니다. 만약에 그 물을 마시면 꼼짝없이 죽고 맙니다. 꼭 건너가야 한다면 밤이 깊기를 기다렸다가 물이 식어 독 기운이 일어나지 않을 때 건너야 합니다. 배불리 먹어 속을 든든히 채우고 나서 건너면 아무 탈이 없습니다."

제갈량은 바로 토박이에게 길을 안내하라 이른 뒤, 씩씩하고 튼튼한 군사 5, 6백 명을 골라 마대를 따라가도록 했다. 그들은 노수의 사구로 가서 뗏목을 엮은 뒤 밤이 깊기를 기다렸다가 물을 건넜다. 과연 아무 탈이 없었다.

마대는 씩씩한 군사 2천 명과 함께 토박이의 길 안내를 받으며 남만 땅의 식량길 어귀인 협산욕으로 갔다. 협산욕은 양쪽 아래가 다 산이고 가운데로 길이 하나 있는데 겨우 사람 하나, 말 하나 지날 정도였다. 마대는 협산욕을 차지하여 자리를 잡은 뒤 군사를 풀어 영채를 세웠다. 동의 남만군들은 이러한 사실을 모른 채 식량을 옮기고 있었다. 마대는 앞뒤를 막고 식량 수레를 1백 대 넘게 빼앗았다. 남만군은 맹획의 영채로 달려가 이 일을 알렸다.

이때 맹획은 영채 안에서 하루 내내 술이나 마시고 즐기면서 군사 일 같은 건 거들떠보지도 않았다. 그러면서 추장들에게 큰소리를 탕탕 쳐댔다.

"내가 제갈량과 맞서 싸운다면 틀림없이 간사스런 꾀에 속아넘어가고 만다. 이제 험한 노수를 끼고 앉아 도랑을 깊이 파고 담을 높이 쌓았으니 이대로 기다리기만 하면 된다. 촉군은 푹푹 찌는 더위를 이기지 못하고 반드시 저절로 물러간다. 그때를 기다렸다가 여러분과 함께 뒤를 쫓아가 치면 제갈량을 사로잡을 수 있다."

맹획은 말을 마치자 큰소리로 기분 좋게 웃어젖혔다. 그때 추장 하나가 나서며 말했다.

"사구 쪽은 물이 야트막합니다. 만약에 촉군이 그쪽으로 건너오면 몹시 위험해집니다. 마땅히 군사를 보내 지키도록 하는 게 좋겠습니다."

맹획이 웃어넘겼다.

"그대는 이곳 토박이이면서 어찌 그리도 모르나? 나는 촉군이 그 물로 건너왔으면 좋겠네. 건너다가는 반드시 물에 빠져 죽고 말 테니까."

그 추장이 또 걱정스레 말했다.

"그러나 이곳 토박이가 밤에 건너는 방법을 알려주기라도 하면 어쩌려고 그러십니까?"

맹획이 잘라 말했다.

"여러 걱정 안 해도 된다. 우리 땅 안에 사는 사람이 어찌 적을 도와주겠는가?"

바로 그러한 말을 나누고 있을 때 갑자기 보고가 들어왔다. 수가 얼마나 되는지는 알 수 없지만, '평북장군 마대'라는 깃발을 앞세운 촉군이 몰래 노수를 건너와 협산의 식량 길을 끊었다고 했다.

그러나 맹획은 픽 웃었다.

"얼마 되지도 않는 것들을 보고 웬 호들갑이냐!"

맹획은 바로 부장 망아장을 시켜 군사 3천 명을 이끌고 협산욕으로 가도록 했다.

한편 마대는 남만군이 오는 게 보이자 군사 2천 명을 산 앞에 벌려세웠다. 서로 마주 보며 둥글게 진을 치고 나자 망아장이 말을 타고 나와 마대에게 달려들었다. 마대는 단 1합 만에 망아장을 한칼에 베어 말 아래로 고꾸라뜨렸다. 남만군은 크게 지고 달아나 맹획에게 자세히 보고했다.

맹획이 뭇 장수들을 불러 모아놓고 물었다.

"누가 가서 마대를 물리치겠느냐?"

말이 미처 끝나기도 전에 동도나가 나섰다.

"제가 가서 싸우겠습니다."

맹획은 좋아라 하며 군사 3천 명을 내주고 떠나도록 했다. 이어 맹획은 촉군이 노수를 또 건너올까 걱정되어 아회남에게 군사 3천 명을 이끌고 가서 사구를 지키라 하였다.

동도나가 군사들을 이끌고 협산욕으로 가 영채를 세우고 나자 마대가 군사들을 이끌고 싸우러 나왔다. 부하 군사 하나가 동도나를 알아보고 마대에게 이러저러한 일이 있었다고 알려주었다. 마대가 말을 몰고 나와 큰소리로 꾸짖었다.

"의리도 없고 은혜도 모르는 놈아! 우리 승상께서 네 목숨을 살려주셨는데 또 배반하다니, 어찌 그리도 뻔뻔스러우냐!"

동도나의 얼굴에 부끄러운 빛이 가득했다. 동도나는 한마디 대꾸도 하지 못한 채 싸우지 않고 물러갔다. 마대는 그 뒤를 한바탕 휘몰아치며 무찌른 뒤 돌아갔다.

동도나는 돌아가 맹획에게 말했다.

"마대는 영웅이라 싸워볼 수가 없었습니다."

맹획이 화를 버럭 냈다.

"나는 네가 제갈량의 은혜를 입어 이번에 일부러 싸우지 않고 물러난 걸 알고 있다. 이건 적과 짜고서 그런 거다!"

맹획은 동도나를 끌어내어 목을 베라고 호통쳤다. 그러나 뭇 추장들이 살려달라고 거듭 비는 바람에 죽이지는 않고, 그 대신 무사들을 시켜 몽둥이찜을 1백 대 하고 본부 영채로 돌려보내도록 했다.

여러 추장들이 동도나에게 와서 말했다.

"우리는 비록 남만 땅에 살지만 아직까지 중국을 쳐들어가본 적이 없고, 중국도 우리를 친 적이 없소. 지금은 맹획이 윽박지르는 통에 어쩔 수 없이 배반했소. 공명의 귀신같은 재주는 아무도 알 수 없어 조조와 손권도 두려워했다는데, 우리 같은 남만 사람들이야 말해 무엇하겠소? 더군다나 우리들한테는 목숨도 살려주는 은혜를 베풀었는데 그 은혜를 갚지 못했소. 이제 목숨 걸고 맹획을 죽인 뒤 공명한테 가서 항복하여 수렁에 빠져 고생하는 동 안의 백성들을 구해야겠소."

동도나가 말했다.

"여러분들 마음은 어떻소?"

제갈량이 놓아주어서 살아 돌아온 사람들이 한꺼번에 입을 모았다.

"우리도 함께 가겠소!"

마침내 동도나는 칼을 집어든 뒤 1백 명 남짓을 이끌고 맹획의 영채로 달려갔다. 그때 맹획은 술이 잔뜩 취한 채 막사 안에 있었다. 동도나가 여러 사람과 함께 칼을 들고 안으로 들어가며 보니 막사 아래쪽에 장수 둘이 지키고 서 있었다.

동도나가 칼을 들어 그들을 가리키며 말했다.

"너희들도 제갈승상이 목숨을 살려준 은혜를 입었으니 마땅히 갚아야 하리라."

두 장수가 말했다.

"장군께서 직접 손을 쓰실 필요 없습니다. 저희들이 맹획을 사로잡아 승상께 바치겠소."

그들은 안으로 뛰쳐들어가 맹획을 잡아 꽁꽁 묶었다. 그런 뒤 노수 가로 가 배를 타고 북쪽 언덕으로 건너간 다음, 일단 제갈량에게 사람을 보내 알렸다.

제갈량은 이미 염탐꾼의 보고를 받아서 이러한 일을 자세히 알고 있었다. 제갈량은 가만히 명령을 내려 각 영채의 장수와 군사들에게 무기 따위를 잘 갈무리해놓도록 했다. 그런 뒤 추장들더러 맹획을 데려오라 하고, 다른 사람들은 본부 영채로 돌아가 기다리라 했다.

동도나가 먼저 들어와 제갈량에게 인사한 뒤 자세히 보고했다. 제갈량은 상을 두둑하게 내린 뒤 좋은 말로 다독거려주었다. 동도나는 추장들을 데리고 돌아갔다. 이어 무사들이 맹획을 끌고 들어왔다. 제갈량이 웃으며 말했다.

"너는 지난번에 말하기를, 다시 잡히면 그때는 항복하겠다고 했다. 오늘 어떻게 할 테냐?"

맹획이 대답했다.

"이번엔 네가 잡은 게 아니다. 내 아랫것들이 서로 나를 해치려고 한 까닭에 이렇게 되었다. 그러니 어찌 항복하겠느냐!"

"지금 내가 너를 다시 놓려보내주면 어떡하겠느냐?"

"내가 비록 남만 사람이지만 군사 쓰는 법은 알고 있다. 만약에 승상이 나를 놓아주어 동으로 돌아가게 해주면 마땅히 군사를 거느리고 와 다시 한판 붙어 이기고 짐을 가리겠다. 만약에 승상이 나를 다시 사로잡으면, 그때는 마음을 기울이고 속을 다 꺼내서 항복하고 다시는 다른 마음을 품지 않겠다."

제갈량이 딱 부러지게 말했다.

"다음에 또 사로잡혀 항복하지 않으면 그때는 쉽게 넘어가지 않겠다."

제갈량은 곁에 있는 이들에게 묶은 걸 풀어주라 한 뒤, 지난번과 마찬가지로 자리를 내주며 술과 음식을 내오게 하였다.

"내가 오두막집에서 나온 뒤 싸워서 이기지 않은 적이 없고 무찔러서 빼앗지 못한 것이 없다. 그런데 너 같은 남만 사람이 어찌하여 항복하려 하지 않느냐?"

맹획은 입을 다문 채 아무런 대꾸도 하지 않았다.

제갈량은 술자리가 끝나자 맹획과 함께 말을 타고 본부 영채를 나가 여러 영채를 돌며 식량과 말먹이, 그리고 무기가 쌓여 있는 걸 맹획에게 보여주었다. 제갈량이 맹획에게 타이르듯 말했다.

"네가 항복하지 않는 일은 참으로 바보 같은 짓이다. 나는 지금 네가 보았듯이 날래고 씩씩한 군사와 장수는 물론 먹을거리며 말먹이며 무기까지 넉넉하게 갖추고 있다. 그런데 네가 나를 어찌해보겠느냐? 네가 빨리 항복하면 마땅히 황제께 아뢰어 네 자손이 왕의 자리를 계속 이어가면서 남만 땅을 다스리게 해주겠다. 네 생각은 어떠하냐?"

맹획이 대답했다.

"내가 비록 항복한다 할지라도 동 안의 사람들은 마음속으로는 항복하지 않는다. 만약에 승상이 나를 돌려보내주면 본부 군사들을 잘 달래어 마음을 합친 다음 항복하겠다."

제갈량은 기꺼이 그러라고 한 뒤 맹획을 데리고 다시 본부 영채로 돌아와 늦도록 함께 술을 마셨다. 맹획이 가겠다고 하자 제갈량은 직접 노수 가까지 바래다주며 배에 태워 영채로 돌아가게 했다.

맹획은 자기 영채로 돌아가자마자 무사들을 막사 안에 숨겨놓았다. 그런 뒤 마음 깊이 믿는 사람을 동도나와 아회남의 영채로 보내 제갈량이 보낸 사람이 왔다고 속여 두 사람을 데려오게 했다. 두 사람이 오자 맹획은 그들을 죽인 뒤 개울가에다 주검을 던져버리도록 했다.

이어 맹획은 믿을 만한 사람을 보내 길목을 지키게 한 뒤 자신은 군사를 이끌고 마대와 싸우기 위해 협산욕으로 갔다. 그런데 가서 보니 사람 하나 보이지 않았다. 거기 사는 이를 불러 물어보았더니 촉군들이 지난밤에 식량이며 말먹이를 다 거두어 다시 노수를 건너 본부 영채로 돌아갔다고 했다. 맹획은 다시 동 안으로 돌아와 친아우인 맹우를 불러 의논했다.

"내 이제 제갈량의 사정을 모두 알고 왔다. 너는 내가 하라는 대로만 하거라."

맹우는 형이 일러주는 대로 군사 1백 명 남짓과 함께 황금 구슬을 비롯한 여러 가지 보배와 코끼리 이빨, 무소의 뿔

등 귀한 물건들을 가지고 제갈량의 영채로 가기 위해 노수를 건넜다. 노수를 건너자마자 앞쪽에서 북 치고 나팔 부는 소리가 울려퍼지며 군사 한 무리가 나타나 늘어섰다. 앞장선 대장은 마대였다. 맹우는 까무러칠 뻔했다. 마대는 맹우에게 왜 왔는지를 물은 뒤 밖에서 잠깐 기다리라 하고 제갈량에게 사람을 보내 보고했다. 이때 제갈량은 막사 안에서 마속·여개·장완·비의 들과 함께 남만을 무찌를 일을 의논하고 있었다. 한 사람이 헐레벌떡 뛰어와 보고하는데, 맹획이 아우 맹우를 시켜 보배로운 물건을 보내왔다는 것이었다.

제갈량이 마속을 돌아보며 물었다.

"그대는 맹우가 온 뜻을 알겠는가?"

마속이 대답했다.

"섣불리 드러내놓고는 말씀드리지 못하겠습니다. 제가 종이에 써서 승상께 보여드릴 테니 승상의 생각과 같으신지 살펴보십시오."

제갈량이 그러라고 하자 마속은 얼른 글을 적어 제갈량에게 주었다. 제갈량이 보고 나더니 손뼉을 치며 껄껄 웃었다.

"맹획을 사로잡을 방법을 내 이미 다 세워놓았는데, 그대 생각도 내 생각과 똑같구려."

제갈량은 조운을 들라 하여 귓속말로 이러저러하라고 일

렸다. 이어 위연도 불러 나지막한 목소리로 해야 할 일을 일렀다. 다음으론 왕평과 마충과 관색을 들라 하여 역시 조용히 해야 할 일을 일렀다.

그들 모두 제 할일을 받아 나가자 비로소 맹우를 막사 안으로 불러들였다.

맹우가 들어와 두 번 절을 한 뒤 말했다.

"제 형님인 맹획이 승상께서 목숨을 살려주신 은혜를 고맙게 여겨 뭘 좀 가져다 바치라고 했으나 마땅한 게 없었습니다. 우선 황금 구슬을 비롯해 몇 가지 보배로운 물건을 가져왔으니 군사들에게 상을 주실 때 쓰십시오. 황제께 바칠 예물은 나중에 따로 마련하도록 하겠습니다."

제갈량이 물었다.

"네 형은 지금 어디 있느냐?"

"승상의 하늘 같으신 은혜에 고마움을 깊이 느껴 은갱산 속으로 보물을 구하러 갔습니다. 곧 돌아올 겁니다."

"네가 데리고 온 사람은 얼마나 되느냐?"

"많이 데리고 올 수가 없어 백 명 남짓만 같이 왔습니다. 모두 짐을 나르는 일을 했습니다."

제갈량이 그들을 모두 들어오라 하였다. 모두들 눈알이 푸르고 얼굴빛이 검었으며, 머리는 노랗고 수염은 자줏빛이었다. 귀에는 금으로 된 고리가 달려 있고, 머리는 마구 풀어헤친 그대로에다 맨발이었는데, 키가 크고 힘이 엄청 세 보였다. 제갈량은 그들을 차례로 자리에 앉게 한 뒤 장수들더러 술을 권하며 부드럽게 대접하도록 했다.

한편 맹획은 막사 안에서 소식 오기를 기다렸다. 마침 두 사람이 돌아왔다는 보고가 들어왔다. 불러들여 물었더니 그들이 대답했다.

"제갈량이 예물을 받고 무척 좋아했습니다. 그래서 같이 간 사람들까지 모두 막사 안으로 불러들여 소와 양을 잡아 잔치를 베풀었습니다. 작은 대왕께서 저희들에게 대왕께 몰래 보고하도록 했습니다. 오늘 밤이 이슥해질 무렵에 안팎으로 서로 도와 큰일을 이루자고 말입니다."

맹획은 다 듣고 나더니 무척 좋아라 하며 곧장 군사 3만 명을 일으킨 다음 세 부대로 나누었다. 이어 각 동의 추장들을 불러 명령했다.

"각 군은 모두 불을 피울 수 있는 기구들을 갖추라. 그런 뒤 오늘 밤 촉군 영채로 가서 불을 피워 신호로 삼으라. 그러면 내가 직접 적의 가운데로 쳐들어가 제갈량을 사로잡겠다."

남만의 여러 장수들은 맹획이 하라는 대로 해가 지기를 기다렸다가 각각 노수를 건너갔다. 맹획은 마음 깊이 믿는 장수 1백 명 남짓과 함께 제갈량의 영채를 덮치기 위해 나섰다. 그런데 나타나 막는 촉군이 하나도 없었다.

마침내 영채 문 앞에 이르렀다. 맹획은 장수들과 함께 말을 몰아 쳐들어갔다. 그런데 영채 안이 텅 빈 채 아무도 없었다. 맹획은 가운데로 곧장 달려들어갔다. 막사 안에 불빛은 밝은데 맹우를 비롯해 같이 간 군사들 모두 술에 취해 쓰러져 있었다.

제갈량은 마속과 여개 두 사람에게 맹우를 잘 대접하도록 했다. 두 사람은 부드럽고 끈질기게 술을 권하면서 광대들의 놀이마당까지 보여주며 마음이 풀어지도록 하였다. 술에는 약이 들어 있어 모두들 정신을 잃고 마치 죽은 사람처럼 쓰러져버렸다.

맹획이 안으로 들이가 어찌 된 일인지를 물었다. 쓰러져 있는 이 가운데 하나가 깨어나는 성싶었으나 말은 못하고 겨우 손가락으로 입만 가리킬 뿐이었다. 맹획은 속임수에 빠진 걸 알아채고 급히 맹우와 그 일행을 구해 가운데 자기 부대로 돌아가려 했다.

그때 앞쪽에서 외침 소리가 크게 일더니 불길이 치솟았다. 남만군들은 저마다 달아나기 시작했으나 사나운 범 같은 군사 한 무리가 이르러 마구 짓밟기 시작했다. 보니 촉의 장수 왕평이었다. 맹획은 소스라치게 놀라 왼쪽 부대 쪽으로 달아났다. 그러나 불길이 하늘을 찌르며 사나운 범 같은 군사 한 무리가 또 나타나 무찌르기 시작하는데, 이번엔 촉의 장수 위연이었다. 맹획은 부리나케 오른쪽 부대 쪽으로 달아났다. 그러나 그쪽 역시 불길이 일며 또 사나운 범 같은 군사 한 무리가 나타나 깔아뭉개기 시작했다. 바로 촉의 장수 조운이었다.

세 갈래로 군사들이 들이치는 바람에 사방을 둘러보아도 빠져나갈 길이 없었다. 맹획은 군사들을 버리고 홀로 말을 달려 노수를 바라고 달아났다. 마침 노수 물 위에 남만군 수십 명을 태운 작은 배 하나가 보였다. 맹획은 강기슭 가까이 배를 대라고 소리쳤다. 맹획이 가까스로 말을 탄 채 배에 뛰어오르자마자 신호 삼아 내지르는 호통 소리가 나더니 모두들 달려들어 맹획을 꽁꽁 묶고 말았다. 이들은 마대의 군사들이었다. 마대는 제갈량이 이른 대로 본부군을 남만군으로 꾸며 배를 타고서 맹획이 나타나기를 기다렸다가 사로잡았다.

제갈량은 이때 남만군들을 불러 달래고 있었다. 그랬더니 항복하는 이가 셀 수 없이 많았다. 제갈량은 그들을 하나하나 어루만지며 조금도 해코지를 하지 않았다. 이어 군사들을 시켜 타다 남은 불을 끄게 하였다. 조금 있자 마대가 맹획을 사로잡아오고, 조운은 맹우를 사로잡아왔다. 위연·마충·왕평·관색은 여러 동의 추장들을 잡아끌고 왔다.

제갈량이 맹획을 가리키며 껄껄 웃었다.

"네가 네 아우를 먼저 보내 예물을 바치면서 거짓으로 항복하게 하더라만 어찌 나를 속일 수 있겠느냐! 이번에 또 이렇게 나한테 사로잡혔으니 이제 항복하겠느냐?"

맹획이 씨근덕거렸다.

"내 아우가 먹는 걸 너무 욕심내다가 너희들이 독을 타놓은 술을 먹는 바람에 큰일을 그르치고 말았다. 만약에 내가 직접 오고 아우에게 군사를 이끌고 와서 돕게 했더라면 틀림없이 성공했다. 이건 하늘이 지게 한 거지 내가 능력이 없어 그런 게 아니다. 그러니 어찌 항복할 수 있겠느냐!"

"벌써 세 번씩이나 잡혔으면서 아직도 항복하지 않겠단 말이냐?"

맹획은 고개를 푹 숙인 채 아무 대꾸도 하지 않았다.

제갈량이 어이없어하며 웃었다.

"내 너를 다시 놓아 보내주마."

그 말에 맹획이 다시 입을 놀렸다.

"승상이 만약에 우리 형제를 놓아주면 일가친척들을 죄다 모아 승상과 다시 크게 한판 붙어보겠다. 그때 사로잡히면 항복하겠다!"

"다시 사로잡히면 그땐 절대로 가볍게 끝나지 않는다. 마음에 깊이 새기도록 해라. 군사 쓰는 법을 더 열심히 익히고 믿을 만한 이들을 다시 모아 좋은 방법을 궁리해서 후회하지 않도록 하라."

제갈량은 무사들더러 맹획의 몸을 묶은 걸 풀고 놓아주게 하였다. 아울러 맹우를 비롯해 각 동 추장들도 다 놓아주도록 했다. 맹획의 무리는 고맙다고 절을 한 뒤 떠났다.

이때 촉군은 노수를 건너가 있었다. 맹획이 노수를 건너며 보니 강기슭마다 군사와 장수들이 늘어서 있고 깃발이 가득 꽂혀 있었다.

맹획이 영채 앞에 이르자 마대가 높다랗게 앉아 있으면서 칼을 들어 가리키며 말했다.

"다시 또 잡히면 그땐 쉽게 놓아주지 않겠다!"

맹획은 자기 영채로 갔다. 그러나 그 영채는 조운이 이미 빼앗은 채 군사들을 늘어 세워놓고 있었다. 조운이 커다란 깃발 아래에 앉아서 칼자루를 어루만지며 말했다.

"너를 이렇게 대해주신 승상의 큰 은혜를 잊지 말라!"

맹획은 그저 굽신거리며 "네, 네" 하며 앞을 지나갔다. 자기네 땅 갈라지는 곳 어귀의 산언덕을 지나가려는데 이번엔 위연이 날래고 씩씩한 군사 1천 명을 언덕 위에 벌려 세워놓고 있었다. 위연이 말을 세우고 목소리를 가다듬어 꾸짖었다.

"내 이미 너희들 밑자리 깊숙이 다 들어가서 험한 자리는

조운이 세 번째 풀려난 맹획을 보고 꾸짖다

다 빼앗았다. 그런데도 넌 아직도 어리석음을 깨닫지 못하고 우리 대군에게 덤비려 하는구나! 다음번에 또 잡히면 몸뚱이를 부수고 짝짝 찢어버리지, 절대로 가벼이 놓아주지 않을 테다!”

맹획의 무리는 머리를 싸맨 채 자기네 동을 바라고 달아났다.

나중에 어떤 이가 이 일을 시로 읊었다.

5월에 군사를 몰고 거친 땅으로 들어가니

노수에 달은 밝은데 독한 기운 피어오르네

세 번씩 찾아준 은혜 큰 뜻으로 갚고자 떠난 일

남만 치면서 일곱 번 놓아주는 일을 어찌 마다하겠는가

한편 제갈량은 노수를 건너 영채를 세웠다. 그런 뒤 전군에 모두 상을 크게 내리고 장수들을 막사로 불러모았다.

“맹획이 두 번째 사로잡혀왔을 때 내가 각 영채의 속내를 다 보여준 까닭은 바로 맹획이 영채를 덮치러 오게 하기 위해서였소. 맹획이 제법 군사 쓰는 법을 알고 있기에 우리 쪽의 군사며 말이며 먹을거리며 말먹이까지 일부러 드러내 보여주었소. 그래야 맹획도 나름대로 우리 빈틈을 눈여겨본 뒤 불로 공격하면 좋겠다고 생각했겠지요. 맹획이 제 아우를 보내 거짓 항복시킨 건 안에서 돕도록 하기 위해서였소. 내가 세 번씩이나 붙잡혀왔는데도 죽이지 않은 건 마음으로부터 우러나오는 항복을 받자고 그랬소. 또 그 사람들을 아주 없애버리자는 게 아니오. 내 지금 그대들한테 내놓고 알려주었으니, 힘들다고 주저앉지 말고 온 마음을 다해 나라를 위해주기 바라오.”

여러 장수들이 엎드려 절을 하며 말했다.

“승상께서는 슬기로움과 어짊과 씩씩함 세 가지를 다 갖추고 계십니다. 비록 자아나 장량이라 할지라도 이에 미치지 못할 겁니다.”

제갈량이 말했다.

“내 어찌 쉬이 옛사람들을 따라갈 수 있겠소? 모두 여러분과 힘을 모아 함께 큰일을 이루고자 하는 마음뿐이오.”

제갈량의 그 말에 장수들은 모두 기뻐하며 좋아라 했다.

한편 맹획은 세 번씩이나 사로잡혔다 풀려난 까닭에 치밀어오르는 부아 때문에 씩씩거리며 은갱동으로 갔다. 곧바로 마음 깊이 믿는 부하를 시켜 황금 구슬과 보배들을 가지고 8개 부족 93개 구역을 비롯해 다른 여러 남만 땅으로 가서 방패와 칼을 쓰는 요족 군사 수십만 명을 불러오도록 했다.

약속한 날이 되자 사람과 말이 마치 구름이 일듯, 안개가 끼듯 몰려와 맹획의 명령을 기다렸다.

숨어 있던 군사가 이 사실을 알아다가 제갈량에게 보고했다.

제갈량이 빙그레 웃으며 말했다.

"남만군들이 모두 모여 나의 능력을 보아주길 기다렸다."

이어 제갈량은 조그마한 수레를 타고 나갔다.

동 우두머리들의 기운이 드세지 않았다면
공명의 빼어난 솜씨 어찌 드러났겠는가

과연 이기고 짐은 어찌 될는지…….

독물이 솟는 샘

무향후 공명은 네 번째 꾀를 쓰고
남만왕은 다섯 번째 사로잡히다

제갈량은 직접 조그마한 수레를 타고서 말 탄 군사 수백 명을 이끌고 길을 찾아나섰다. 가다 보니 눈앞에 시이하라는 큰 강이 하나 나타났다. 물살은 그리 거세지 않았으나 배나 뗏목 한 척 떠 있지 않았다. 제갈량은 나무를 베어다 뗏목을 엮어 건너가자고 일렀다. 그런데 나무가 물에 들어가자마자 그대로 가라앉고 말았다. 제갈량이 여개에게 어찌 된 일인지를 묻자 여개가 대답했다.

"서이하 강 위쪽에 대나무가 많이 있는 산이 있다고 들었습니다. 큰 것은 몇 아름이나 될 정도라고 하니까 그걸 베어

오게 하십시오. 그런 뒤 강 위에 대나무로 배다리를 만든 다음 군사들을 건너가게 하시지요.”

제갈량은 바로 군사 3만 명을 그 산으로 보내 대나무 수십만 그루를 베어 강물 위에 띄우게 했다. 이어 강폭이 좁다란 곳에 대나무로 폭이 여남은 길 되는 배다리를 만들어 띄우게 한 뒤 강 북쪽 언덕에 대군을 보내 영채를 한 줄로 늘어세우게 하였다. 강물은 마치 성 바깥쪽에 둘러치듯 파놓은 구덩이처럼 되고, 배다리는 문이 되었다. 마침내 흙까지 쌓아올려 성처럼 만들었다. 다리 건너 남쪽 언덕에도 한 줄로 커다란 영채 셋을 세워놓고 남만군이 오기를 기다렸다.

한편 부아통이 터진 맹획은 군사 수십만 명을 이끌고 씨근덕거리며 달려왔다. 마침내 서이하 가까이 이르렀다. 맹획은 칼과 방패를 든 요족 군사 1만 명을 앞세우고 제갈량의 영채 앞으로 와서 싸움을 걸었다.

머리에 윤건을 쓰고 학창의 차림에 깃털 부채를 든 제갈량이 4마리 말이 끄는 수레를 타고 여러 장수들에 둘러싸인 채 나왔다. 제갈량이 맹획을 바라보았다. 맹획은 무소 가죽으로 만든 갑옷에 주홍빛 나는 투구를 쓰고 있었다. 또 왼손엔 방패를, 오른손엔 칼을 들고서 털빛이 붉은 소 등에 앉아 마구 욕설을 퍼부어댔다. 1만 명 남짓 되는 부하들 모두 저마다 칼과 방패를 들고 춤추듯 어지러이 왔다 갔다 했다. 제갈량은 급히 물러나 영채로 돌아가라는 명령을 내렸다. 그런 뒤 사방 곳곳을 단단히 닫아건 뒤 나가 싸우지 말도록 했다. 남만군들은 모두들 벌거벗은 알몸으로 영채 문 앞까지 몰려와 소리를 내지르며 온갖 욕지거리를 퍼부어댔다.

화가 치밀어오른 장수들이 제갈량에게 몰려와 말했다.

"저희들이 영채를 나가 죽기로 한판 싸워야겠습니다!"

그러나 제갈량은 허락하지 않았다.

여러 장수들이 거듭 싸우겠다고 고집을 피웠으나 그때마다 제갈량이 말렸다.

"남만 사람들은 임금의 덕스러움을 입지 못해 이렇게 몰려와 미친 듯이 날뛰고 있어서 싸울 수 없소. 며칠 더 굳게 지키면서 저들이 좀 누그러지기를 기다려야 하오. 내가 깨부술 방법을 생각해놓았소."

촉군들은 제갈량이 이른 대로 며칠을 더 굳게 지키기만 했다. 제갈량이 높다란 언덕에 올라가 살펴보니 남만군들 하는 짝이 많이 늘어져 보였다. 이에 장수들을 불러놓고 물었다.

"여러분들, 나가 싸워보겠소?"

뭇 장수들이 기꺼이 나가 싸우겠다고 했다. 제갈량은 먼저 조운과 위연을 막사로 불러들여 귓속말로 이러저러하라고 일렀다. 두 사람은 자기들이 할 일을 맡아 먼저 떠났다.

이어 왕평과 마충을 불러들인 뒤 할일을 일러주며 떠나보냈다. 그런 뒤 마대를 불러 말했다.

"나는 이제 이곳 세 영채를 버리고 강 북쪽으로 물러가겠소. 우리 군사가 물러가면 그대는 배다리를 뜯어 강 아래쪽에 옮겨놓고 조운과 위연의 군사가 강을 건너 도울 수 있도록 하시오."

마대가 자기 할일을 받아 물러가자, 제갈량은 또 장익을 불렀다.

"우리 군사가 물러가면 영채 안에 등불을 많이 켜놓도록 하시오. 우리가 물러간 줄 알면 틀림없이 맹획이 쳐들어올 거요. 그러면 그대는 뒤를 끊으시오."

장익이 물러가자 제갈량은 관색에게 자기가 탄 수레를 보호하도록 했다. 군사들이 모두 물러가자 영채 안에 등불이 환히 켜졌다. 남만군들은 이걸 보자 두려워 쳐들어오지 못했다.

다음 날 날이 밝자 맹획은 대군을 이끌고 촉군 영채를 덮쳤다. 그런데 세 영채 모두 텅텅 빈 채 사람이고 군사고 하나도 없었다. 식량과 말먹이를 실었던 수레만 수백 대 버려져 있었다.

맹우가 말했다.

"제갈량이 영채를 버리고 달아났는데, 아무래도 속임수

아닐까요?”

맹획이 말했다.

“제갈량이 물건 실었던 수레를 버리고 간 건 틀림없이 나라 안에 급한 일이 일어나서 그랬던 모양이다. 오가 쳐들어왔거나 위가 쳐들어왔을지 모른다. 그래서 등불을 환히 밝혀 군사가 있듯이 속이고서 수레를 버리고 달아났다. 빨리 뒤쫓아가야 한다. 우물쭈물할 때가 아니다.”

맹획은 스스로 앞쪽에서 군사를 이끌고 곧장 서이하로 갔다. 강가에 이르러 강 북쪽 언덕의 영채를 바라보았다. 깃발들이 그대로 가지런히 꽂혀 있는데, 마치 구름이 떠 있고 비단이 펼쳐진 성싶게 눈이 부셨다. 깃발들은 강을 따라서도 쭉 꽂혀 있어 마치 비단으로 꾸민 아름다운 성처럼 보였다. 남만군들은 이를 보자 섣불리 앞으로 나아갈 엄두가 나지 않았다.

맹획이 맹우에게 말했다.

“제갈량은 내가 뒤쫓는 게 두려워 강 북쪽 언덕에 잠깐 머물러 있을 게다. 틀림없이 이틀 안에 달아난다.”

맹획은 남만군들을 강언덕에 머물러 있게 하였다. 그런 뒤 군사들을 시켜 산에서 대나무를 베어다 뗏목을 만들어 강을 건널 준비를 하도록 했다. 또 씩씩한 군사들을 모두 영채 앞쪽으로 가 있게 했다. 그러나 촉군들이 이미 자기네 울

안에 들어와 있는 줄은 까맣게 몰랐다.

그날 바람이 미친 듯이 크게 일며 사방에서 불길이 치솟아올랐다. 이어 북소리가 울려퍼지며 촉군이 쳐들어왔다. 남만 군사들과 요족 군사들은 자기네들끼리 서로 밟고 밟히느라 정신이 없었다. 맹획은 크게 놀라 급히 자기 동의 일가친척 젊은이들을 이끌고 나가 길을 뚫은 뒤 먼젓번 영채로 달아났다. 그때 갑자기 사나운 범 같은 군사 한 무리가 영채 안에서 쏟아져나왔다. 바로 조운의 군사들이었다. 맹획은 허둥대다가 서이하로 돌아가려고 부리나케 외진 산길을 바라고 달아났다. 그러나 또 한 무리 군사가 사나운 범처럼 나타나 짓밟기 시작했다. 이번엔 마대의 군사였다. 싸움에 진 맹획은 겨우 수십 명만 데리고 산골짜기로 달아났다. 그런데 남쪽·북쪽·서쪽 세 군데서 먼지가 일며 불빛이 비치는 까닭에 그쪽으로는 두려워 갈 수가 없어 동쪽으로 달아났다. 산어귀를 막 돌아가는데 숲이 많이 우거진 앞쪽에서 수십 명이 조그마한 수레를 끌고 나왔다. 수레 위엔 제갈량이 반듯이 앉아 있었다.

제갈량이 큰소리로 껄껄 웃으며 말했다.

"만왕 맹획아! 하늘이 싸움에 지게 해서 네가 이리 왔구나. 내 여기서 너를 기다린 지 오래다!"

맹획은 화가 솟구쳐올라 곁을 돌아보며 말했다.

"내가 저놈의 속임수에 빠져 세 번이나 욕을 보았는데, 지금 다행스럽게도 여기서 만났구나. 너희들은 있는 힘을 다해 달려나가 사람이고 수레고 가리지 말고 부수어 아주 가루로 만들어버려라!"

말 탄 남만 군사 몇 명이 용감하게 앞으로 뛰쳐나갔다. 맹획은 그들 앞에 서서 소리를 내지르며 숲 앞으로 달려나갔다. 그때였다. 쿵 하는 소리가 나는 성싶더니 딛고 있는 바닥이 꺼져내렸다. 곧장 모두들 아래로 처박혀버렸다. 숲 안에서 위연이 거느린 군사 수백 명이 나와 하나하나 끌어내 꽁꽁 묶었다.

제갈량은 앞질러 영채로 돌아가 남만군을 비롯해 여러 구역의 추장들과 동의 젊은이들을 달래며 항복하도록 했다. 이때는 이미 반도 넘는 사람들이 자기들 고향으로 돌아가고 없었다. 이리하여 죽고 다친 이 말고는 모두 항복했다. 제갈량은 술과 고기를 내어오게 하여 대접하며 부드러운 말로 어루만진 뒤 모두 놓아주었다. 남만군들은 모두들 마음에 깊이 느끼어 고마워하며 돌아갔다.

얼마 뒤 장익이 맹우를 끌고 왔다.

제갈량이 그를 보고 혀를 찼다.

"네 형은 참으로 어리석은 사람이니 마땅히 네가 깨우쳐주어라. 나한테 네 번씩이나 사로잡혔는데, 이제 무슨 낯으로 나를 보겠느냐!"

맹우는 부끄러운 빛이 얼굴에 가득한 채 바닥에 엎드려 살려달라고 빌었다.

제갈량이 말했다.

"오늘은 너를 죽이지 않고 살려줄 테니 네 형에게 잘 알아듣도록 말하거라."

제갈량이 무사들을 시켜 묶인 걸 풀어주도록 하자 맹우는 울며 절을 한 뒤 떠나갔다. 바로 이어 위연이 맹획을 끌고 왔다.

제갈량이 크게 화를 내며 꾸짖었다.

"너는 이번에 또다시 나한테 사로잡혀 왔다. 이제 더는 할 말이 없겠지?"

맹획이 말했다.

"이번에는 속임수에 잘못 걸려들었다. 그러니 죽어도 눈을 감을 수 없다!"

제갈량은 무사들을 향해 그를 끌고 가 목을 베라고 소리쳤다. 그러나 맹획은 조금도 두려워하는 빛 없이 제갈량을 돌아보며 소리쳤다.

"만약에 나를 다시 놓아주면 네 번씩이나 사로잡힌 원한을 반드시 갚고 말겠다!"

제갈량이 웃음을 크게 터뜨리며 묶인 걸 풀어주라 하였

다. 이어 자리를 내어주며 술을 주어 놀란 가슴을 가라앉히
게 한 뒤 물었다.

"나는 너를 네 번씩이나 예의를 갖추어 대접했다. 그런데
도 아직까지 항복하지 않는 까닭이 무엇이냐?"

맹획이 대답했다.

"내 비록 임금의 덕이 미치지 않는 곳에 사는 사람이지만,
속임수만 쓰는 승상과는 다르다. 그러니 어찌 기꺼이 항복
할 수 있겠느냐?"

제갈량이 말했다.

"내가 너를 또 놓아주면 또다시 싸우겠느냐?"

"승상한테 내가 다시 사로잡히면 그때는 마음으로부터
항복을 하겠다. 우리 동의 물건들도 다 바쳐 촉군에게 나눠
주게 한 뒤 다시는 배반하지 않겠다."

제갈량이 웃으며 곧바로 그를 놓아주었다. 맹획은 기쁘
게 절을 하며 고마움을 나타낸 뒤 돌아갔다. 맹획은 여러 동
의 튼튼한 젊은이 수천 명을 데리고 남쪽으로 갔다. 조금 가
다 보니 먼지가 뿌옇게 일며 군사 한 무리가 나타났다. 맹우
가 싸움에 진 군사들을 모아 형의 원수를 갚기 위해 오는 중
이었다. 두 형제는 서로 부둥켜안은 채 울며 지난 일을 되새
겼다.

맹우가 말했다.

"우리 군사는 싸울 때마다 지고 촉군은 그때마다 이기니 해보기가 어렵습니다. 차라리 산 깊은 동으로 들어가 피해 있으면서 나오지 맙시다. 그러면 촉군들은 더위에 지쳐 스스로 물러가게 되어 있습니다."

맹획이 말했다.

"그럼 어디로 피하는 게 좋겠느냐?"

"여기서 서남쪽으로 가면 독룡동이라는 데가 있습니다. 그곳 우두머리인 타사대왕이 저랑 매우 두터운 사이입니다. 그리 가면 몸을 맡길 수 있습니다."

이에 맹획은 맹우를 시켜 먼저 독룡동으로 가 타사를 만나보도록 했다. 타사가 급히 동 안 군사들을 이끌고 마중을 나왔다. 맹획이 동 안으로 들어가 인사를 나누고 이제껏 있었던 일을 털어놓았다.

타사가 말했다.

"대왕께서는 이제 아무런 걱정을 하지 마십시오. 만약에 촉군이 여기 오기만 하면 사람 하나, 말 한 마리도 살아서 고향에 돌아가지 못하고, 제갈량과 함께 모두 여기서 죽게 됩니다."

맹획이 좋아라 하며 어떤 방법으로 그렇게 할 수 있느냐고 묻자 타사가 대답했다.

"이 동 안으로 들어는 길은 딱 두 갈래뿐입니다. 동북쪽으로 난 길은 대왕께서 오신 길로, 땅 생김새가 판판하고 흙이 많고 물맛도 좋아 사람과 말이 다닐 만합니다. 그러나 나무와 돌로 동 어귀를 틀어막으면 백만 대군이라 할지라도 들어올 수 없습니다. 서북쪽으로 난 길은 산과 고개가 험한데다 길도 좁아 지나가기가 힘듭니다. 샛길이 있기는 하지만 그 길엔 독사와 전갈이 많고, 해질녘엔 독한 기운이 크게 피어올라 이튿날 점심때나 되어야 사라집니다. 그러니 점심 때가 지난 저녁나절에나 잠깐 지나다닐 수 있습니다. 게다가 마실 물도 없어 사람이나 말이 다닐 수 없습니다.

거기엔 또 독물이 솟는 샘이 네 개나 있습니다. 첫 번째 것은 아천이라는 샘으로, 물맛이 달긴 하지만 만약에 사람이 마시면 바로 말을 못 하게 되면서 반드시 열흘 안에 죽습니다. 두 번째 것은 멸천이라는 샘으로, 이 물은 펄펄 끓는다 할 수 있을 정도로 뜨거운데, 사람이 목욕이라도 하면 살갗이고 살이고 다 녹아버리고 뼈만 남은 채 죽고 맙니다. 세 번째 것은 흑천이라는 샘으로, 이 물은 맑아 보이지만 사람 몸에 물이 닿으면 손발이 시커멓게 되면서 죽고 맙니다. 네 번째 것은 유천이라는 샘으로, 이 물은 얼음처럼 차가운데 사람이 마시면 목구멍에서 따스한 기운이 빠져나가면서 몸이 흐물흐물한 솜처럼 되면서 죽고 맙니다. 그래서 그곳엔 벌레나 새가 하나도 없습니다.

옛날에 한나라의 복파장군이 한 번 온 뒤로는 그 누구도 온 적이 없습니다. 이제 동북쪽 큰길을 끊을 테니 대왕께서는 동 안에 숨어 계십시오. 촉군은 동쪽 길이 막힌 걸 보면 틀림없이 서쪽 길로 들어올 겁니다. 오는 길에 물이 없으니 네 군데 샘이 보이기만 하면 바로 마시게 될 겁니다. 그러기만 하면 아무리 백만 대군이라 하더라도 죄다 돌아가지 못합니다. 무기고 군사고 쓸 필요가 없게 되지요!"

맹획이 아주 좋아라 하며 손을 이마에 대고 말했다.

"마침내 오늘에야 이 한 몸 쉴 데를 찾았소!"

이어 북쪽을 가리키며 말했다.

"제갈량 놈이 제아무리 귀신도 놀랄 꾀를 가졌다 하더라도 이젠 어쩌지 못한다! 네 군데 샘물이 지금까지 싸움에 진 원한을 풀어주리라!"

이때부터 맹획과 맹우는 타사와 더불어 하루 내내 술만 마시며 지냈다.

제갈량은 맹획이 여러 날이 지나도록 싸우러 나오지 않자 대군이 서이하를 건너 남쪽으로 나아가도록 했다. 때는 6월로 날씨가 뜨거울 대로 뜨거워 마치 불 속에 들어앉아 있는 듯했다.

훗날 어떤 사람이 숨 막히는 남쪽 지방의 더위에 대해 읊은 시가 있다.

　산은 불에 탄 듯하고 못은 물이 다 말랐네
　불빛이 온 하늘을 다 뒤덮었나
　알 수 없구나 하늘과 땅 밖
　그곳의 더위는 또 어떠한지

또 이렇게 읊은 시도 있다.

　불과 여름을 맡고 있는 신이 마음대로 설치니
　구름은 섣불리 일어날 수가 없네
　구름이 뜨거워져 홀로 나는 학도 헐떡이고
　바닷물 끓어대니 큰 자라도 놀라 허둥대네
　시냇가에만 앉아 있고 싶은 걸 어찌 참을 수 있으랴
　대나무숲 속으로나 찾아들고 싶은 마음 겨우 가라앉혔네
　사막을 가는 사람은 어떠할까
　갑옷 입고 다시 싸움길 나서는 이들은 또 어떻고

　제갈량이 대군을 이끌고 한창 가고 있는데 염탐꾼이 나는 듯이 달려왔다.
　"맹획이 독룡동으로 들어가 나오지 않습니다. 또 동 어귀

길목을 막아놓고 안에서 군사들이 지키고 있습니다. 산은 험하고 고개는 가팔라서 더 나아갈 수가 없습니다."

이에 제갈량은 여개를 불러 물었다.

여개가 고개를 갸우뚱하며 말했다.

"이 동 안으로 들어가는 길이 있다는 소리를 듣긴 했습니다만 자세히는 모르겠습니다."

옆에서 장완이 말했다.

"맹획은 네 번씩이나 사로잡혀 지금 가슴이 벌렁거릴 텐데 두려워서 어찌 나올 수 있겠습니까? 더구나 지금 날씨가 펄펄 끓는 불 속 같아 군사고 말이고 다 지쳐 나자빠질 판이라 이대로 치러 가봐야 그리 좋지 않습니다. 군사를 거두어 돌아가는 게 낫겠습니다."

제갈량이 고개를 저었다.

"그렇게 하기를 바라는 게 맹획의 속셈이오. 우리 군사가 물러가면 맹획은 틀림없이 우리 뒤를 쫓을 거요. 기왕 여기까지 왔는데 어찌 이대로 돌아갈 수 있겠소!"

제갈량은 왕평에게 군사 수백 명을 이끌고 앞장서도록 하였다. 그들은 새로 항복한 남만군더러 길을 잡아 나아가게 하여 서북쪽 샛길을 찾아 들어갔다. 길을 가다 보니 앞에 샘이 하나 나타났다. 사람과 말 모두 목이 말라 있던 차라 그 물을 다투어 마셨다. 왕평은 길을 찾았다는 보고를 하기 위해 제갈량에게 갔다. 본부 영채에 이르렀을 때였다. 같이 간 모두들 말을 하지 못하고 손으로 입을 가리킬 뿐이었다.

제갈량은 깜짝 놀랐다. 무언가 나쁜 독이 몸에 퍼졌다는 걸 알 수 있었다. 제갈량은 직접 작은 수레를 타고 수십 명을 거느리고 살펴보러 나섰다. 샘이 하나 있는데 물이 무척 맑고 깊어 바닥이 보이지 않았다. 물 기운이 차갑게 느껴질 정도였다. 군사들더러 한번 마셔보라고 할 수도 없었다.

제갈량은 수레에서 내려 높다란 데로 올라가 둘러보았다. 사방으로 산봉우리가 둘러서 있는데 새 지저귀는 소리 하나 들리지 않는 게 꽤나 께름칙했다. 고개를 들어 멀리 바라보니 산언덕 위에 옛 사당이 하나 보였다. 제갈량은 등나무 줄기와 칡넝쿨을 부여잡으며 올라갔다. 돌로 지은 집 안에 흙으로 빚은 장군상이 깔끔한 모습으로 세워져 있었다. 곁에 있는 빗돌을 보니 '한나라 복파장군 마원의 사당'이라고 새겨져 있었다. 마원이 남만 땅을 거두기 위해 온 걸 기려 이곳 토박이들이 사당을 세우고 제사를 지내고 있는 듯싶었다.

제갈량은 절을 두 번 하고 빌었다.

"저 제갈량은 돌아가신 황제로부터 어린 임금을 돌보라는 중요한 부탁을 받았는데, 이제 또 폐하의 명령을 받들어 남만 땅을 거두기 위해 여기에 왔습니다. 여기를 무찌른 다

음엔 위를 치고 오를 손에 넣어 한나라 황실을 편안하게 할
까 합니다. 그런데 지금 군사들이 이곳 땅 사정을 잘 알지
못하는데다 독이 든 물까지 마셔 아무 소리도 내지 못하고
있습니다. 부디 바라오니, 높으신 신께서는 한나라의 은혜
와 의리를 살펴셔서 신비로움을 나타내주시어 우리 전군을
돌보아주십시오!"

제갈량은 기도를 마친 뒤 사당을 나왔다. 이어 거기 사는
사람을 찾아 무얼 좀 물어보려 하는데 맞은편 산에서 노인
하나가 지팡이를 짚고 오는 게 아득히 보였다. 노인의 모습
은 보통 사람과 많이 달랐다. 제갈량은 노인을 사당 안으로
들인 뒤 인사를 나누고 돌 위에 마주 앉았다.

제갈량이 물었다.

"어르신은 누구신지요?"

노인은 자신이 누군지는 밝히지 않은 채 말했다.

"이 늙은이가 큰 나라 승상의 높고 귀하신 이름을 들은
지 오래인데 다행스럽게도 만나뵙게 되었습니다. 남만 땅
사람들은 승상께서 목숨을 살려주신 은혜에 대해 모두들
마음 깊이 고맙게 여기고 있습니다."

제갈량이 샘물이 어찌 된 일인지를 묻자 노인이 대답했다.

"군사들이 마신 물은 바로 아천이라는 샘의 물입니다. 그
물을 마시면 말을 못 하다가 며칠 안에 죽고 말지요. 그 샘

말고도 샘이 셋 더 있습니다. 동남쪽에 있는 샘은 물이 얼음처럼 차갑습니다. 만약에 사람이 마시면 목에 따스한 기운이 사라지면서 몸이 흐물흐물해지다가 죽고 말아 유천이라고 합니다. 남쪽으로 똑바로 가도 샘이 있습니다. 그 샘물이 몸에 묻으면 손발이 모두 검어지면서 죽게 되므로 흑천이라고 합니다. 서남쪽에 있는 샘은 펄펄 끓는 물이 나는데, 그 물로 목욕을 하면 살갗이고 살이고 할 것 없이 다 녹아 떨어져나간 채 죽게 되므로 멸천이라고 합니다. 이 네 곳의 샘물은 모두 다 독이 들어 있는 기운이 모여 있는데, 약으로도 다스릴 수 없습니다. 또한 독한 기운까지 피어올라 점심때가 지난 저녁나절에나 잠깐 지나다닐 수 있습니다. 다른 시간에는 독한 기운이 너무 많이 퍼져 있어 쐬기만 해도 바로 죽고 맙니다.”

제갈량이 말했다.

“그렇다면 남만 땅을 무찌르기는 어렵겠군요. 남만 땅을 누르지 못하면 어떻게 오와 위를 쳐서 한나라 황실을 다시 일으킬 수 있겠습니까? 돌아가신 황제께서 어린 임금을 잘 보살피라고 부탁하셨는데, 이제 그럴 수 없다면 사는 게 죽는 것보다 못합니다!”

그러자 노인이 말했다.

“승상께서는 너무 걱정하지 마십시오. 이 늙은이가 걱정거리를 풀 만한 곳 한 군데를 가르쳐드리겠습니다."

제갈량이 말했다.

"어르신께서 좋은 방법을 알고 계시면 부디 가르쳐주시기 바랍니다."

노인이 말했다.

"여기서 서쪽으로 똑바로 몇 리 가면 산골짜기가 하나 있습니다. 거기서 안으로 이십 리 들어가면 만안이라는 계곡이 나옵니다. 거기에 아주 훌륭하신 선비 한 분이 살고 계시는데, 만안에 숨어 산다고 만안은자라 부릅니다. 그분은 거기 계곡 안에서 수십 년째 나오시지 않고 있습니다. 풀로 지붕을 인 암자 뒤에 샘이 하나 있는데 안락천이라 합니다. 중독된 사람이 그 물을 마시면 곧장 낫습니다. 또 옴이나 나병은 물론 좋지 않은 기운에 쏘인 사람도 만안계곡에서 목욕을 하면 모두 저절로 낫습니다. 또 암자 앞에는 해엽운향이라는 풀이 있는데, 그 풀잎을 따서 잎에 물고 있으면 좋지 않은 기운이 스미지 않습니다. 승상께서는 어서 가셔서 구하도록 하십시오."

제갈량은 절을 하며 고마움을 나타냈다.

"어르신께서 이처럼 목숨을 살리는 덕을 베풀어주시니 고마운 마음 어찌해야 할지 모르겠습니다. 귀하신 성함이 어떻게 되시는지 부디 일러주십시오."

노인이 사당으로 들어가며 말했다.

"나는 이곳의 산신으로, 복파장군의 명령을 받들어 특별히 와서 알려드렸습니다."

말을 마치자 노인은 소리를 한 번 내지르더니 사당 뒤의 돌벽을 열고 들어가버렸다. 제갈량은 놀라 잠깐 멍하니 바라보다 사당의 신에게 절을 두 번 하고 왔던 길을 되짚어 내려와 영채로 돌아갔다.

다음 날 제갈량은 제사 지내는 사람이 바라는 바를 좋은 향기에 실어 신에게 잘 전해준다는 향과 예물을 갖추었다. 그런 뒤 왕평과 말을 못 하게 된 군사들을 데리고 산신이 일러준 곳을 밤새도록 찾아갔다. 산골짜기로 접어든 뒤 오솔길로 따라 20리 남짓 가자 커다란 소나무와 측백나무가 서 있고, 대나무가 우거졌으며, 미처 못 보던 꽃들이 울타리를 이룬 곳 안에 몇 칸 안 되는 떳집 하나가 나왔다. 가까이 가자 그윽한 향기가 코에 스며들었다.

제갈량은 크게 기뻐하며 집 앞으로 가서 문을 두드렸다. 사내아이 하나가 나왔다. 제갈량이 막 이름을 말하려 하는데 벌써 한 사람이 뒤따라 나와 섰다. 그 사람은 대나무 관을 쓰고 짚신을 신었으며, 흰옷에 검은 띠를 두른 차림이었다. 눈은 푸르고 머리털은 노랬다. 그가 제갈량에게 반갑게 물었다.

"지금 오신 분은 한나라 승상이 아니십니까?"

제갈량이 웃으며 대답했다.

"높으신 선비께서 어떻게 저를 아시는지요?"

"승상께서 큰 깃발을 앞세우시고 남쪽을 무찌르러 오셨다는 소문을 들은 지 오래인데 어찌 모를 수 있겠습니까!"

그러면서 제갈량을 안으로 들게 하였다. 서로 인사를 나누고 나자 손님과 주인 자리로 나누어 앉았다.

제갈량이 먼저 말했다.

"이 사람 제갈량은 소열황제로부터 어린 임금을 잘 돌봐달라는 중요한 부탁을 받았습니다. 이제 뒤를 이으신 폐하의 명령을 받들어 대군을 이끌고 여기 온 까닭은 남쪽 지방이 우리를 따르게 하여 임금의 덕스러운 다스림을 받게 하기 위해서입니다. 그런데 뜻하지 않게 맹획이 동 안으로 들어가 숨어버리고, 군사들은 아천 샘물을 잘못 마셨습니다. 지난밤에 복파장군이 신의 모습으로 나타나시어 높으신 선비께 약물이 있으니 고칠 수 있으리라고 가르쳐주었습니다. 부디 가엾이 여기시어 신비스러운 물을 내리셔서 여러 군사들의 목숨을 구해주십시오."

은자가 말했다.

"이 늙은이는 산속에 묻혀 사는 보잘것없는 사람입니다. 어쩌자고 승상께서 수고스럽게 직접 오셨습니까? 그 샘은

제갈량이 만안은자를 찾아가다.

바로 암자 뒤에 있습니다.”

그러면서 바로 떠다 마시라고 했다.

이에 사내아이가 왕평을 비롯해 말 못 하는 군사들을 데리고 샘으로 가서 물을 마시게 했다. 물을 마신 군사들은 끈적끈적한 것들을 토해내더니 말을 하기 시작했다. 아이는 다시 군사들을 만안계곡으로 데리고 가 목욕을 하게 했다.

이때 은자는 암자 안에서 잣차와 소나무꽃차를 내어다 제갈량을 대접했다.

“이곳 남만 땅에는 독사와 전갈이 많습니다. 또 버드나무의 꽃인 버들개지가 날아 들어간 시냇물이나 샘물은 마실 수 없습니다. 샘을 새로 파서 그 물을 길어 마셔야 합니다.”

제갈량이 그에게 해엽운향을 구할 수 없냐고 물었다. 은자가 군사들에게 마음대로 따가라고 한 뒤 한마디 덧붙였다.

“그걸 저마다 한 잎씩 물고 있으면 나쁜 기운이 스며들지 않습니다.”

제갈량이 은자에게 절을 하며 이름을 알고 싶다고 했다. 은자가 웃으며 말했다.

“이 사람은 맹획의 형으로 맹절이라 합니다.”

제갈량은 깜짝 놀랐다.

은자가 다시 말했다.

“승상께서는 아무런 의심을 품지 마시고 제 말씀을 들어주십시오. 우리 부모님은 형제 셋을 낳으셨습니다. 맏이는 이 늙은이로 맹절이고, 둘째는 맹획이고, 셋째는 맹우입니다. 부모님은 모두 세상을 떠나셨습니다. 두 아우는 몹시 거칠어 임금의 덕스러운 다스림을 받으려 하지 않았습니다. 이 사람이 여러 차례에 걸쳐 말했으나 따르지 않았습니다. 그래서 이 사람은 이름을 바꾸고 여기에 숨어 살고 있습니다. 이번에 아우가 배반하여 승상께서 이렇듯 거친 땅 안까지 깊숙이 들어오셔서 고생을 하시니, 이 맹절은 만 번 죽어 마땅합니다. 승상께서는 저의 죄를 물으십시오.”

제갈량이 한숨을 길게 내쉬었다.

“그 옛날 한 형제로 큰 도둑이었던 도척과 어진 분이었던 유하혜 같은 일이 오늘에도 있군요.”

제갈량이 곧바로 맹절에게 물었다.

“황제께 말씀드려 공을 왕으로 삼아도 되겠습니까?”

맹절이 말했다.

“이름을 드러내기 싫어 이리 도망쳐 살고 있는데 어찌 다시 넉넉하고 귀하게 되는 일에 뜻이 있겠습니까!”

제갈량이 황금과 비단을 예물로 주었으나 맹절은 끝내 받지 않았다. 제갈량은 아쉬운 한숨을 길게 내쉰 뒤 절을 하며 헤어져 돌아갔다.

나중에 어떤 사람이 시를 남겼다.

높은 선비는 깊숙이 들어앉아 문 닫아건 채 홀로 살고
무후는 일찍이 여기서 남만을 모두 무찔렀네
이제는 사람 발길 끊기고 오래된 나무뿐이지만
아직도 차디찬 안개는 옛 산에 가득하네

제갈량은 영채로 돌아오자마자 군사들에게 물이 나올 만한 곳을 파도록 하였다. 그러나 20길이 넘도록 팠는데도 물한 방울 나오지 않았다. 그래서 여남은 군데를 더 파보았다. 역시 아무 데서도 물이 나오지 않았다. 군사들은 놀라며 어리둥절해했다. 한밤중이 되자 제갈량은 향을 피우고 하늘에 빌었다.

저 제갈량은 재주도 없으면서 대 한나라의 복을 이어받아 우러르고 황제의 명령을 받들어 남만을 무찌르러 왔습니다. 지금가는 길에 물이 없어 군사와 말이 모두 목이 말라 몹시 힘듭니다. 하늘이시여, 대 한나라의 뒤를 끊을 생각이 아니시면 좋은 샘을 내려주십시오! 만약에 운이 이미 다했다면 저 제갈량을비롯해 모두들 여기서 죽고자 합니다!

그날 밤 그렇게 빌고, 날이 밝아서 보니 우물마다 좋은 물이 가득 고여 있었다.

　　　　　　　　　　

나중에 어떤 사람이 남긴 시가 있다.

나라 위해 남만 무찌르러 대군 거느리고 왔네
마음이 바른 길 좇으니 하늘과 땅의 신도 알아주지
옛날에 경공이 우물에 절을 하자 좋은 물이 나왔다지
제갈량 역시 정성스레 빌자 밤사이에 물이 솟았다네

제갈량의 군사는 좋은 물을 얻고 나자 느긋하게 샛길을 따라 곧장 독룡동 앞으로 가 영채를 세웠다.

남만군이 이 사실을 알아내 맹획에게 보고했다.

"촉군들이 나쁜 기운에 휩싸이지도 않고, 또 목마름병도 걸리지 않은 듯합니다. 여러 샘도 다 쓸모가 없었던 모양입니다."

타사대왕은 그 말을 믿을 수 없었다. 그래서 직접 맹획과 함께 높은 산으로 올라가 살펴보았다. 과연 촉군들은 아무 일 없이 크고 작은 물통으로 물을 길어다 말도 먹이고 밥도 짓고 있었다. 타사는 그걸 보자 머리끝이 쭈뼛해지며 몸이 오싹했다.

타사가 맹획을 돌아보며 말했다.

"저건 바로 귀신 군사들이오!"

맹획이 말했다.

"우리 두 형제는 촉군과 목숨 걸고 싸우겠소. 싸우다 죽으면 죽었지, 어찌 가만히 있다가 묶여 갈 수 있겠소!"

타사가 말했다.

"만약에 대왕이 싸움에 지면 내 가족도 다 끝장이오. 그러니 소 잡고 말 잡아 동 안 젊은이들에게 크게 상을 주며 한 턱 쓴 뒤 물불 가리지 않고 촉군의 영채를 들이치도록 합시다. 그러면 해볼 수 있습니다."

이리하여 남만군들에게 상을 크게 내렸다. 이어 막 싸우러 가려는데 갑작스런 보고가 들어왔다. 동 뒤 서쪽 가까이 있는 은야동 21동의 우두머리인 양봉이 군사 3만 명을 이끌고 도우러 온다고 했다.

맹획은 크게 기뻤다.

"이웃 군사가 나를 도우러 왔으니 나는 이번에 반드시 이기고 만다!"

맹획은 바로 타사와 함께 동을 나가 양봉을 맞았다.

양봉이 군사를 이끌고 와서 말했다.

"내가 이끌고 온 삼만 군사는 날쌔고 씩씩한데다 모두 철갑옷을 걸치고 있소. 산과 고개를 나는 듯이 오르내릴 수 있으니 촉군 백만 명도 거뜬히 해볼 수 있지요. 아울러 내 아들 다섯이 모두 무예에 뛰어난데, 대왕을 도와드리러 같이 왔소.”

양봉은 다섯 아들을 불러 절을 하도록 했다. 모두 다 범 같은 몸집으로 다부져 보였다. 맹획은 무척 좋아라 하며 잔 치를 베풀어 양봉과 그의 아들들을 대접했다.

술기운이 제법 오르자 양봉이 말했다.

“군 안이라 즐길거리가 별로 없군요. 내가 거느리고 온 군 에 칼과 방패춤을 잘 추는 여자들이 있으니 불러서 즐거움 을 돋우도록 하겠소.”

맹획이 기꺼이 좋다고 했다. 조금 있자 남만족 여자 수십 명이 머리를 풀어헤친 채 맨발로 막사 밖에서부터 춤을 추 며 들어왔다. 남만군 모두 손뼉 치며 노래를 불러 장단을 맞 추었다. 양봉이 두 아들더러 잔을 잡도록 했다. 두 아들은 잔을 들고 맹획과 맹우 앞으로 갔다. 두 사람이 잔을 받아 막 마시려 하는데 느닷없이 양봉이 호통을 한 번 내질렀다. 그 순간 두 아들은 벌써 맹획과 맹우를 붙잡아 자리에서 끌 어내렸다. 달아날 틈을 노리던 타사는 양봉에게 붙들리고 말았다. 남만족 여자들 또한 막사 위쪽을 딱 가로막고 서 있 으니 겁이 나 아무도 앞으로 나갈 수 없었다.

맹획이 볼멘소리를 했다.

“토끼가 죽으면 여우도 슬퍼한다고 했다. 같은 무리는 서 로 다치게 하지 않는 법이다. 나와 너는 모두 각 동의 우두머리이고 여태까지 서로 원수진 일이 없는데 어째서 나를 해치려 하느냐?"

양봉이 말했다.

"내 형제와 자식은 물론 조카들까지 모두 제갈승상으로부터 목숨을 살려 받은 은혜를 입었는데 갚을 길이 없었다. 지금 네가 배반하는데 어찌 사로잡아 바치지 않을 수 있겠느냐!"

이에 각 동에서 온 군사들은 모두 고향으로 달아나고 말았다. 양봉은 맹획과 맹우·타사 등을 끌고 제갈량의 영채로 갔다. 제갈량이 들어오라고 하자 양봉 무리는 막사로 가서 절을 했다.

"저희 자식과 조카들 모두 승상의 은혜와 덕을 깊이 느끼고 있어, 이에 맹획과 맹우 들을 사로잡아 바칩니다."

제갈량은 상을 두둑이 내리고 맹획을 끌고 오라 했다.

제갈량이 웃으며 말했다.

"너는 이제 마음으로부터 항복하겠느냐?"

맹획이 말했다.

"이건 네가 뛰어나서가 아니라 우리 동 안 사람이 서로 죽이려 하다가 이렇게 되고 말았다. 죽이려면 어서 죽여라. 항복은 하지 않겠다!"

제갈량이 말했다.

"너는 나를 속여 물 없는 땅으로 끌어들였다. 이어 아천·멸천·흑천·유천 같은 데서 나는 독을 먹여 죽이려고 했다. 하지만 우리 군사는 아무 탈이 없으니, 이게 하늘의 뜻이 아니고 무엇이겠느냐? 그런데도 너는 어찌하여 어리석은 고집을 피우느냐?"

맹획이 말했다.

"우리 조상은 대대로 은갱산에서 살아왔다. 거기에는 험하기 짝이 없는 삼강이 있고 튼튼한 관이 겹겹으로 버티고 있다. 네가 거기서 나를 사로잡는다면 그때는 내 마땅히 자손 대대로 마음을 쏟아 받들고 따르겠다."

제갈량이 말했다.

"내 다시 너를 놓아 돌려보내주겠다. 다시 군사와 말을 가다듬어 나와 한판 겨루어보자. 만약에 그때 또 사로잡혔는데 항복하지 않으면, 그때는 마땅히 네 모든 일가친척을 다 죽여 없애겠다."

제갈량은 맹획을 풀어주라 일렀다. 맹획은 절을 두 번 하고 돌아갔다. 제갈량은 또 맹우와 타사도 묶인 걸 풀어주게 하고, 술과 음식을 주어 놀란 가슴을 가라앉히도록 했다. 두 사람은 두렵고 거북하여 똑바로 쳐다볼 수도 없었다. 제갈량은 말을 내어주며 타고 돌아가도록 했다.

험한 땅에 깊숙이 들어가는 것 쉬운 일 아니지

게다가 기막힌 꾀까지 쓰는 게 어찌 뜻밖의 일이리요

  과연 맹획이 다시 군사를 가다듬어 이끌고 오면 이기고
짐은 어떻게 갈릴는지…….

일곱 번 사로잡아
일곱 번 놓아주다

커다란 짐승을 몰아 남만군을 여섯 번째 깨고
등나무갑옷군을 불태우며 맹획을 일곱 번째 사로잡다

제갈량은 맹획 무리를 놓아준 뒤 양봉과 그 아들들에게 모두 벼슬을 내리고, 그의 군사들에게도 상을 두둑이 내렸다. 양봉 무리는 고마움에 절을 한 뒤 돌아갔다.

맹획 무리는 밤새 달려 은갱동으로 돌아갔다. 은갱동 밖에는 삼강이 있었다. 노수와 감남수와 서성수 세 물길이 한데 모여 흐르기 때문에 삼강이라 불렸다. 은갱동 북쪽 3백 리에 걸친 땅은 평평해서 온갖 것들이 많이 났다. 서쪽 2백 리쯤엔 소금샘이 있었다. 서남쪽 2백 리쯤 가면 노수와 감남수에 이르고, 똑바로 남쪽으로 3백 리를 가면 양도동이었다. 양도동은 산에 둘러싸여 있는데, 그 산에 은광이 있어 은갱산이라 불렸다.

산속에는 궁전과 커다란 다락집 따위가 있는데, 만왕은 그곳을 자기 터전으로 삼고 있었다. 그 가운데에 조상을 모시는 사당이 하나 있는데 '가귀'라 불렀다. 거기서는 봄·여름·가을·겨울 네 계절 내내 소와 말을 잡아 제사를 지냈다. 그 제사를 '복귀'라 했으며, 해마다 촉나라 사람을 비롯해 다른 바깥 사람을 잡아다 제사를 지냈다.

이곳 사람들은 병에 걸리면 약을 먹지 않고 무당을 시켜 빌게 했는데, 이를 '약귀'라 했다. 또 죄를 지어도 다스리는 법이 없고, 일단 죄를 지으면 바로 목을 베어 죽였다. 여자아이가 다 자라면 시냇물에서 사내아이들과 섞여 목욕을 하다 서로 눈이 맞으면 결혼을 한다. 부모는 이걸 막지 않는데, 이를 '학예'라 했다. 비가 때맞춰 알맞게 내리면 벼농사를 짓는데, 벼가 제대로 익지 않으면 뱀을 잡아 국을 끓이거나 코끼리를 삶아 끼니로 삼았다. 각 동 안에서 가장 으뜸가는 이는 '동 우두머리'이고 다음은 '추장'이었다. 달마다 초하루와 보름날 이틀엔 삼강성에 모여 물건을 맞바꾸며 사고팔았다. 그들 사는 모습은 대충 이러하였다.

맹획은 동 안에서 일가친척 1천 명 남짓을 모아놓고 말했다.

"내가 촉군에게 여러 차례 모욕을 당했으나 기어코 되갚
아주어야 한다. 혹시 좋은 생각들이 있느냐?"

말을 미처 끝내기도 전에 한 사람이 나섰다.

"제가 제갈량을 깨부술 만한 사람 하나를 압니다."

모두들 그를 바라보았다. 맹획의 처남이었다. 그는 8개
부족 가운데 한 곳인 대래동의 우두머리였다.

맹획이 무척 좋아라 하며 누구냐고 묻자 그가 대답했다.

"여기서 서남쪽으로 가면 팔납동이 있는데, 그 동 우두머
리인 목록대왕이 술법을 잘 부립니다. 밖에 나갈 때는 코끼
리를 타고 다니는데, 바람과 비를 불러일으킬 수 있으며, 호
랑이와 표범과 승냥이와 이리에다 독사와 전갈까지 거느리
고 다닙니다. 게다가 씩씩하기 짝이 없는 귀신같은 군사도
삼만 명이나 있습니다. 대왕께서 편지를 써주시고 예물을
갖추어주시면 제가 직접 가서 도와달라고 하겠습니다. 만
약에 그 사람이 도와준다고만 하면 촉군은 조금도 두려울
게 없습니다!"

맹획은 기쁜 마음으로 처남에게 글을 써주며 가도록 했
다. 그러는 한편 타사를 시켜 삼강성을 지키게 함으로써 앞
쪽을 막도록 했다.

한편 제갈량은 군사를 거느리고 삼강성에 이르렀다. 멀

리서 바라보니 성을 둘러싸듯 세 방향에서 강물이 흐르고 한쪽만 뭍으로 이어져 있었다. 제갈량은 곧바로 위연과 조운에게 군사를 뭍길로 몰고 가서 성을 치도록 하였다.

촉군이 성 아래에 이르자 성 위에서 활과 쇠뇌가 마구 쏟아졌다. 원래 동 안 사람들은 활솜씨가 뛰어나 쇠뇌 하나로 화살을 10대나 쏠 수 있었다. 게다가 화살촉마다 독약을 묻혀놓아 맞기만 하면 살갗이며 살이 썩어 문드러지고 속 창자까지 다 드러나며 죽고 말았다. 조운과 위연은 도무지 해 볼 수 없어 돌아와 제갈량에게 독화살에 대해 보고했다. 제갈량은 직접 조그마한 수레를 타고 앞으로 나아가 살펴본 다음 영채로 돌아와 군사들을 시켜 뒤로 몇 리 물러나 영채를 세우도록 하였다.

남만군들은 촉군이 멀리 물러가는 걸 보자 모두들 크게 웃고 떠들며 좋아라 했다. 그들은 촉군이 겁이 나 두려워서 물러간 거라 여겨 밤에 망을 보는 군사도 없이 마음 놓고 푹 잤다.

제갈량은 군사를 뒤로 물린 다음 바로 영채 문을 닫고 나가지 않았다. 뿐만 아니라 닷새 동안 아무런 명령도 내리지 않았다. 닷새째 되는 날, 서쪽으로 해가 기울 때쯤 되자 솔솔 바람이 불어왔다. 제갈량은 그제야 명령을 내렸다.

"모든 군사들은 저고리 하나씩을 가지고 초저녁에 검사

를 받도록 하라. 그렇게 하지 않는 이는 바로 목을 베겠다."

장수들은 왜 그러는지 속뜻을 알 수 없었지만 군사들더러 저고리를 하나씩 준비하도록 했다.

초저녁이 되자 제갈량이 다시 명령을 내렸다.

"모든 군사들은 자기가 가지고 있는 저고리에 흙을 가득 싸놓도록 하라. 그렇게 하지 않는 이는 바로 목을 베겠다."

군사들은 역시 그 뜻을 알 수 없었지만 제갈량이 하라는 대로 하였다.

제갈량이 다시 명령을 내렸다.

"군사들은 모두 흙을 들고 삼강성 아래로 가라. 먼저 다다른 이에게는 상을 주겠다."

군사들은 명령이 떨어지자마자 모두 흙을 안고 성 아래로 나는 듯이 달려갔다. 제갈량은 흙을 부어 계단처럼 쌓아 올리도록 했다. 그러면서 먼저 성 위에 다다른 이를 첫 공을 세운 이로 여기겠다고 했다. 이에 촉군 10만 명 남짓과 항복해온 군사 1만 명 남짓은 저마다 가지고 온 흙을 성 아래에 쏟아부었다. 잠깐 사이에 흙이 산더미처럼 쌓여 성 위로 바로 이어졌다.

신호 소리 한 번에 촉군들은 모두 성 위로 올라갔다. 남만군들은 부리나케 쇠뇌를 쏘려 했지만 절반 넘게 붙잡히고, 나머지는 성을 버리고 달아났다. 타사는 어지럽게 싸우는 가운데 죽고 말았다. 촉의 장수들은 군사를 나누어 남만군을 마구 무찔렀다. 제갈량은 삼강성을 무찌르고 나자 보배로운 물건들을 거두어 모두 전군에게 상으로 나누어주었다.

싸움에 지고 겨우 달아난 남만군이 맹획에게 가서 보고했다.

"타사대왕은 돌아가시고, 삼강성은 무너졌습니다."

맹획은 소스라치게 놀랐다. 맹획이 걱정하고 있는데 촉군이 이미 강을 건너와 동 앞에다 영채를 세우고 있다는 보고가 들어왔다. 맹획은 어찌해야 할지 몰라 허둥댔다.

그때 병풍 뒤에서 한 사람이 큰소리로 웃으며 나왔다.

"사내라는 사람이 어찌 그리도 머리를 쓸 줄 모르오? 내 비록 한 여자일 뿐이지만 같이 나가 싸우고 싶소."

맹획이 보니 바로 자기 아내인 축융부인이었다. 축융부인은 대를 이어 남만에서 살아온 축융씨의 후손으로, 칼 던지는 솜씨가 뛰어나 칼을 던졌다 하면 하나도 빗나가지 않았다. 맹획이 일어나 고맙다고 했다. 축융부인은 기꺼이 말에 올라 같은 일가친척 가운데 씩씩한 장수 수백 명과 새로 와서 힘이 넘치는 동 군사 5만 명을 이끌고 촉군과 싸우기 위해 은갱 궁궐을 나갔다.

막 동 어귀를 돌아나갔을 때였다. 사나운 범 같은 군사 한 무리가 나타나 길을 막았다. 앞장선 이는 촉의 장수 장의였다. 남만군은 촉군을 보자 두 갈래로 나뉘어 섰다. 그러자 축융부인이 등에 작은 칼 다섯 자루를 꽂고 손에는 한 길 8자나 되는 긴 창을 든 채 털이 구불구불한 적토마를 타고 나왔다. 장의는 축융부인의 모습을 보자 속으로 적잖이 놀랐다.

두 사람은 말을 몰고 나가 서로 어우러져 싸웠다. 그러나 몇 합 싸우지 않고 축융부인이 말 머리를 돌려 달아나기 시작했다. 장의가 그 뒤를 쫓는데 갑자기 바람을 가르며 칼 하나가 날아왔다. 장의는 칼을 막기 위해 급히 손을 들었으나 칼은 어느새 왼쪽 어깨에 꽂혔다. 그 바람에 장의는 말에서 굴러떨어지고 말았다. 남만군들이 한꺼번에 소리를 지르며 몰려들어 장의를 붉어서 돌이갔다.

마충은 장의가 붙잡혀갔다는 말을 듣자 급히 구하러 나섰으나 금세 남만군들에게 빙 둘러싸이고 말았다. 멀리 바라보니 축융부인이 긴 창을 든 채 말을 멈추고 서 있었다. 마충은 화가 끓어올라 그쪽으로 달려들었다. 그러나 그가 타고 있는 말이 남만군들이 쳐놓은 줄에 걸려 넘어지는 바람에 그 역시 사로잡히고 말았다.

두 사람은 동 안의 맹획한테 끌려갔다. 맹획은 싸움에 이긴 걸 축하하는 잔치를 열었다. 축융부인은 무사들에게 장의와 마충의 목을 베도록 하였다. 그러나 맹획이 말렸다.

"제갈량은 나를 다섯 차례나 놓아주었소. 그런데 지금 저 장수들을 죽인다면 그건 의로운 일이 아니오. 일단 동 안에 가두어두었다가 제갈량을 사로잡으면 그때 함께 죽여도 늦지 않소."

축융부인도 그 말에 따랐다. 모두들 웃고 떠들며 술자리를 즐겼다.

한편 싸움에 진 촉의 군사는 제갈량에게 가서 보고했다. 제갈량은 곧장 마대와 조운과 위연 세 사람을 불러 할일을 일러준 다음 저마다 군사를 거느리고 나가도록 했다.

다음 날 남만군이 동 안으로 달려들어가 조운이 와서 싸움을 건다고 보고했다. 이에 축융부인이 곧장 말을 타고 싸우러 나왔다. 서로 몇 합 싸우지도 않았는데 조운이 말 머리를 돌려 달아나기 시작했다. 축융부인은 혹시나 숨어 있는 군사가 있을지도 몰라 군사를 거두어 돌아갔다.

조금 있자 위연이 군사를 이끌고 나와 싸움을 걸었다. 축융부인은 말을 달려나와 그를 맞았다. 위연 역시 싸우다 말고 싸움에 진 척하며 달아나기 시작했으나 축융부인은 이번에도 뒤쫓지 않았다. 막 군사를 거두어 동으로 돌아가려 하는데 위연이 군사를 끌고 나타나 욕지거리를 퍼부어대기 시작했다. 축융부인은 급히 창을 부여잡고 위연에게 달려

들었다. 위연은 말 머리를 돌려 달아나기 시작했다. 축융부인은 화가 뻗쳐오를 대로 뻗쳐올라 마구 뒤쫓아갔다. 위연은 급히 말을 몰아 좁다란 산길로 들어갔다. 그때였다. 갑자기 뒤에서 쿵 하는 소리가 났다. 위연이 고개를 돌려 바라보니 축융부인이 말 위에서 뒤집어진 채 굴러떨어졌다. 마대가 거기 숨어 있다가 축융부인의 말 다리를 줄로 걸어 넘어뜨렸다.

축융부인은 사로잡혀 묶인 채 본부 영채로 끌려갔다. 남만군 장수와 동 군사들이 구하려고 몰려오자 조운이 한바탕 휩쓸어 흩뜨려버렸다.

제갈량은 막사 안에 앉아 있다가 마대가 축융부인을 끌고 오자 무사들에게 얼른 묶인 걸 풀어주라 일렀다. 이어 다른 막사로 자리를 옮겨 술을 주며 놀란 가슴을 가라앉히도록 했다. 제갈량은 맹획에게 사람을 보내 축융부인을 돌려보낼 테니 장의와 마충을 보내달라고 했다. 맹획은 그러자 하면서 곧바로 장의와 마충을 제갈량에게 돌려보냈다. 이에 제갈량도 축융부인을 그들의 동으로 돌려보냈다.

축융부인이 돌아오자 맹획은 기쁘면서도 걱정스런 마음을 떨쳐버리지 못했다. 그때 팔납동 우두머리가 왔다는 보고가 들어왔다. 맹획은 동을 나가 그를 맞았다. 그는 흰 코끼리를 타고서, 몸에는 여러 금붙이를 주렁주렁 매달고 허리에는 큰 칼 두 자루를 차고 있었다. 호랑이·표범·승냥이·이리 들을 몰고 온 군사들이 그를 에워싼 채 함께 몰려왔다. 맹획은 그에게 절을 두 번 하고 그동안 있었던 일을 애처로이 털어놓으며 하소연했다. 목록대왕이 고개를 끄덕이며 원수를 갚아주겠다고 했다. 맹획은 무척 좋아라 하며 잔치를 베풀어 대접했다.

다음 날 목록대왕은 자기가 데려온 군사와 사나운 짐승들을 이끌고 싸우러 나섰다. 조운과 위연은 남만군이 몰려온다는 보고가 들어오자 군사들을 움직여 진을 벌려세웠다. 두 장수는 진 앞으로 말을 타고 나가 서서 살펴보았다. 남만군들의 깃발이며 무기들이 여태껏 본 적이 없는 것들이었다. 게다가 남만군들은 모두 옷과 갑옷도 걸치지 않은 벌건 맨몸뚱이 그대로였다. 얼굴은 보기 싫게 생겼으며, 몸에는 뾰족한 칼을 네 자루씩 차고 있었다. 군 안에서는 북을 치거나 나팔을 불지 않고 체처럼 생긴 징을 울리는 걸 신호로 삼고 있었다. 목록대왕이 보배로운 칼 두 자루를 허리에 차고 손잡이 달린 작은 종을 든 채 코끼리를 타고서 큰 깃발들을 헤치고 나타났다.

조운이 그걸 보고 위연을 돌아보았다.

"우리가 싸움터에서 평생을 보냈지만 저런 사람은 또 처음이구만."

목록대왕이 코끼리를 타고 나타나다.

두 사람이 아무 말 없이 입을 다물고 있는 동안 목록대왕
은 입으로 중얼중얼 무슨 주문을 외워댔다. 이어 손에 든 종
을 흔들자 난데없이 바람이 미친 듯이 불어닥치며 모래가
날고 자갈이 구르는데 마치 소낙비 쏟아지는 듯했다. 게다
가 뿔에 그림이 그려진 나팔을 불자 호랑이·표범·승냥이·
이리·독사·전갈 들이 바람 속에서 입을 벌리고 발톱을 치
켜세운 채 달려들었다. 촉군은 어찌해볼 수가 없어 뒤로 물
러나 달아났다. 남만군들은 그 뒤를 무찌르며 삼강 가까이
까지 쫓아왔다가 돌아갔다.

조운과 위연은 싸움에 진 군사들을 거두어 제갈량 막사
앞으로 가 죄를 물어달라고 한 뒤 지고 돌아온 일을 자세히
설명했다.

제갈량이 웃으며 말했다.

"이렇게 된 건 두 사람의 잘못이 아니오. 나는 오두막집에
서 나오기 전에 이미 남만에서 호랑이와 표범을 부려 싸우
는 법이 있다는 걸 알고 있었소. 그래서 촉에서 떠나기 전에
이러한 싸움에서 이길 수 있는 물건들을 마련하여 이번에
수레 스무 대에 싣고 와 여기에 단단히 간수해두었소. 오늘
은 반만 내다 쓰고 나머지는 남겨두시오. 나중에 또 쓸 데가
있을 것이오."

제갈량은 곁에 있는 이들한테 우선 붉은 기름칠이 된 상

자가 실려 있는 수레 10대를 막사 앞으로 끌고 오라 하였다. 검은 기름칠이 된 상자가 실려 있는 수레 10대는 남겨 두라 했는데, 모두들 그 뜻을 알 수 없어 어리둥절해했다.

제갈량이 상자를 열게 하였다. 상자마다 나무로 깎아 만들고 색칠이 된 커다란 짐승들이 들어 있었다. 다섯 색깔 실로 털까지 만들어 붙여져 있고, 강철로 된 이빨과 발톱도 달려 있었는데, 하나에 10명이 넉넉히 탈 만했다. 제갈량은 씩씩하고 굳센 군사 1천 명을 뽑아 나무 짐승 1백 마리를 나누어주었다. 이어 짐승 배 안에는 연기와 불을 뿜어낼 물건을 넣게 한 뒤 군 안에 감추어두도록 하였다.

다음 날 제갈량은 대군을 몰고 나가 동 어귀에 진을 펼쳤다. 남반군이 이를 알고 동으로 들어가 만왕에게 보고했다. 목록대왕은 자기를 해볼 이는 없다고 거들먹거리며 곧바로 맹획과 함께 동 군사를 거느리고 나왔다.

제갈량은 윤건을 쓰고 깃털 부채를 든 채 도포 차림으로 수레 위에 반듯이 앉아 있었다.

맹획이 제갈량을 가리키며 말했다.

"수레 위에 앉아 있는 이가 바로 제갈량이오! 저 사람만 잡으면 큰일은 이루어지오!"

목록대왕은 입으로는 주문을 외우며 손으로는 종을 흔들어댔다. 그러자 금세 바람이 미친 듯이 크게 일며 사나운 짐승들이 뛰쳐나왔다. 제갈량이 깃털 부채를 한 번 부치자 바람이 방향을 틀어 남만군 쪽으로 불고, 촉군 쪽에서 가짜 짐승들이 몰려나갔다. 나무 짐승들은 입으로는 불을 내뿜고 코로는 연기를 내뿜으며, 몸이 움직일 때마다 방울 소리가 시끄럽게 났다. 게다가 이빨을 드러낸 채 발톱을 치켜세우고 몰려갔다. 남만동의 진짜 짐승들은 커다란 나무 짐승들의 이런 모습을 보자 섣불리 덤벼들 생각을 하지 못하고 겁에 질려 되레 남만동 쪽으로 몸을 돌려 달아나며 남만군을 들이받았다. 이 바람에 남만군들이 셀 수도 없이 밟혀 죽었다. 제갈량은 대군을 휘몰아쳐 북 치고 나팔을 불어 아우성치며 무찔러 나갔다. 목록대왕은 어지러운 싸움 속에서 죽고 말았다.

동 안에 있던 맹획의 일가친척들은 궁궐을 버린 채 산을 넘고 고개를 넘어 달아나버렸다. 제갈량의 대군은 마침내 은갱동을 차지하고 들어앉았다.

이튿날 제갈량이 맹획을 사로잡기 위해 군사를 나누어 보내려 하는데 급히 보고가 들어왔다.

"만왕 맹획의 처남인 대래동 우두머리가 맹획에게 항복하자고 했으나 맹획이 듣지 않아 지금 맹획과 축융부인을 비롯해 그 일가친척 백 명 남짓을 죄다 묶어서 승상께 바치러 왔습니다."

제갈량은 보고를 받자마자 장의와 마충을 불러 이러저러하라고 할일을 일러주었다. 두 장수는 명령을 받고 물러나와 바로 씩씩하고 굳센 군사 2천 명을 양쪽 복도에 숨어 있게 했다. 제갈량이 곧장 문을 지키는 장수더러 그들을 들여보내라 일렀다. 대래동 우두머리가 무사들과 함께 맹획 무리 수백 명을 이끌고 들어와 뜰아래에서 절을 했다.

제갈량이 크게 소리쳤다.

"저놈들을 모조리 잡아 묶어라!"

제갈량의 명령이 떨어지자마자 양쪽 복도에 숨어 있던 군사들이 뛰쳐나와 한 사람에 둘씩 달려들어 죄다 잡아 묶었다.

제갈량이 껄껄 웃었다.

"얄팍한 꾀로 어찌 나를 속이려 드느냐! 너는 두 차례나 네 동 사람한테 잡혀 끌려왔지만 나는 너를 죽이지 않았다. 이번에도 내가 또 믿고 넘어갈 줄 알고 거짓으로 항복하여 나를 동 안에서 죽이려 하다니!"

제갈량은 무사들을 시켜 그들의 몸을 뒤지도록 하였다. 과연 저마다 날카로운 칼을 품고 있었다.

제갈량이 맹획에게 물었다.

"너는 원래 말하기를, 네 사는 데서 사로잡히면 그때는 마음으로 항복하겠다고 했다. 오늘 어찌할 테냐?"

맹획이 대답했다.

"이건 우리 스스로 죽으러 온 거지 네가 뛰어나서 이리 된 게 아니다. 그러니까 아직 마음으로부터 항복할 수 없다."

"너는 여섯 차례나 붙잡히고도 아직도 항복하지 못하겠다고 하는구나. 그렇다면 언제 항복하겠느냐?"

"일곱 번째 사로잡히면 그때는 마음을 다 바쳐 항복하겠다. 다짐하건대, 그러고 나면 다시는 배반하지 않겠다."

제갈량이 지나가듯 말했다.

"터전은 이미 다 깨어졌다. 내 무얼 걱정하겠느냐!"

제갈량은 무사들더러 묶은 걸 풀어주게 한 뒤 꾸짖었다.

"다음번에 사로잡혀와서도 딴소리를 하면 그때는 내 결코 가벼이 넘어가지 않겠다!"

맹획 무리는 머리를 싸안고 쥐새끼가 구멍으로 달아나듯이 했다.

싸움에 지고 살아남은 남만군은 1천 명 남짓이었다. 그나마 다친 이가 반이 넘었다. 그들은 달아나다 만왕 맹획을 만났다. 맹획은 그들을 거두고 보니 그나마 마음이 적이 놓였다. 그래서 대래동 우두머리와 의논했다.

"내 이제 동 관아까지 촉군한테 빼앗겼으니 어디로 가서 몸을 맡긴단 말인가?"

대래동 우두머리가 말했다.

"촉을 깰 나라가 딱 하나 있습니다."

맹획의 얼굴에 기쁜 빛이 돌았다.

"어디로 가자는 얘긴가?"

"여기서 동남쪽으로 칠백 리를 가면 오과국이라는 나라가 있습니다. 그 나라 임금인 올돌골은 키가 두 길이나 되는데, 다섯 곡식을 밥으로 먹는 게 아니라 살아 있는 뱀이나 사나운 짐승들을 밥 대신 먹는답니다. 몸에는 비늘이 나 있어 칼이나 화살도 뚫고 들어가지 못한답니다. 그 사람 아래 군사들은 모두 등나무로 만든 갑옷을 입고 있답니다. 등나무는 깊은 산속 골짜기의 벼랑에서 자라는데, 거기 사람들은 그걸 베어다가 기름에 반 년 동안 담갔다가 꺼내어 햇볕에 말리고 다시 기름에 담그기를 여남은 차례 되풀이한 다음 비로소 갑옷을 만든답니다. 그 갑옷을 몸에 걸치면 강을 건널 때도 가라앉지 않고, 물이 묻어도 젖지 않고, 칼이나 화살도 뚫지 못한답니다. 그러기에 그걸 입은 군사를 등나무갑옷군이라 부른답니다. 대왕께서 지금 가셔서 도와달라고 하시는 게 좋겠습니다. 그쪽의 도움만 얻으면 제갈량을 사로잡는 건 날카로운 칼로 대나무 쪽을 쪼개는 것처럼 쉬운 일입니다."

맹획은 무척 좋아라 하며 오과국으로 올돌골을 만나러

갔다. 가서 보니 그들의 동엔 집이라곤 한 채도 없고 모두 굴속에서 살고 있었다. 맹획은 동 안으로 들어가 절을 두 번 한 뒤 구슬픈 목소리로 지금까지 있었던 일을 털어놓았다.

올돌골이 말했다.

"내 우리 동 군사를 일으켜 그대의 원수를 갚아주겠소."

맹획은 기쁜 마음으로 절을 하며 고마움을 나타냈다. 올돌골은 군사를 이끌고 갈 부하 장수 둘을 불렀다. 한 사람은 토안이고, 다른 이는 해니였다. 마침내 등나무갑옷을 입은 군사 3만 명을 일으켜 오과국에서 동북쪽을 바라고 떠났다.

가다 보니 도화수라는 강이 나왔다. 강 양쪽 언덕에 복숭아나무가 있어 해마다 복숭아 꽃잎이 강물에 떨어졌다. 어찌 된 일인지 다른 나라 사람이 그 물을 마시면 다 목숨을 잃지만, 오과국 사람이 마시면 되레 정신이 배로 또렷해졌다. 올돌골의 군사들은 도화나루 어귀에 이르자 영채를 세우고 촉군을 기다렸다.

한편 제갈량은 남만 사람을 보내 맹획의 소식을 알아보게 했는데, 그 사람이 돌아와 보고했다.

"맹획의 부탁을 받은 오과국 임금이 등나무갑옷군 삼만 명을 이끌고 와 지금 도화나루 어귀에 머물고 있습니다. 맹획도 여러 부족의 군사들을 모아 힘을 합쳐 싸우려 하고 있습니다."

　제갈량은 보고를 받자마자 대군을 거느리고 나가 곧장 도화나루 어귀로 갔다. 강 건너 남만군을 바라보니 도대체 사람꼴이라고 할 수 없을 정도로 끔찍하게 생겼다. 토박이에게 물어보니 지금은 마침 복숭아 꽃잎이 떨어질 때라 강물을 마실 수도 없다고 했다. 그래서 제갈량은 5리쯤 뒤로 물러나 영채를 세우도록 한 뒤 위연더러 영채를 지키게 했다.

　다음 날 오과국 임금이 사나운 범 같은 등나무갑옷군 한 무리를 이끌고 강을 건너오는데 징 소리와 북소리가 시끌시끌했다. 위연이 군사를 이끌고 나가 맞았다. 남만군들은 땅을 쓸듯이 새까맣게 몰려왔다. 촉군은 남만군들을 향해 쇠뇌를 마구 쏘아댔다. 그러나 화살은 등나무갑옷을 뚫지 못하고 죄다 튕겨나가 땅바닥으로 떨어졌다. 칼로 쳐도 끄떡 않고, 창으로 찔러도 역시 들어가지 않았다. 남만군들은 모두 날카로운 칼과 작살처럼 생긴 강철 창을 휘둘러댔다. 촉군은 도무지 이를 해볼 수 없어 싸움에 지고 달아나기 바빴다. 남만군들은 뒤를 쫓지 않고 돌아가버렸다.

　위연은 다시 몸을 돌려 도화나루 어귀까지 뒤쫓아 가보았다. 남만군들은 갑옷을 입은 채로 강물을 건넜다. 지친 군사는 갑옷을 벗어 물 위에 띄워놓고 아예 그 위에 앉아서 건넜다. 위연은 부리나케 본부 영채로 돌아가 제갈량에게 자기가 본 대로 자세히 보고했다. 제갈량이 여개와 토박이 사람을 불러 묻자 여개가 대답했다.

"남만 땅에 오과국이라는 나라가 있는데, 그곳에선 '사람이 지켜야 할 바를 모른다'라는 말을 들어 알고 있습니다. 그 사람들은 등나무갑옷으로 몸을 보호하고 있어 몸을 다치게 할 수도 없다고 들었습니다. 게다가 복숭아 꽃잎이 빠져 독물이 우러나는 강물이 있는데, 그 나라 사람이 마시면 정신이 배로 또렷해지지만 다른 나라 사람이 마시면 바로 죽는다고 했습니다. 이러한 남만 땅을 무찔러 이긴다 한들 뭐가 이롭겠습니까? 차라리 일찌감치 군사를 거두어 돌아가는 게 나을 듯합니다."

제갈량이 빙그레 웃었다.

"내 여기까지 오기도 쉽지 않았는데 어찌 이대로 돌아갈 수 있겠는가! 내일 남만을 무찌를 방법을 세우겠네."

제갈량은 조운더러 위연을 도와 영채를 지키도록 하면서 가벼이 나가지 말도록 했다.

다음 날 제갈량은 토박이의 길 안내를 받아 직접 작은 수레를 타고 도화나루 어귀 북쪽 언덕의 외진 산으로 가 땅 생김새를 두루 살펴보았다. 산이 험하고 고개가 너무 높아 수레가 다닐 수 없었다. 그래서 제갈량은 수레를 버리고 걸었다. 어느 산 앞에 이르러 보니 기다란 뱀처럼 생긴 골짜기가 하나 나타났다. 깎아지른 듯한 벼랑에 나무 하나 없고 가운데로 큰길이 하나 나 있었다.

제갈량이 토박이에게 물었다.

"이 골짜기 이름이 무엇인가?"

토박이가 대답했다.

"골짜기가 구불거리는 뱀처럼 생겨서 반사곡이라 부릅니다. 골짜기를 나가면 바로 삼강성으로 이어지는 큰길이 나오는데, 골짜기 앞은 탑랑전이라고 합니다."

제갈량은 무척 기뻐하며 고개를 끄덕였다.

"하늘이 나더러 여기서 공을 이루라고 마련해놓았구나!"

제갈량은 왔던 길을 되짚어 돌아나온 뒤 수레를 타고 영채로 돌아갔다. 곧바로 마대를 불러 해야 할 일을 이른 뒤 단단히 잡도리하였다.

"내 그대에게 검은 기름 먹인 상자를 실은 수레 열 대를 줄 테니 대나무 작대기 천 개를 준비해서 상자 속 물건과 아울러 같이 쓰도록 하시오. 군사를 이끌고 가 반사곡 양쪽 들머리에 머물면서 이른 대로 해야 하오. 보름의 시간을 줄 테니 그 안에 다 준비하여 그날이 되면 시킨 대로 하시오. 만약에 일이 새나가면 군법에 따라 다스릴 테요."

마대가 명령을 받고 물러가자 이어 조운을 불러 할일을 일렀다.

“반사곡 뒤로 가서 삼강성으로 이어지는 큰길 어귀를 내 이른 대로 지키시오. 필요한 물건은 오늘 안으로 마련하도록 하시오.”

조운이 명령을 받고 물러가자 이번엔 위연을 불렀다.

“그대는 군사를 거느리고 도화나루 어귀로 가서 영채를 세우시오. 남만군이 강을 건너 싸우러 오면 영채를 버린 뒤 흰 깃발이 꽂혀 있는 곳으로 달아나시오. 보름 동안 싸움에 연거푸 열다섯 번 져야 하고 영채 일곱을 버려야 하오. 만약에 열네 번만 졌더라도 나를 보러 오지 마시오.”

명령을 받고 난 위연은 마음속으로 몹시 못마땅하여 시큰둥한 낯으로 물러났다.

제갈량은 이어 장익을 불러 따로 군사 한 무리를 이끌고 정해준 자리로 가서 영채를 세우라며 떠나보냈다. 장의와 마충에게는 항복한 남만군 1천 명을 이끌고 가서 해야 할 일을 일렀다. 저마다 제갈량이 이른 대로 하기 위해 떠나갔다.

한편 맹획은 오과국 임금 올돌골에게 조심해야 할 것을 말했다.

“제갈량은 꾀가 많다지만 기껏해야 숨는 걸 잘할 뿐이오. 앞으로 싸울 때는 전군 모두 나무숲이 우거진 산골짝이 보이기만 하면 함부로 들어가지 못하도록 하시지요."

올돌골이 말했다.

"대왕의 말씀이 맞습니다. 내 이미 중원 사람들이 속임수를 잘 쓴다는 걸 알고 있소. 앞으로 그 말씀을 깊이 새겨 움직이겠소. 내가 앞서서 무찔러 나갈 테니 대왕은 뒤에서 잘 일러주시오."

두 사람이 그렇게 의논을 끝냈을 때 촉군이 도화나루 어귀 북쪽 언덕에 영채를 세웠다는 보고가 들어왔다. 올돌골은 곧장 두 부하 장수를 시켜 등나무갑옷군을 이끌고 강을 건너가 촉군과 싸우도록 했다. 몇 합 싸우지 않았을 때 위연이 져서 달아났다. 그러나 남만군은 숨어 있는 군사가 있을까 두려워 뒤쫓지 않고 돌아갔다.

다음 날 위연은 또 가서 영채를 세웠다. 남만군은 이 사실을 알자마자 또 강을 건너 싸우러 왔다. 위연은 맞아 싸웠으나 몇 합 싸우지 못하고 또 져서 달아났다. 남만군은 10리 남짓 쫓아가며 몰아쳤다. 사방을 둘러보아도 아무런 움직임이 없어 남만군은 촉군의 영채 안에 들어앉았다.

이튿날 두 장수는 올돌골을 영채로 들게 한 뒤 이러한 사실을 보고했다. 올돌골은 곧장 대군을 이끌고 나가 위연의 뒤를 몰아쳤다. 촉군은 모두들 갑옷을 벗고 창을 내던진 채 달아났다. 앞쪽에 흰 깃발이 꽂혀 있는 게 보였다. 위연은 싸움에 진 군사를 이끌고 부리나케 흰 깃발 있는 데로 달렸다. 가서 보니 벌써 영채 하나가 세워져 있어 영채 안으로 들어갔다. 그러나 올돌골이 군사를 휘몰아치며 쫓아오자 위연은 영채를 버리고 다시 군사를 이끌고 달아났다. 남만군은 촉군의 영채를 차지했다.

그다음 날도 남만군은 앞으로 무찔러 나왔다. 위연은 군사를 돌려 싸웠으나 겨우 3합도 못 채우고 또 졌다. 다시 흰 깃발이 보이는 곳으로 달아나자 또 영채 하나가 있어 위연은 그 안으로 들어가 머물렀다.

다음 날 남만군이 다시 몰려왔다. 위연은 싸우다가 다시 달아났다. 남만군은 또 촉의 영채를 차지했다. 더 말할 나위도 없이, 위연은 싸우기만 하면 또 달아나기를 되풀이하여 열다섯 번을 지고 연거푸 영채 일곱 개를 버렸다. 남만군들은 뒤를 힘차게 몰아쳤다. 올돌골은 스스로 앞장서서 적을 깨부수며 나아갔다. 그러나 가는 길에 숲이 우거진 데가 있으면 함부로 나아가지 않고 살펴보게 하였다. 그러면 어김없이 숲속에 깃발들이 펄럭이고 있었다.

올돌골이 맹획에게 말했다.

"과연 대왕의 짐작과 다르지 않소."

맹획이 껄껄 웃었다.

"제갈량도 이번엔 내 짐작을 못 벗어날 테니 반드시 깨지게 되어 있소! 대왕께서 날마다 이겨 열다섯 번이나 무찌르고 영채 일곱을 빼앗았으니 촉군들은 바람결에 소문만 듣고도 달아나기에 바쁘오. 제갈량도 마땅히 쓸 만한 꾀가 이미 다 떨어졌을 테니, 이제 한 번만 더 밀어붙이면 큰일은 매듭지어지오!"

올돌골은 무척 좋아라 하며 마침내 촉군 따위는 걱정도 하지 않게 되었다.

열엿새째 날이 되었다. 위연이 싸움에 진 군사를 이끌고 와서 등나무갑옷군과 다시 마주했다. 올돌골은 코끼리를 타고 앞장서 나왔다. 머리에는 해와 달 모양이 새겨진 이리 털 모자를 쓰고 몸에는 금 구슬을 주렁주렁 매달고 있었다. 양쪽 갈비뼈 아래로는 비늘이 그대로 다 드러나 보였고, 눈에서는 불빛이 번쩍였다. 그가 손을 들어 위연을 가리키며 마구 욕을 퍼부어댔다. 위연은 또 말 머리를 돌려 달아나기 시작했다. 남만군은 그 뒤를 거세게 쫓아갔다. 위연은 군사를 이끌고 반사곡으로 돌아 들어가 흰 깃발이 보이는 곳으로 달아났다. 올돌골은 군사를 이끌고 그 뒤를 계속 쫓으며 무찔렀다. 올돌골은 산에 풀과 나무가 없자 숨어 있는 군사가 없을 거라 여겨 마음 놓고 뒤를 쫓았다. 골짜기 가운데쯤 이르러 보니 검은 기름을 칠한 상자를 실은 수레 수십 대가 길을 막고 있었다.

남만군이 보고했다.

"여기는 촉군의 식량 운반길입니다. 대왕께서 군사를 이끌고 오셨기에 모두들 식량 수레를 버리고 달아난 모양입니다."

올돌골은 아주 좋아라 하며 군사를 몰아 그대로 쫓아갔다. 골짜기를 거의 빠져나갈 때쯤이었다. 촉군은 보이지 않는데 통나무와 돌이 마구 쏟아져내리며 골짜기 어귀를 막아버렸다. 올돌골은 군사들에게 길을 헤치고 앞으로 나아가라고 명령했다. 그때 흘긋 보니 앞쪽의 크고 작은 수레에 실려 있던 마른 나무에서 한꺼번에 불길이 치솟았다. 올돌골은 급히 군사를 뒤로 물리려 했다. 그때 뒤쪽에서 외침 소리가 크게 일었다. 이어 골짜기 어귀에 마른 나무가 잔뜩 쌓여 있어 길이 막혔다는 보고가 들어왔다. 뿐만 아니라 수레 위에 있던 물건은 모두 다른 게 아니라 바로 화약으로, 불이 붙자마자 확 타올랐다고 했다.

올돌골은 풀과 나무가 없는 걸 보고 그나마 다행으로 여기며 길을 찾아 빠져나가라고 명령했다. 그때 산 위 양쪽에서 횃불이 어지러이 쏟아졌다. 횃불이 땅에 닿자마자 땅속에 묻어둔 화약의 줄에 불이 붙더니 쇠 불덩이들이 터지기 시작했다. 그 바람에 골짜기 안은 온통 어지러운 불빛으로 가득 찼다. 그러니 등나무갑옷에도 불이 옮겨붙지 않을 수 없었다. 올돌골과 등나무갑옷군 3만 명은 서로 껴안은 채 반사곡 안에서 모두 타 죽고 말았다.

이때 제갈량은 산 위에서 반사곡을 내려다보고 있었다. 남만군들은 불에 타느라 주먹이고 발이 아무렇게나 널브러진 모습이었는데, 쇠 불덩이에 맞아 머리가 깨지거나 얼굴이 찢긴 채 내동댕이쳐진 이도 절반이 넘었다. 그 많은 사람이 모두 골짜기 안에 죽어 있으니 냄새가 코를 찔러 숨을 쉴 수 없을 정도였다.

제갈량은 눈물을 흘리며 한숨을 내쉬었다.

"내 비록 싸움에 이겨 나라에는 공을 세웠지만, 내 목숨은 줄어들겠구나!"

곁에 있던 장수와 군시들도 같은 마음으로 한숨짓지 않은 이가 없었다.

한편 맹획은 영채 안에 남아서 남만군들의 보고를 기다렸다. 그때 난데없이 남만군 1천 명 남짓이 몰려와 기쁜 낯으로 절을 하며 떠들어댔다.

"오과국 군사가 촉군과 크게 싸워 제갈량을 반사곡 안으로 몰아넣은 뒤 에워싸고 있습니다. 대왕께서는 그 앞으로 가서 도우십시오. 저희들은 모두 이곳 동 사람으로 어쩔 수 없이 촉에 항복하긴 했지만, 지금 대왕께서 여기까지 오신 걸 알고 일부러 싸움을 도우러 왔습니다.”

맹획은 무척 기분이 좋았다. 곧바로 일가친척 무리들과
불러모았던 여러 부족 사람들을 이끌고 남만군을 시켜 길
을 안내하게 한 뒤 말을 타고 밤새 달렸다.

반사곡에 이르러 보니 불빛이 크게 일고 고약한 냄새가
코를 찔렀다. 속임수에 빠진 걸 알아차리고 급히 군사를 물
리려 하는데 왼쪽에서는 장의가, 오른쪽에서는 마충이 군
사를 이끌고 나와 몰아쳤다. 맹획이 한번 맞붙어보려 하는
데 외침 소리가 일어났다. 남만군인 줄 알았던 군사들 가운
데에 촉군이 절반도 넘게 섞여 있었다. 그들은 만왕의 일가
친척 무리와 불러모았던 여러 부족 사람들 모두를 사로잡
아 꽁꽁 묶어버렸다. 맹획은 혼자서 말을 달려 겹겹으로 에
워싼 데를 뚫고 산 쪽으로 달아났다.

한창 달려가는데 오목하게 들어간 산 쪽에서 한 무리 군
사가 작은 수레를 끌고 나오는 게 보였다. 수레 위에는 도포
차림을 한 사람이 윤건을 쓰고 깃털 부채를 든 채 반듯이 앉
아 있었다. 제갈량이었다.

제갈량이 큰소리로 꾸짖었다.

“배반한 역적 맹획아! 이제 어찌할 테냐?”

맹획은 급히 말 머리를 돌려 달아났다. 그러나 옆에서 장
수 하나가 불쑥 뛰어들어 길을 막았다. 마대였다. 맹획은 미

처 손을 써보지도 못하고 마대에게 사로잡히고 말았다.

이때 왕평과 장익은 군사 한 무리를 이끌고 남만군 영채로 가서 축융부인을 비롯해 늙은이·어린이 가리지 않고 모조리 사로잡아왔다.

제갈량은 영채로 돌아오자 막사에 앉아 뭇 장수들을 둘러보며 말했다.

"내 이번 방법은 어쩔 수 없어 쓰긴 했지만, 그동안 쌓았던 덕을 많이 깎아먹었소. 나는 적들이 나무숲이 우거진 곳에는 틀림없이 군사가 숨어 있다고 여기리라는 걸 미리 헤아렸소. 그래서 군사도 숨겨두지 않으면서 깃발들을 꽂아놓게 해 더욱 의심을 불러일으키도록 했소.

위문장이 열다섯 번이나 지게 한 건 적들에게 이길 수 있다는 마음을 품게 하기 위해서였소. 내 보니 반사곡은 길이라곤 하나뿐인 외길이고, 양쪽은 모두 번들거리는 바위벽이라 나무라곤 한 그루도 없고 아래 바닥 쪽은 죄다 모래흙뿐이었소. 그래서 마대를 시켜 검은 기름칠을 한 상자를 실은 수레를 골짜기 안으로 옮겨놓게 했소. 그 기름 상자 안에는 모두 미리 만들어두었던 화포가 들어 있었는데, 바로 지뢰라는 것이오. 포 하나에는 작은 포가 또 아홉 개가 들어 있는데, 이걸 서른 걸음마다 하나씩 묻어놓고, 마디를 뚫은 대나무 작대기 안에 화약선을 넣어 이어지게 했소. 하나만

터져도 산이 무너지고 돌이 깨지지 않을 수 없소.

내 또 조자룡에겐 미리 풀을 실은 수레를 마련하여 골짜기 어귀에 두도록 했소. 또 산 위엔 커다란 통나무와 돌덩이를 준비해두도록 했소. 그런 다음 위문장을 시켜 올돌골과 등나무갑옷군을 골짜기 안으로 꾀어들이게 한 뒤 위문장이 빠져나가자마자 길을 끊고 불을 지르게 했소. 내 듣기에 '물에서 좋은 것은 불에서는 반드시 좋지 않다'라고 했소. 등나무갑옷이 비록 칼이나 화살에 뚫리지 않는다 하나, 기름에 전 물건이라 불에 닿기만 하면 탈 수밖에 없소. 남만군들이 입고 있는 등나무갑옷이 그토록 단단한데 불 아니고서 무얼로 공격하여 이길 수 있었겠소? 하지만 오과국 사람들이 씨도 남기지 못하게 되어버렸으니, 그건 나의 크나큰 죄요!"

뭇 장수들이 모두 엎드려 절을 했다.

"승상의 타고나신 슬기는 귀신도 헤아리지 못할 겁니다!"

제갈량은 맹획을 끌고 오라 일렀다. 맹획이 끌려들어와 무릎을 꿇었다. 제갈량이 묶인 걸 풀어주라 한 뒤 다른 막사로 데리고 가 술과 음식을 주며 놀란 가슴을 가라앉히도록 했다. 이어 술과 음식을 맡고 있는 벼슬아치를 불러 이러저러하라고 이른 뒤 내보냈다.

맹획은 축융부인을 비롯해 맹우, 대래동 우두머리, 그 밖

　　　　　　　　　　박상률 완역 삼국지 8

의 일가친척들과 더불어 다른 막사에서 술을 마셨다. 그때 한 사람이 들어와 맹획에게 말했다.

"승상께서는 서로 낯을 대하시는 게 멋쩍고 쑥스럽다시며 공을 만나고 싶지 않으시답니다. 특별히 저더러 가서 공을 풀어주어 다시 사람을 모아가지고 와서 이기고 짐을 가릴 수 있도록 하라 하셨습니다."

맹획이 눈물을 주르륵 흘리며 말했다.

"일곱 번 사로잡았다 일곱 번 놓아준 일은 예로부터 없던 일이오. 내 비록 임금의 덕스러움이 미치지 않는 바깥 사람이지만 제법 예의와 의리는 아는 사람이오. 어찌 그토록 뻔뻔스러운 짓을 하겠소?"

맹획을 비롯해 그의 형제와 처자식은 물론 일가친척 모두들 기어서 제갈량의 막사로 가 윗옷을 벗은 뒤 꿇어앉아 죄를 물어달라 했다.

"승상의 하늘 같으신 베푸심을 받았으니 우리 남쪽 사람들은 다시는 배반하지 않겠습니다."

제갈량이 말했다.

"공은 이제 따르겠는가?"

맹획이 울며 고마움을 나타냈다.

"저의 자손 대대로 승상께서 살려주신 이 은혜를 잊지 않겠습니다. 어찌 따르지 않겠습니까!"

제갈량은 맹획을 막사 위쪽으로 불렀다. 이어 잔치를 열어 축하하면서 맹획을 영원히 동의 우두머리로 삼은 뒤 빼앗았던 땅도 다 돌려주었다. 맹획의 일가친척과 남만군들은 모두들 감격하여 펄쩍펄쩍 뛰며 기쁜 마음으로 돌아갔다.

나중에 어떤 사람이 제갈량을 기리는 시를 남겼다.

깃털 부채 들고 윤건 쓴 채 수레에 앉아

일곱 번 사로잡는 기막힌 방법으로 만왕을 눌렀네

지금도 남만 땅 곳곳엔

그가 두터이 펼친 덕스러움 이으려고

높다란 언덕 골라 사당을 세웠다네

장사 비의가 들어와 말렸다.

"이번에 승상께서는 직접 군사를 거느리시고 거친 땅 깊숙이 들어오셔서 남쪽 땅을 거두셨습니다. 만왕이 이미 항복하였는데, 어찌하여 벼슬아치를 두어 맹획과 함께 지키게 하지 않으십니까?"

제갈량이 말했다.

"그리하기 쉽지 않은 일이 셋 있소. 바깥 사람이 여기 머무르려면 군사도 같이 머물러야 하오. 그런데 군사들 먹을 거리를 마련하는 게 쉽지 않은 일 첫 번째요. 또 남만 사람

　　　　　　　　　박상률 완역 삼국지 8

들은 싸움에 져 다치거나 죽은 아비와 형이 많소. 그러니 바깥 사람이 머무르면서 군사가 함께 머물지 않으면 반드시 탈이 생기기 마련이오. 그게 쉽지 않은 일 두 번째요. 또 남만 사람들은 여러 차례에 걸쳐 내쫓고 죽이는 일을 해와서 미워하고 의심하는 마음을 가지고 있소. 그러니 바깥 사람이 머물러 있으면 끝내 서로 믿지 못하게 되오. 이게 쉽지 않은 일 세 번째요. 지금 내가 여기다 바깥 사람을 머물게 하지 않으면 식량을 가져오지 않아도 되고 서로 아무 탈 없이 편히 지내게 되오."

그 말에 모두들 깊이 깨달았다.

이리하여 남만 사람들은 제갈량의 은혜와 덕스러움에 고마움을 느껴 살아 있는 제갈량을 위한 사당을 세우고 철마다 제사를 지내며, 제갈량을 높여 사랑이 도타운 아버지란 뜻으로 '자부'라 불렀다. 더불어 저마다 보배로운 구슬이며, 금은보석이며, 붉은 칠을 할 수 있는 물감이며, 밭 가는 소며, 싸움용 말을 보내 군사용으로 쓰게 하면서 다시는 배반하지 않겠다고 다짐했다. 이리하여 남쪽 지방은 편안하게 되었다.

제갈량은 모든 군사들을 배불리 먹인 다음 군사를 거두어 촉으로 돌아가기 위해 위연을 시켜 본부군을 이끌고 앞장서도록 했다. 위연이 군사를 거느리고 노수에 이르렀을 때였다. 갑자기 검은 구름이 사방에서 몰려오더니 물 위에서 한바탕 미친 바람이 크게 일며 모래가 날고 돌멩이가 굴러 군사들이 나아갈 수가 없었다. 위연은 군사를 뒤로 물린 뒤 제갈량에게 보고했다. 제갈량은 맹획을 불러 물었다.

나라 밖 먼 땅의 남만 사람들 항복 겨우 받았는데
이젠 또 물가 귀신들이 미쳐 날뛰는구나

과연 맹획은 무슨 말을 할는지…….

출사표를 올리는 제갈량

승상으로서 노수에 제사를 지낸 뒤 군사를 거두고
무후로서 중원을 치고자 글을 올리다

제갈량이 군사를 거두어 돌아가는 길에 오르자 맹획은 크고 작은 동의 우두머리와 추장 및 여러 마을의 사람들을 거느리고 나와 절하며 배웅했다. 앞장선 군사들이 노수에 이르렀을 땐 가을 9월인데, 검은 구름이 몰려오고 미친 바람이 휘몰아쳐 군사들이 강을 건널 수 없었다.

제갈량은 보고를 받자마자 맹획에게 물었다.

맹획이 대답했다.

"노수에는 원래 미친 귀신들이 살며 해코지를 하는지라 오고 가는 사람들은 반드시 제사를 지낸답니다."

제갈량이 물었다.

"제사에 쓰는 물건은 무엇인가?"

맹획이 말했다.

"미친 귀신이 나라 안에 나타나 해코지를 시작하면 옛적에는 칠칠은 사십구 해서 사람 머리 마흔아홉 개와 검은 소와 흰 양을 잡아 제사를 지냈습니다. 그러면 저절로 바람이 잦아들고 물결도 가라앉았습니다. 게다가 해마다 풍년까지 들었습니다."

제갈량이 고개를 저었다.

"내 이제 이미 안정시키는 일도 끝냈는데 어찌 또 한 사람이라도 잘못 죽일 수 있겠는가?"

제갈량은 직접 노수 가로 가서 살펴보았다. 과연 으스스한 바람이 거세게 불면서 물결 또한 거칠어 사람과 말 모두 놀라 어찌할 줄 모르고 있었다. 제갈량은 도무지 까닭을 알 수 없어 곧장 토박이를 찾아 물었더니 그 사람이 대답했다.

"승상께서 여기를 지나가신 뒤부터 밤만 되면 강가에서 귀신 울음소리가 들렸습니다. 해 질 무렵부터 날이 샐 때까지 울음소리가 그치지 않습니다. 짙은 안개 속에서 으스스한 귀신들이 헤아릴 수 없이 많이 나타나 해코지를 하므로 두려움 때문에 아무도 건너갈 수가 없습니다."

제갈량이 말했다.

"이는 바로 모조리 내 죄로다. 저번에 마대가 이끌던 촉군 천 명 남짓이 모두 이 물속에서 죽고, 죽은 남쪽 사람까지 죄다 여기다 버렸으니, 미쳐버린 넋과 원한 맺힌 귀신들이 그 한을 풀 길이 없어 이러는구나. 내 오늘 밤에 직접 강가에서 제사를 지내리라."

토박이가 말했다.

"옛적에 하던 대로 사람 머리 마흔아홉 개를 바치며 제사를 지내면 원한 맺힌 귀신들이 저절로 흩어질 겁니다."

제갈량이 말했다.

"본디 사람이 죽어 원한을 품은 귀신이 되었는데 어찌 또 산 사람을 죽인단 말이냐? 내게 따로 생각이 있느니라."

제갈량은 음식 일을 맡은 이를 불러 소와 말을 잡고, 밀가루 반죽으로 사람 머리 모양을 만들어 그 안에 소와 양의 고기를 넣어 대신 쓸 수 있도록 하라고 일렀다. 그리고 그 이름을 '만두'라 하였다.

그날 밤 노수 언덕 위에 향을 피울 상을 놓고 제사 음식을 차렸다. 아울러 등불 49개를 밝히고 깃발을 세워 혼을 부르며 만두를 바닥에다 늘어놓았다. 한밤중이 되자 제갈량은 금관을 쓰고 학창의를 입은 차림으로 직접 제사를 지냈다. 제문은 동궐이 읽었다.

제갈량이 노수에 제사를 지내다.

대 한나라 건흥 3년 가을 9월 초하룻날, 무향후 익주목 승상 제
갈량은 삼가 제사 자리를 마련하여 나라를 위해 몸을 바친 촉
의 군사와 남쪽 사람으로 죽어 으스스한 넋이 된 이들에게 이
르노라.

우리 대 한나라 황제의 의젓함과 묵직함은 그 옛날 춘추시대에
이름을 떨쳤던 다섯 제후보다 더 뛰어나시다. 게다가 밝음은
삼왕으로 일컫는 하의 우왕, 은의 탕왕, 주의 문왕을 이으셨다.
지난번에 먼 데서 나라를 쳐들어오고, 사는 모습이 아주 다른
무리들이 군사를 일으켜 독침이 든 꼬리를 흔드는 전갈처럼 멋
대로 굴면서 이리처럼 사나운 마음으로 어지러이 굴었다.

이에 나는 왕의 명령을 받들어 죄를 묻기 위해 이 거친 땅으로
왔다. 범 같고 곰 같은 사나운 짐승 비휴가 하잘것없는 땅강아
지나 개미 떼를 싹 쓸어버리듯 하기 위해서였다. 씩씩한 군사
들이 구름처럼 모여들자 미쳐 날뛰던 도적들은 마치 눈 녹듯이
사라지고, 대를 쪼갤 때와 같은 소리를 내며 막힘없이 무찔러
나가자 원숭이 같은 무리들은 흩어져갔다.

우리 군사들은 누구든 중국 땅의 씩씩한 사람들이고, 벼슬아치
와 장수들은 온 천하의 영웅들로 무술을 익혀 싸움에 따라나섰
다. 밝음으로 임금을 섬기고, 거듭 내리는 명령을 어김없이 잘
지켜 일곱 번 사로잡는 일을 함께 펼쳤다. 모두 다 정성을 다해
나라를 받들며 충성으로 임금을 받드는 뜻을 보여주었다.

그러나 어찌 알았으랴. 그대들이 싸울 기회를 제대로 잡지 못하거나 간사스러운 속임수에 빠질 줄을. 그리하여 빗나간 화살에 맞아 넋이 무덤 속에 갇히기도 하고, 더러는 칼과 창에 찔려 넋이 긴긴밤의 어둠 속으로 빨려들어가 버리기도 하였다. 살아서는 씩씩하였고, 죽어서는 이름을 남기었다.

이제 승리의 노래를 부르며 돌아가면 사로잡은 적을 왕실의 사당에 바치며 보고하련다. 그대들의 넋이 있다면 내 비는 소리를 들으라. 그리하여 내 깃발을 따르고 우리 군사들의 뒤를 따라 우리나라로 돌아가 저마다 고향의 피붙이와 집안 사람들이 차려주는 제사를 받도록 하라. 타향의 귀신이 되지 말고, 다른 나라를 떠도는 넋이 되지 말라.

나는 마땅히 천자께 말씀드려 그대들의 집집마다 나라의 보살핌이 미치도록 하겠으며, 해마다 옷이며 먹을거리를 주도록 하겠으며, 달마다 녹을 내려 그대들의 충성스러움을 갚고 마음을 달래겠다.

이 지방 땅의 신과 남쪽 사람으로 죽은 이는 제사 음식이 언제나 있고 기댈 곳이 멀지 않다. 더군다나 살아남은 이들은 천자의 다스림에 따르기로 했다. 그러니 죽은 이들도 왕의 덕스러움을 입도록 하라. 부디 편안해져서 울음소리 그치도록 하라. 여기 마음으로 정성을 다해 제사를 올리니 아아, 슬프구나! 엎드려 바라나니, 제사 음식을 받으라!

제문을 다 읽고 나자 제갈량은 목을 놓아 큰소리로 울었다. 어찌나 구슬피 우는지 군사들 가운데 눈물을 흘리지 않는 이가 없었다. 맹획의 무리까지 죄다 눈물을 흘리며 울었다. 스산한 구름과 원한이 서려 있는 듯한 안개 속에 아득히 떠 있던 수천 귀신들의 넋이 바람결에 모두 흩어져가는 게 보였다. 제갈량은 곁에 있는 이들에게 제사 음식을 죄다 노수에다 뿌리도록 했다.

다음 날 제갈량은 대군을 이끌고 노수 남쪽 언덕에 이르렀다. 구름이 흩어지고 안개는 걷히고 없었다. 바람도 자고 물결도 잔잔했다. 촉군은 아무런 어려움 없이 노수를 건넜다. 말 그대로 '말채찍으로 금 등자 두드리는 소리 울리는 가운데, 사람마다 승리의 노래 부르며 돌아가네'였다.

영창에 이르자 제갈량은 왕항과 여개에게 거기 남아 네 군을 지키도록 했다. 이어 그곳까지 배웅 나온 맹획더러 무리를 이끌고 돌아가도록 했다. 아울러 다스리는 일에 힘쓰고 백성들을 잘 어루만지며 농사짓는 일에 힘을 기울이라고 단단히 일렀다. 맹획은 울며 절을 한 뒤 돌아갔다.

제갈량은 대군을 이끌고 성도로 돌아갔다. 유선은 임금 수레를 타고 성 밖 30리까지 나와 수레에서 내려 길가에 서서 제갈량을 기다렸다. 제갈량은 부리나케 수레에서 내린 뒤 길에 엎드려 말했다.

"제가 남쪽 지방을 빨리 무찌르지 못해 폐하께 걱정을 끼쳐드렸습니다. 다 저의 죄입니다."

황제는 제갈량을 붙들어 일으켜세운 뒤 수레를 나란히 타고 돌아갔다. 이어 세상이 편안해진 걸 축하하는 잔치를 크게 열고 모든 군사에게 상을 두둑이 내렸다.

이때부터 먼 나라에서도 공물을 바치기 시작했는데, 나라 수가 2백 곳이 넘었다. 제갈량은 황제에게 보고하여 이번 싸움에 나갔다가 죽은 군사들의 집을 하나하나 빠짐없이 보살펴주었다. 사람들 모두 기뻐하고, 조정이고 백성이고 모두 편안했다.

한편 위나라는 조비가 왕의 자리에 오른 지 7년이 되었다. 촉한으로 보면 건흥 4년이다. 조비가 처음 맞이한 부인 견씨는 본디 원소의 둘째 아들인 원희의 아내였다. 전에 업성을 깨뜨릴 때 얻은 부인이다. 나중에 아들 하나를 낳았는데 이름은 예이고 자는 원중으로, 어려서부터 똑똑하여 조비의 사랑을 받았다. 그 뒤 조비는 안평 광종 사람인 곽영의 딸을 귀비로 맞아들였는데, 얼굴이 빼어나게 아름다웠다. 그래서 그의 아비는 일찍이 "내 딸은 여자들 가운데에서 왕이다"라고 자랑하곤 했다. 그런 까닭에 '여왕'으로 불렸다.

조비가 그를 귀비로 맞은 뒤부터 견부인은 조비의 사랑

을 잃게 되었다. 곽귀비는 왕후가 되고 싶은 욕심이 일어 조비가 아끼는 신하인 장도와 함께 의논했다.

이때 조비는 병을 앓고 있었다. 장도는 오동나무를 깎아 만든 인형 하나를 들고 가 조비에게 바치며 견부인 궁에서 파낸 거라고 거짓말을 했다. 인형에는 조비가 태어난 해와 달과 날과 시각이 쓰여 있었다. 누가 봐도 저주하기 위해 만든 물건으로 여겨졌다. 조비는 화가 있는 대로 솟구쳐 견부인에게 스스로 목숨을 끊으라는 명령을 내리고, 곽귀비를 왕후로 세웠다. 곽귀비는 아이를 낳지 못해 조예를 친아들 삼아 기르며 무척 사랑했지만 세자로 세우지는 않았다.

조예는 15살이 되자 활을 잘 쏘고 말을 잘 탔다. 그해 봄 2월, 조비는 조예를 데리고 사냥을 갔다. 막 골짜기를 지나는데 어미사슴과 새끼사슴으로 보이는 사슴 두 마리가 뛰쳐나왔다. 조비가 화살 한 대를 날려 어미사슴을 쏘아 맞히고 나서 돌아보니 새끼사슴이 조예의 말 앞쪽으로 달려가고 있었다.

조비가 소리쳤다.

"애야! 왜 빨리 쏘지 않느냐?"

조예가 말 위에서 울며 대꾸했다.

"폐하께서 이미 어미를 죽이셨는데 어찌 차마 새끼까지 또 죽일 수 있겠습니까?"

조비는 그 말에 활을 땅에 내던지며 말했다.

"내 아들은 참으로 어질고 덕스러운 임금이 되겠다!"

그리하여 조비는 조예를 평원왕으로 삼았다.

여름 5월에 조비가 감기에 걸렸는데, 아무리 치료해도 낫지 않았다. 그래서 조비는 중군대장군 조진, 진군대장군 진군, 무군대장군 사마의 등 세 사람을 자신이 머물고 있는 궁전으로 불렀다. 조비는 조예도 함께 부른 뒤 조진을 비롯한 세 사람에게 부탁했다.

"내 병이 이미 깊을 대로 깊어 다시 살아날 수 없겠소. 이 아이가 아직 어리니 그대들 세 사람이 잘 보살피어 내 마음을 저버리지 않도록 해주시오."

세 사람 모두 입을 모아 말했다.

"폐하께서는 어찌하여 이런 말씀을 하십니까? 저희들은 있는 힘을 다해 폐하를 천년만년 되도록 오래오래 모시고자 합니다."

조비가 물끄러미 바라보았다.

"올해 들어 허도 성 문이 아무 까닭 없이 저절로 무너져 내렸는데, 좋지 않은 일이 일어나려고 그랬나보오. 나는 이미 틀림없이 죽을 줄 알고 있었소."

그런 말을 나누고 있는데 내시가 들어와 정동대장군 조휴가 문안드리러 왔다고 알렸다. 조비는 조휴까지 들라 한 뒤 함께 부탁했다.

"그대들은 모두 나라의 기둥이고 주춧돌이오. 마음을 한데 모아 내 아들을 도와준다면 나는 죽어도 눈을 편히 감을 수 있겠소!"

말을 마치자 조비는 눈물을 주르륵 흘린 뒤 곧 숨이 멎었다. 이때 그의 나이 40살이고, 황제 자리에 오른 지는 7년이 되었다.

조진·진군·사마의·조휴 들은 장례 준비를 하는 한편 조예를 대위황제로 세웠다.

조예는 아버지 조비를 기리어 문황제라 하고, 어머니 견씨는 문소황후라 했다. 이어 종요를 태부로 삼고, 조진은 대상군으로, 조휴는 대사마로, 화흠은 태위로, 왕랑은 사도로, 진군은 사공으로, 사마의는 표기대장군으로 삼았다. 다른 문무 벼슬아치들도 저마다 자리를 높여주었다. 이어 죄지은 이들의 벌을 덜어주거나 풀어주라는 명령을 천하에 내렸다.

이때 옹주와 양주 두 고을은 지키는 사람이 없었다. 이에 사마의는 글을 올려 서량 땅을 지키겠다고 나섰다. 조예는 그 뜻을 받아들여 그더러 옹주와 양주 고을의 군사를 도맡아 다스리도록 했다. 사마의는 명령을 받자 바로 떠났다.

염탐꾼은 이러한 일을 서천으로 나는 듯이 달려가 보고했다. 제갈량은 보고를 받자 깜짝 놀라며 곁에 있는 이들에게 말했다.

"조비가 죽고 어린 아들 조예가 자리에 올랐다 하니, 다른 건 걱정하지 않아도 되는데 사마의가 걱정이오. 일을 꾸미는 꾀가 뛰어난 사람이 옹주와 양주 두 고을의 군사까지 거느리게 되었으니, 군사들 훈련을 다 마치고 나면 틀림없이 우리 촉의 골칫거리가 되오. 차라리 먼저 군사를 일으켜 치는 게 낫겠소."

참군 마속이 말했다.

"승상께서는 지금 막 남쪽 지방을 가라앉히고 돌아오셨습니다. 군사들도 지쳐 있어 충분히 쉬도록 해야 하고 어루만져주어야 하는데 어찌 또 멀리 싸움길에 나서신단 말씀입니까? 제게 좋은 생각이 하나 있습니다. 사마의가 조예의 손에 죽게 하는 겁니다. 허락해주시겠습니까?"

제갈량이 그 방법이 뭐냐고 묻자 마속이 자세히 말했다.

"사마의가 비록 위나라의 대신이기는 하지만, 조예는 원래 그를 믿지 못하고 꺼려왔습니다. 낙양과 업군 같은 데로 몰래 사람을 보내 사마의가 배반하려 한다고 헛소문을 퍼뜨립니다. 그런 뒤 사마의가 천하에 알리는 듯한 글을 써서 여기저기 붙여놓으면 조예는 틀림없이 그를 의심하며 죽이고 맙니다.”

제갈량은 그 말을 좇아 곧바로 사람을 몰래 보내 그 방법대로 하라고 했다.

어느 날 업성 성 문 위에 난데없는 글이 한 장 나붙었다. 문을 지키는 이가 떼어다가 조예에게 바쳤다.

조예가 그걸 읽어나갔다.

옹주·양주의 군사를 맡아 다스리고 있는 표기대장군 사마의는 믿음과 의리로써 온 천하에 알린다. 지난날 태조 무황제께서는 나라의 터를 닦고 세우신 뒤 원래는 진사왕 자건을 나라의 임금으로 삼으려 하셨다. 그런데 불행히도 간사스런 무리들이 헐뜯고 설치는 바람에 오랜 세월 동안 물속에 잠긴 용이 되고 말았다. 황손 조예는 본디 어진 덕도 없고 올바른 몸가짐도 갖추지 못했는데도 뻔뻔스럽게 스스로 높은 자리에 올라 태조께서 남기신 뜻을 저버리고 있다. 내 이제 하늘의 뜻과 백성의 뜻에 따라 날을 잡아 군사를 일으켜 만백성의 바람을 이루려 한다. 이 글을 보는 대로 곧장 새 임금의 명령을 받들도록 하라. 따르지 않는 이는 모든 일가친척을 죄다 죽여 없애리라! 먼저 이렇게 알리는 바이니, 마땅히 다 알고 지내도록 하라.

다 읽고 나자 조예는 소스라치게 놀라며 낯빛이 바뀌어

급히 뭇 신하들한테 물었다.

태위 화흠이 나서며 말했다.

"사마의가 글을 올려 옹주·양주를 지키겠다고 한 건 바로 이런 속셈이 있어서였습니다. 지난날 태조 무황제께서 저에게 일찍이 이르신 적이 있습니다. '사마의는 매처럼 노려보고 이리처럼 돌아보니 군사를 다스리는 힘을 주어서는 안 된다. 그 사람이 군사를 다스리게 되면 언젠가는 나라에 큰 탈이 생긴다'라고 말입니다. 오늘 배반하려는 뜻이 드러났으니 빨리 없애버려야 합니다."

이어 왕랑이 덧붙였다.

"사마의는 군사에 관한 책에 밝고 군사 다루는 솜씨도 뛰어나 본디 큰 뜻을 몰래 품고 있었습니다. 빨리 없애지 않으면 나중에 틀림없이 골칫거리가 되고 맙니다."

조예는 마침내 군사를 일으키라 이르고 직접 치러 가겠다고 했다. 그때 대장군 조진이 나서서 말렸다.

"그러시면 안 됩니다. 문황제께서 저를 비롯해 몇 사람에게 폐하를 부탁하셨는데, 그건 사마중달이 다른 뜻을 품고 있지 않다는 걸 아시고 그랬습니다. 이번 일이 정말인지 아닌지조차 미처 알아보지 않고 난데없이 군사를 몰고 가 들이치면 오히려 배반하라고 몰아붙이는 꼴이 되고 맙니다. 어쩌면 촉이나 오의 염탐꾼들이 갈라놓는 꾀를 써서 우리 임금과 신하들이 스스로 어지러워지기를 바라고 있는지도 모릅니다. 우리의 빈틈을 노려 쳐들어오기 위해서 말입니다. 폐하께서는 잘 헤아려보시기 바랍니다.”

조예가 되물었다.

“그럼 사마의가 정말로 배반했으면 어찌해야 하오?”

조진이 말했다.

“폐하께서 마음이 놓이지 않으시면, 한고조가 거짓으로 운몽으로 놀러 간다 해놓고 마중 나온 한신을 사로잡았듯이 안읍으로 가십시오. 그러면 사마의는 틀림없이 마중을 나올 겁니다. 그때 움직임을 잘 살피시어 수레 앞에서 사로잡으시는 게 좋겠습니다.”

조예는 그러기로 하고 조진에게 대신 나랏일을 보도록 했다. 그런 뒤 직접 어림군 10만 명을 거느리고 안읍으로 갔다.

사마의는 그 까닭을 알지 못했다. 그래서 황제에게 군사들의 씩씩한 힘을 보여주기 위해 군사를 정리하여 갑옷 입은 군사 수만 명을 이끌고 마중을 나왔다.

가까이 모시는 신하가 말했다.

“사마의가 과연 군사 십만 명 남짓을 이끌고 맞서 버티러 나왔습니다. 정말로 배반할 마음을 먹은 듯합니다.”

조예가 급히 조휴더러 먼저 군사를 이끌고 가서 맞도록

했다. 사마의는 군사가 앞에 오는 게 보이자 바로 임금 수레가 오는 줄 알고 길바닥에 엎드려 맞았다.

조휴가 나서며 말했다.

"중달은 어찌하여 돌아가신 황제께서 부탁하신 중요한 일을 잊고 배반하려 하는가?"

사마의는 소스라치게 놀라 낯빛이 하얗게 되고 온몸에 진땀이 흘렀다. 사마의가 어찌 된 까닭인지를 묻자 조휴가 지금까지 있었던 일을 자세히 일러주었다.

사마의가 말했다.

"오와 촉의 염탐꾼들이 사이가 벌어지게 하는 꾀를 썼군요. 우리 임금과 신하가 서로 다치게 한 뒤 우리의 빈틈을 노려 들이치려고 말이오. 내 직접 황제를 뵙고 말씀드리겠소."

사마의는 급히 군사를 뒤로 물린 뒤 조예의 수레 앞에 가서 엎드려 울며 말했다.

"저는 돌아가신 황제로부터 중요한 부탁을 받았는데 어찌 주제넘게 딴마음을 품겠습니까? 이건 틀림없이 오와 촉의 간사스런 꾀입니다. 부디 제가 군사를 이끌고 가서 먼저 촉을 깨고 이어 오를 치게 해주십시오. 그렇게 하여 돌아가신 황제와 폐하의 은혜를 갚음으로써 제 마음을 밝히고 싶습니다."

조예는 꺼림칙한 마음이 풀리지 않아 미적거렸다. 그러

자 화흠이 조예를 부추겼다.

"군사를 다스릴 수 있도록 해서는 안 됩니다. 벼슬을 빼앗고 고향으로 돌아가게 하십시오."

조예는 그 말을 좇아 사마의의 벼슬을 모두 빼앗고 고향으로 돌아가도록 했다. 그런 뒤 조휴에게 옹주·양주의 군사를 모두 맡도록 한 뒤 수레를 돌려 낙양으로 돌아갔다.

한편 염탐꾼은 이 일을 알아다가 서천으로 가서 보고했다. 제갈량이 크게 기뻐하며 말했다.

"내 위를 치려고 마음먹은 지 오래이나 사마의가 옹주·양주의 군사를 모두 맡고 있어 못 하고 있었다. 지금 우리가 쓴 꾀대로 되어 쫓겨났으니 내가 무얼 걱정하랴!"

다음 날 유선이 이른 아침에 벼슬아치들을 많이 모아놓고 조회를 열었다. 제갈량이 자기 자리에서 나아가 군사를 몰고 싸우러 가겠다는 뜻을 적은 '출사표'를 올렸다.

제갈량이 말씀 올립니다. 돌아가신 황제께서 나라를 처음 세우시는 일을 절반도 못 이루신 채 중간에 세상을 떠나시고 말았습니다. 지금 천하는 셋으로 나뉘었는데, 우리 익주는 몹시 지치고 약해져 있어 정말 계속 살아남느냐, 무너지느냐 하는 갈림길에 서 있을 정도로 급하게 되었습니다. 그러나 곁에서 모시는 신하들은 안에서 게으르지 않고, 충성스런 뜻으로 뭉친 장수들은 밖에서 제 몸을 돌보지 않습니다. 이는 돌아가신 황제께서 특별히 대해주신 바를 폐하께 갚고자 그럽니다. 폐하께서는 마땅히 참된 말에 귀를 기울이시어 돌아가신 황제께서 남기신 덕을 빛내시고, 크고 높은 뜻을 가진 이들의 마음을 크게 북돋우어 일으켜주시기 바랍니다.

스스로의 재주가 보잘것없다고 함부로 낮추지 마시고, 엉뚱한 예를 끌어대며 큰 뜻을 잃으시면서 충성스레 말리는 말의 길을 막으셔도 안 됩니다. 황제 계시는 곳과 신하들 있는 곳이 한 몸처럼 되어, 잘한 일에 상 주고 잘못한 일에 벌주는 일이 서로 다르게 되지 않도록 해야 합니다. 만약에 간사스러운 죄를 지은 이가 있거나 충성스러운 일을 한 이가 있으면 마땅히 그 일을 맡고 있는 곳에서 이러저러한 걸 따져 벌과 상을 정하게 하시어, 폐하의 치우침 없고 밝은 다스림이 더욱 뚜렷해지도록 하십시오. 사사로움에 치우쳐 황제 계신 곳과 신하들이 있는 안과 밖의 법이 달리 쓰여서는 안 됩니다.

시중·시랑 벼슬에 있는 곽유지·비의·동윤 들은 모두 어질고 참되며 뜻이 깊고 충성스럽기가 그지없습니다. 그러하기에 돌아가신 황제께서 뽑으셨고 폐하도 모시게 되었습니다. 어리석은 제 생각으로는 궁중의 크고 작은 일 모두 그 사람들한테 물어보고 나서 펼치시면 틀림없이 모자라는 부분을 채워주어 널

　　　　　　　　　　　박상률 완역 삼국지 8

리 이로울 겁니다. 장군 향총은 타고난 바탕과 행동이 맑고 치우침이 없으며 군사 일도 잘 꿰뚫고 있습니다. 옛적에 돌아가신 황제께서도 그 사람을 시험 삼아 써보시고 능력이 있다고 칭찬하셨습니다. 이에 여럿이 그를 추천하여 도독으로 삼았습니다. 어리석은 제 생각으로는, 크고 작은 군사 일 모두 그 사람한테 물어보고 결정하시면 반드시 군사들도 서로 뜻이 맞고 정답게 지내며, 더 낫고 못함에 따라 알맞은 자리를 맡기면 저마다 제 몫을 다 합니다.

어진 신하를 가까이하고 간사스런 이를 멀리했기에 앞 한나라는 크게 일어났지만, 간사스런 이를 가까이하고 어진 신하를 멀리했기에 뒤 한나라는 기울어버렸습니다. 돌아가신 황제께서 살아 계실 때 저와 더불어 이 일을 들먹이실 때마다 환제와 영제를 두고 몹시 가슴 아파하시며 아쉬운 한숨을 깊게 내쉬셨습니다. 시중·상서·장사·참군은 모두 곧고 밝아 목숨을 바쳐 옳은 일을 지킬 신하들입니다. 부디 폐하께서는 이들을 가까이하시며 믿으십시오. 그러시면 한나라 황실이 일어나는 걸 손꼽아가며 기다리실 수 있습니다.

저는 본디 벼슬 없이 베로 지은 옷이나 입고 있는 보잘것없는 사람이었습니다. 남양에서 밭이나 갈고 어지러운 세상에서 목숨이나 지키며 살고자 했습니다. 제후를 찾아 섬기어 이름을 세상에 널리 알리는 일은 바라지도 않았습니다. 그런데도 돌아가신 황제께서는 저를 하찮은 사람이라 여기지 않으시고, 스스로 몸을 굽히신 채 세 번씩이나 오두막집을 찾아오셔서 그때의 세상일을 저에게 물으셨습니다. 이에 저는 감격하여 돌아가신 황제를 위해 몸을 바쳐 일하기로 마음먹었습니다. 나중에 기울어져 쓰러질 정도가 되고 싸움에 져 어려운 때에 자리를 맡고 위험한 때에 명령을 받들어 이리 뛰고 저리 뛴 지 어느덧 스무 해하고도 한 해가 더 지났습니다.

돌아가신 황제께서는 제가 모든 일에 조심스럽다는 걸 아시기에 돌아가시면서 저에게 큰일을 맡기셨습니다. 명령을 받은 뒤부턴 밤낮을 가리지 않고 걱정하며 혹시라도 부탁하신 일을 다 해내지 못하여 돌아가신 황제의 밝음을 가리면 어쩌나 하는 마음뿐이었습니다. 지난 5월에 노수를 건너 거친 땅 깊숙이 들어갔습니다. 이제 남쪽은 가라앉혔고 무장한 군사와 무기도 넉넉하니, 마땅히 군사들을 거느리고 북쪽으로 가 중원을 무찔러야 합니다. 어리석고 무딘 재주일지라도 힘을 다해 간사스럽고 거친 무리들을 없애 한나라 황실을 다시 일으켜 옛 도읍으로 돌아가고자 합니다. 그것만이 제가 돌아가신 황제께 은혜를 갚는 거고 폐하께 충성하는 일입니다. 곽유지·비의·동윤 들은 더 나은 일과 못한 일을 따져 폐하께 충성스러운 말씀을 드릴 겁니다.

부디 폐하께서는 저에게 역적을 치고 한나라 황실을 다시 일으

                                   박상률 완역 삼국지 8

켜세우는 일을 맡겨주십시오. 만약에 일을 이루지 못하거든 저의 죄를 다스리시어 돌아가신 황제의 영전에 알리십시오. 만약에 황실을 다시 일으켜세우는 데 충성스러운 말이 없거든 곽유지·비의·동윤 등의 허물을 나무라시며 그 게으름을 세상에 드러내십시오. 물론 폐하께서도 마땅히 스스로 살피시어 바른 길을 물으시고 올바른 말을 받아들이셔서 돌아가신 황제께서 남기신 뜻을 깊이 따르십시오.

저는 그동안 받은 은혜가 너무 커 그 감격스러움을 이기지 못하겠습니다! 이제 멀리 떠나는 길에 글을 올리려 하니 눈물이 앞을 가려 무슨 말씀을 더 드려야 할지 모르겠습니다.

유선이 글을 읽고 나서 말했다.

"그동안 남쪽을 무찌르시느라 먼 길에 온갖 어려움을 겪으시고, 이제 막 도읍으로 돌아오셔서 아직 편히 앉아 쉬지도 못하셨습니다. 그런데 또 북쪽을 무찌르러 가신다니, 너무 고생스러운 일이 아닌가 싶습니다."

제갈량이 말했다.

"저는 돌아가신 황제로부터 중요한 부탁을 받은 뒤 밤이고 낮이고 잠시도 게으름을 피운 적이 없습니다. 남쪽이 안정되어 안으로 다른 걱정거리가 없는 이때 역적을 쳐 중원을 되찾지 않으면 다시 어느 때를 기다리겠습니까?"

태사 초주가 불쑥 앞으로 나서며 말했다.

"제가 밤에 하늘을 살펴보니 북쪽의 기운이 펄펄 살아 있어 별이 갑절이나 더 밝게 빛납니다. 그러니 아직 때가 아닌가 싶습니다."

이어 초주가 제갈량을 돌아보았다.

"승상께서는 어느 누구보다도 하늘을 잘 살피십니다. 그런데 어찌하여 이렇듯 거세게 밀어붙이려 하십니까?"

제갈량이 말했다.

"하늘의 길이란 늘 바뀌는 법인데 어찌 그것에 붙들리겠소? 나는 군사를 한중에 머물러놓고 저쪽의 움직임을 보아가며 거기에 맞설 생각이오."

제갈량은 초주가 애써 말리는데도 끝내 듣지 않았다.

제갈량은 곽유지·동윤·비의 들을 남겨두며 시중으로서 궁중 일을 모두 맡아보도록 했다. 이어 향총은 대장으로 삼아 남겨두며 어림군을 모두 맡도록 했다. 장완은 참군으로 삼고 장예는 장사로 삼아 승상부 일을 맡아보도록 했다. 두경은 간의대부로, 두미와 양홍은 상서로, 맹광과 내민은 쾌주로, 윤묵과 이선은 박사로, 극정과 비시는 비서로, 초주는 태사로 삼아 안팎의 문무 벼슬아치 1백 명 남짓과 함께 촉의 나랏일을 맡아보도록 했다.

제갈량은 조서를 받들고 승상부로 돌아오자 여러 장수들

을 불러모은 뒤 저마다 맡을 자리를 일렀다.

전독부는 진북장군 승상사마 양주자사 도정후 위연에게 맡겼으며, 전군도독은 부풍 태수 장익이, 아문장은 비장군 왕평이 맡도록 했다. 후군령병사는 안한장군 건녕 태수 이회에게 맡겼는데, 부장은 정원장군 한중 태수 여의이다. 관운량 좌군령병사는 평북장군 진창후 마대에게 맡겼는데, 부장은 비위장군 요화이다. 우군령병사는 분위장군 박양정후 마충과 무융장군 관내후 장의가 맡도록 했으며, 행중군사는 거기대장군 도향후 유염에게 맡겼다. 중감군은 양무장군 등지에게 맡겼으며, 중참군은 안원장군 마속이 맡도록 했다. 전장군은 도정후 원침이, 좌장군은 고양후 오의가, 우장군은 현도후 고상이, 추장군은 안락후 오반이 맡도록 했다. 장사는 수군장군 양의에게 맡기면서 전장군은 정남장군 유파가, 전호군은 편장군 한성정후 허윤이, 좌호군은 독신중랑장 정함이, 우호군은 편장군 유민이, 후호군은 전군중랑장 관옹이 맡도록 했다. 행참군은 소무중랑장 호제와 간의장군 염안, 편장군 찬습, 비장군 두의, 무략중랑장 두기, 수융도위 성발 등에게 맡겼다. 종사는 무략중랑장 번기에게 맡겼으며, 전군서기는 번건, 승상령사는 동궐이 맡도록 했다. 장전좌호위사는 용양장군 관흥에게, 우호위사는 호익장군 장포에게 맡겼다.

이렇듯 저마다 자리를 하나씩 떠안은 벼슬아치들은 모두 평북대도독 승상 무향후 익주목 지내외사 제갈량을 따라나서게 되었다. 제갈량은 이엄 등에게 서천 어귀를 굳게 지켜 동오를 막으라는 글을 띄웠다. 이어 건흥 5년 봄 3월 병인날을 군사를 몰고 위를 치러 가는 날로 잡았다. 그때 늙은 장수 한 사람이 불쑥 나서며 소리쳤다.

"내 비록 늙었으나 아직 그 옛날 염파처럼 날래고 마원처럼 씩씩하오. 그 두 옛사람 모두 늙었다고 물러나지 않고 나가 싸웠소. 그런데 어찌하여 나는 쓰지 않는 거요?"

모두들 그를 바라보았다. 조운이었다.

제갈량이 그를 달랬다.

"내가 남쪽 땅을 가라앉히고 돌아온 뒤 마맹기가 병으로 세상을 떠 마치 한쪽 팔이 떨어져나간 것처럼 안타까워하고 있습니다. 지금 장군은 나이가 너무 많으셔서 자칫 일이 잘못되기라도 하면 한세상 쌓은 빛나는 이름이 흔들리게 되고 촉의 날카로운 기운이 꺾이게 됩니다."

조운이 더욱 목소리를 높였다.

"나는 돌아가신 황제를 따른 뒤로 싸움에 나가 결코 물러난 일이 없었고, 적을 만나면 언제나 앞장을 섰소. 대장부가 싸움터에서 죽으면 아주 다행스런 일이지 무슨 한이 있겠소? 부디 앞쪽에서 나아가게 해주시오."

제갈량이 거듭 말렸으나 조운은 끝내 듣지 않고 고집을 부렸다.

"나를 앞장서게 해주지 않으면 바로 이 자리에서 뜰아래에다 머리를 찧어 죽고 말겠소!"

마침내 제갈량이 물러서는 수밖에 없었다.

"장군이 앞장서겠다면 한 사람을 더 찾아서 데려가야 합니다."

미처 말을 맺기도 전에 한 사람이 나섰다.

"제가 비록 재주는 없으나 노장군을 도와 먼저 군사 한 무리를 이끌고 가서 적을 깨부수고 싶습니다."

제갈량이 그를 바라보았다. 등지였다. 제갈량은 아주 마음에 들어 하며 곧바로 날랜 군사 5천 명과 부장 10명을 뽑아 조운과 등지를 따라가도록 했다.

마침내 제갈량이 군사를 거느리고 나섰다. 유선은 모든 벼슬아치를 거느리고 북문 밖 10리까지 나가서 배웅했다. 제갈량은 유선에게 헤어지는 인사를 한 뒤, 군사를 이끌고 한중 땅을 바라고 길게길게 나아갔다. 깃발은 들을 덮고, 창이며 칼이 마치 숲을 이루듯 했다.

한편 멀리 나와 있던 염탐꾼들은 이러한 사실을 재빨리 낙양으로 알렸다. 조예는 조회를 열고 있다가 가까이 모시는 신하한테서 보고를 받았다.

"먼 데서 들어온 보고입니다. 제갈량이 삼십만 대군을 이끌고 한중에 머물고 있답니다. 지금 조운과 등지가 앞장서서 군사를 이끌고 우리 땅으로 들어왔답니다."

조예가 소스라치게 놀라며 뭇 신하들을 둘러보았다.

"누가 촉군을 물리칠 장수로 나서겠소?"

한 사람이 냉큼 나서며 말했다.

"제 아버지가 한중 땅에서 세상을 떠나 이를 갈 정도로 한을 품고 있으나 아직 원수를 갚지 못하였습니다. 지금 촉군이 우리 땅에 쳐들어왔다니, 제가 본부의 씩씩한 장수들을 이끌고 가고 싶습니다. 폐하께서 관서의 군사들을 내주시면 앞으로 나아가 촉을 깨부수겠습니다. 그리하여 위로는 나라를 위해 모든 힘을 다하고, 아래로는 아버지의 원수를 갚겠습니다. 그리되면 저는 만 번을 죽어도 한이 없겠습니다!"

모두들 그를 바라보았다. 하후연의 아들로 자가 자휴인 하후무였다. 그는 성질이 무척 급하고 속이 좁아터진 사람으로, 어려서 하후돈의 양아들이 되었다. 나중에 하후연이 황충에게 죽자 조조가 가엾이 여겨 하후무에게 자기 딸 청하공주를 시집보내 부마, 즉 임금의 사위로 삼았다. 이러했기에 조정에서는 그를 받들었다. 하후무는 군사를 다스릴 수 있는 힘을 쥐고 있었다. 그러나 아직껏 싸움터에는 나가 본 적이 없었다. 그러하긴 했지만 그가 스스로 싸우러 가겠다기에 조예는 곧바로 그를 대도독으로 삼고, 관서 땅의 모든 군사를 이끌고 나가 적을 맞도록 했다. 그러나 사도 왕랑이 말렸다.

"안 됩니다. 하후 부마는 아직까지 싸움을 해본 일이 없습니다. 그러니 큰일을 맡기시면 안 됩니다. 더구나 제갈량은 슬기와 꾀가 많고 군사 다스리는 법을 깊이 꿰뚫고 있습니다. 적을 가벼이 보아서는 안 됩니다."

그 말에 하후무가 발끈 성을 내며 소리쳤다.

"사도는 제갈량과 손잡고 서로 도우려고 그러는 거요? 나는 어려서부터 아버지한테서 군사 다스리는 책을 익혀 군사 다스리는 법을 깊이 꿰뚫고 있소. 그대는 어찌하여 나를 어리다고 깔보는 거요? 내 다짐컨대, 만약에 제갈량을 사로잡지 못하면 다시는 돌아와 황제를 뵙지 않겠소!"

이에 왕랑을 비롯하여 그 누구도 쉽게 입을 열 수가 없었다.

하후무는 위 임금에게 헤어지는 인사를 하고 밤을 도와 장안으로 간 뒤, 관서 땅의 군사 20만 명을 뽑아 제갈량과 싸우러 갔다.

대장으로 흰 소꼬리기 잡고 장수와 군사를 거느린다만

어쩌다 젖비린내 나는 어린애한테

군사 다스리는 힘을 안겨주었나

과연 이기고 짐이 어떻게 갈라질는지…….

일흔 나이에도 씩씩한 조운

조운은 힘껏 싸워 장수 다섯을 베고
제갈량은 꾀를 써서 성 셋을 빼앗다

제갈량은 군사를 거느리고 면양에 이르렀다. 지나는 길에 마초의 무덤이 있어 그의 아우 마대에게 상복을 입게 하고 직접 제사를 지냈다.

제사를 마치고 영채로 돌아와 군사를 몰고 갈 일을 의논하는데 갑자기 염탐꾼이 달려와 보고했다.

"위나라 임금 조예가 보낸 부마 하후무가 관서 땅의 군사를 이끌고 우리랑 싸우기 위해 오고 있습니다."

위연이 앞으로 나서며 싸울 방법을 말했다.

"하후무는 귀한 집에서 고생 모르고 자라 물렁한데다 별

다른 꾀도 없는 자입니다. 저한테 날래고 씩씩한 군사 오천 명만 내주십시오. 포중으로 나가 진령으로 해서 동쪽으로 가 자오곡에 이른 뒤 북쪽으로 갈까 합니다. 그러면 열흘 안에 장안에 다다를 수 있습니다. 제가 군사를 몰고 갑자기 나타났다는 소식을 들으면 하후무는 틀림없이 성을 버리고 식량 창고가 있는 횡문으로 달아날 겁니다. 그때 저는 동쪽에서 쳐들어가고, 승상께서는 대군을 몰고 야곡에서 나오시면 함양 서쪽은 한 번에 무찌를 수 있습니다."

제갈량이 웃으며 말했다.

"그건 완전한 방법이 못 되오. 그대는 중원에 괜찮은 인물이 없다고 보는데, 만약에 그쪽의 누군가가 외진 산속에 숨어 있다가 길을 끊고 치자는 방법을 내 그게 받아들여질 수도 있소. 그러면 우리 쪽에선 자칫 오천 명이 해를 입게 될 뿐만 아니라 전체적으로 날카로운 기운이 꺾이오. 그러니 그 방법은 쓸 수가 없소."

위연이 다시 말했다.

"승상께서 군사를 거느리시고 큰길을 따라가시면 저쪽은 틀림없이 관서의 군사를 죄다 일으켜 길을 막고 맞설 겁니다. 그리되면 날짜를 질질 끌게 될 텐데 어느 세월에 중원을 얻으시렵니까?"

제갈량이 말했다.

"나는 농우로부터 평평한 큰길을 따라서 군사 쓰는 법에
따라 군사를 몰고 나아가려 하오. 어찌 이기지 못할 걸 걱정
하겠는가!"

위연은 자신이 낸 방법이 끝내 받아들여지지 않자 몹시
기분이 언짢았다.

제갈량은 조운에게 사람을 보내 군사를 몰고 나아가도록
했다.

한편 하후무는 장안에서 여러 갈래의 군사를 끌어모으고
있었다. 그때 서량의 대장 한덕이 서쪽 강족 군사 8만 명을
이끌고 하후무를 만나러 왔다. 그는 산이라도 쪼갤 듯한 큰
도끼를 잘 썼으며, 혼자서 만 사람이라도 해볼 만한 힘을 가
지고 있었다. 하후무는 그에게 상을 두터이 내리며 앞장을
세웠다. 한덕은 아들이 넷인데 모두들 무예에 뛰어나고 활
쏘기와 말타기도 잘했다. 맏이는 한영이고, 둘째는 한요, 셋
째는 한경, 넷째는 한기였다. 한덕이 네 아들과 함께 서쪽
강족 군사 8만 명을 이끌고 길을 떠나 봉명산에 이르렀을
때 촉군을 만났다. 양쪽 군사는 둥그렇게 마주 보고 진을 펼
쳤다. 한덕이 말을 타고 나오자 네 아들이 양쪽으로 따라나
섰다.

한덕이 목소리 높여 꾸짖었다.

"나라를 배반한 역적들이 어찌 겁도 없이 우리 땅을 쳐들

어왔느냐!"

　조운이 크게 성을 내며 창을 뻗쳐들고 말을 내달려 한덕에게 덤벼들었다. 한덕의 맏아들 한영이 말을 몰고 뛰쳐나와 맞았다. 그러나 채 3합도 싸우지 못하고 조운이 한 번 내지른 창을 맞고 말 아래로 고꾸라졌다. 둘째 아들 한요가 이를 보고 칼을 휘두르며 말을 달려 싸우러 나왔다. 조운은 옛날의 범 같은 힘을 다시 뿜어내며 정신을 한데 모아 맞아 싸웠다. 한요가 해보지 못하고 쩔쩔매자 셋째 아들 한경이 방천극을 뻗쳐들고 부리나케 앞으로 말을 달려나와 양쪽에서 몰아붙이려 했다. 조운은 조금도 두려워하는 빛이 없었다. 창을 쓰는 법도 흐트러지지 않았다. 넷째 아들 한기는 두 형이 조운을 해보지 못하는 걸 보고 있다 일월도 두 자루를 휘두르며 말을 달려나와 조운을 에워쌌다. 조운은 한가운데에서 혼자 세 장수와 싸웠다.

　조금 뒤 한기가 창에 찔려 말에서 떨어져 굴렀다. 한덕의 진 안에서 편장 하나가 부리나케 뛰쳐나와 그를 구해 돌아갔다. 그 사이에 조운은 창을 끌며 달아나기 시작했다. 그러자 한경이 창 대신 급히 활과 화살을 들고 연거푸 3대를 쏘았다. 그러나 조운은 날아오는 화살을 모두 창으로 막아 떨어뜨렸다. 한경은 화가 몹시 솟구쳐 방천극을 다시 꼬나들고 말을 달려 뒤를 쫓았다. 그러나 도리어 조운이 쏜 화살

한 대를 얼굴에 딱 맞고 말에서 떨어져 죽었다. 한요가 말을 몰고 덤비며 보배 칼을 들어 조운을 바로 내리쳤다. 조운은 땅바닥에 창을 내던진 뒤 눈 깜짝할 새에 보배 칼을 슬쩍 피하며 한요를 사로잡아 자기 진으로 돌아갔다. 조운은 다시 말을 달려나가 내던졌던 창을 집어들더니 적진으로 뛰어갔다. 한덕은 아들 넷이 모두 조운의 손에 당하는 걸 보자 그만 가슴이 찢어지는 성싶었다. 한덕은 서둘러 진 안으로 달아나버렸다.

서량군은 원래 조운의 이름을 알고 있던데다, 옛날과 다름없이 뛰어나게 씩씩한 조운의 모습이 눈앞에서 바로 펼쳐지자 두려움에 싸워볼 마음이 나지 않았다. 그래서 조운이 말을 타고 몰아치는 곳마디 진이 무너지며 뒤로 물러났다. 조운은 홀로 말 한 필을 타고 창 하나를 비껴든 채 닥치는 대로 누비고 다녔다. 마치 사람이 없는 것처럼 거리낄 게 아무것도 없었다.

나중에 어떤 사람이 조운을 기리는 시를 읊었다.

그 옛날 상산의 조자룡을 떠올리노라

일흔 나이에도 기막힌 공을 세웠다네

홀로 장수 넷을 무찌르고 적진을 쓸고 다니니

마치 당양에서 주인 구할 때처럼 씩씩하였네

등지는 조운이 크게 이기자 촉군을 몰고 들이쳤다. 이에 서량군은 크게 지고 달아났다. 한덕은 하마터면 조운에게 사로잡힐 뻔했는데, 갑옷을 벗어던지고 걸어서 겨우 달아났다.

조운은 등지와 함께 군사를 거두어 영채로 돌아왔다.

등지가 조운에게 축하하는 말을 했다.

"장군의 연세가 이미 칠순이신데 옛날과 마찬가지로 씩씩함이 뛰어나십니다. 오늘 진 앞에서 홀로 네 장수를 베셨는데, 세상에 그런 일이 또 있을까 싶습니다!"

조운이 말했다.

"승상께서 내가 늙었다고 쓰지 않으시려 했기에 내 오늘 힘껏 싸워 보여주었을 뿐이오."

조운은 사람을 시켜 사로잡은 한요를 제갈량에게 보내고, 싸움에 이긴 소식도 보고하도록 했다.

한편 한덕은 싸움에 진 군사들을 이끌고 돌아가 하후무를 만나 울며 보고했다. 하후무는 스스로 군사를 이끌고 조운과 싸우러 왔다. 염탐꾼이 촉의 영채에 하후무가 군사를 이끌고 왔다는 사실을 알렸다. 조운은 말에 올라 창을 든 채 군사 1천 명 남짓을 이끌고 봉명산 앞으로 가 진을 펼쳤다.

그날 하후무는 황금 투구를 쓰고 커다란 칼을 든 채 흰말을 타고 나와 문기 아래에 서 있었다. 조운은 말을 타고 나가 창을 뻗쳐들고서 이리저리 왔다 갔다 했다. 하후무가 그걸 보고 직접 나가 싸우려 했다. 그러자 한덕이 이를 뿌드득 갈며 나섰다.

"내 아들 넷을 죽인 원수를 어찌 갚지 않을 수 있으랴!"

한덕이 큰 도끼를 든 채 말을 달려나가 막바로 조운에게 덤벼들었다. 화가 솟구쳐오른 조운이 창을 뻗쳐들고 나와 맞았다. 미처 3합도 싸우기도 전에 조운의 창이 번쩍 들리는가 싶더니, 한덕이 창에 찔려 말 아래로 떨어져 죽었다. 조운은 곧바로 말 머리를 돌려 하후무에게 달려들었다. 하후무는 넋이 나가 우물쭈물할 새도 없이 급히 자기 진으로 달아났다. 등지가 군사를 몰고 덮쳤다. 위군은 또 한 차례 지고, 10리 넘게 뒤로 물러나 영채를 세웠다.

하후무는 밤새 여러 장수들과 함께 앞일을 의논했다.

"내 조운의 이름을 들은 지는 오래지만 아직껏 얼굴은 보지 못했소. 오늘 보니 늙기는 했지만 씩씩함이 아직도 뛰어난 걸 보니 당양 장판 일이 사실로 믿어지오. 저 사람을 해볼 이가 없으니 이를 어찌해야 하오?"

정욱의 아들인 참군 정무가 나서서 말했다.

"제가 보기에 조운은 씩씩하기는 하나 꾀가 없으니 걱정하지 않으셔도 됩니다. 내일 도독께서는 다시 군사를 거느리고 나가시되, 먼저 군사를 양쪽으로 나누어 숨겨놓으십시오. 그런 뒤 도독께서 진 앞으로 나가셨다가 먼저 물러나 조운을 군사들이 숨어 있는 데까지 꾀어내십시오. 이어 도독께서는 곧장 산으로 올라가셔서 사방에 있는 군사를 잘 부려 에워싸버리면 조운을 사로잡을 수 있습니다.”

하후무는 그 말을 좇아 동희를 시켜 군사 3만 명을 이끌고 가서 왼쪽에 숨어 있게 하였다. 설칙에게도 군사 3만 명을 이끌고 가 오른쪽에 숨어 있게 했다. 두 사람은 하후무가 이른 대로 숨는 일을 끝냈다.

다음 날 하후무는 다시 징이며 북이며 깃발 따위를 챙긴 뒤 군사를 이끌고 나아갔다. 조운과 등지가 나가서 맞았다.

등지가 말 위에서 조운에게 말했다.

“어젯밤에 크게 지고 쫓겨간 위군이 오늘 다시 온 걸 보니 틀림없이 속임수가 있습니다. 노장군께서는 미리 막을 준비를 하십시오.”

조운이 대수롭지 않게 말했다.

“저따위 젖비린내 나는 어린애가 무얼 할 수 있겠소! 내 오늘 반드시 사로잡고 말겠소!”

조운이 말을 몰아 뛰쳐나갔다. 위의 장수 반수가 나와 맞더니 3합도 싸우기 전에 말 머리를 돌려 달아나기 시작했다. 조운이 그 뒤를 쫓아가자 위군 진 안에서 장수 8명이 한꺼번에 뛰쳐나와 맞았다. 그들은 하후무를 먼저 도망치게 하더니 자기들도 뒤따라 달아났다. 조운은 기운을 몰아 뒤를 계속 몰아치고, 등지도 군사를 이끌고 뒤를 쫓았다.

그러는 사이에 조운은 깊숙이 들어가고 말았다. 갑자기 사방에서 외침 소리가 크게 났다. 등지는 급히 군사들더러 물러나라고 했다. 그러나 왼쪽에서는 동희가, 오른쪽에서는 설칙이 군사들을 몰고 덮쳐들었다. 등지는 군사가 적어 조운을 구할 수가 없었다. 조운은 어느새 적의 한가운데에 갇혀 동으로 뛰고 서로 부딪치며 빠져나오려 했으나 위군은 점점 늘어만 갔다. 이때 조운이 거느린 군사는 겨우 1천 명 남짓밖에 되지 않았다.

소운은 그들을 이끌고 산어덕 아래로 무찔러 내려갔다. 하후무가 산 위에서 군사들을 부리는 모습이 보였다. 하후무는 조운이 동쪽으로 가면 동쪽을 바라보며 가리키고, 서쪽으로 가면 서쪽을 바라보며 가리켰다. 그러기에 조운은 에워싼 곳을 뚫고 나올 수가 없어 군사를 이끌고 산 위로 올라갔다. 그러나 산을 반쯤 올라갔을 때 통나무며 돌덩이가 마구 굴러내려와 더는 올라갈 수도 없었다. 아침 먹을 참부터 싸우기 시작하여 저녁 먹을 때가 되도록 싸웠으나 뚫고 빠져나갈 수가 없었다.

조운은 달이 밝아지기를 기다렸다 다시 싸우기 위해 말

에서 내려 잠깐 쉬었다. 막 갑옷을 벗고 앉아 있자 달빛이 환해지기 시작했다. 그때 난데없이 사방에서 불빛이 하늘을 뚫을 듯 치솟으며 북소리가 크게 울리더니 화살과 돌이 마치 비 오듯 했다. 이어 위군들이 모두 입을 모아 외쳤다.

"조운은 빨리 항복하라!"

조운은 급히 말에 올라 맞아 싸웠다. 그러나 사방에서 군사들이 점점 더 가까이 조여오고, 여기저기서 화살이 피할 수 없이 마구 날아드는 바람에 사람이고 말이고 모두 앞으로 나아갈 수가 없었다.

조운은 마침내 하늘을 우러르며 깊은 한숨을 내쉬었다.

"내 늙었는데도 물러서지 않고 나섰는데, 결국 여기서 죽는구나!"

그때 갑자기 동북쪽에서 외침 소리가 크게 일며 위군들이 이리저리 흩어져 달아나기 시작했다. 사나운 범 같은 군사 한 무리가 덮쳐 들어오는데, 앞장선 장수를 보니 장팔점강모를 들고 있고 말목에는 사람 머리 하나가 매달려 있었다. 조운이 그를 바라보았다. 장포였다.

장포가 조운을 보고 말했다.

"승상께서 노장군께 자칫 어려움이 생길지도 모른다 하시면서 저더러 군사 오천 명을 이끌고 가 도우라 하셨습니다. 노장군께서 적에게 둘러싸여 어려움에 빠지셨다는 말을 들었습니다. 겹겹으로 둘러싼 적을 무찌르며 오는데 위의 장수 설칙이 막아서길래 목을 베어가지고 왔습니다."

조운은 무척 좋아라 하며 곧바로 장포와 함께 서북쪽으로 무찔러 나갔다. 위군들이 창을 내던진 채 달아나기에 바빠 바라보았더니, 사나운 범 같은 군사 한 무리가 바깥쪽에서 아우성을 치며 들이쳐 오고 있었다. 앞선 대장은 청룡언월도를 휘두르는데, 다른 손엔 사람 머리 하나가 들려 있었다. 조운이 그를 바라보았다. 관흥이었다.

관흥이 조운을 보고 말했다.

"승상께서 내리신 명령을 받들어, 혹시라도 노장군께 어려움이 있을까 걱정스러워 일부러 군사 오천 명을 이끌고 도우러 왔습니다. 오는 길에 위의 장수 동희를 만나 머리를 한칼에 베어가지고 왔습니다. 승상께서도 곧 뒤따라오실 겁니다."

조운이 말했다.

"두 장군은 이미 뛰어난 공을 세웠네. 그런데 어찌하여 오늘 이 기운을 몰아 하후무를 사로잡아 큰일을 마무리 지으려 하지 않는가?"

그 말에 장포가 곧장 군사를 이끌고 떠났다.

관흥 역시 군사를 이끌고 가며 말했다.

"저도 공을 세우러 가겠습니다."

장포와 관흥이 조운을 구해내다.

조운은 곁에 있는 이를 돌아보며 말했다.

"저 두 사람은 바로 내 아들이나 조카뻘인데도 앞을 다투어 공을 세우러 가는데, 나라의 으뜸 장수이고 조정의 오랜 신하인 내가 어린애들만도 못해서 되겠는가? 내 마땅히 늙은 목숨을 바쳐 돌아가신 황제의 은혜를 갚아야 하리라!"

조운도 군사를 이끌고 하후무를 잡으러 갔다.

그날 밤 세 길로 나누어 들이친 군사들은 위군을 크게 무찔렀다. 등지도 군사를 이끌고 가 도왔다. 들판에는 죽은 위군의 시체가 뒤덮이고, 피가 흘러 내를 이루었다.

하후무는 꾀가 없는데다 나이도 어리고 싸워본 일도 없는 사람이었다. 그래서 군사들이 큰 어지러움에 빠지자 자신 아래에 있는 장수 1백 명 남짓을 이끌고 남안 쪽으로 달아나기에만 바빴다. 군사들은 우두머리가 사라지자 자기네들도 모두 흩어져 달아났다.

관흥과 장포 두 장수는 하후무가 남안을 바라고 달아났다는 소식을 듣자 밤을 도와 뒤쫓았다. 하후무는 성 안으로 들어가자 성 문을 굳게 닫으라 한 뒤 군사들을 시켜 단단히 지키게 하였다. 관흥과 장포 두 사람은 성에 이르자마자 성을 둘러쌌다. 조운도 곧 뒤따라오자 촉군은 세 곳에서 치기 시작했다. 조금 있자 등지도 군사를 이끌고 왔다.

열흘을 계속 성을 에워싸고 들이쳤지만 성은 무너지지

않았다. 그러는 참에 제갈량이 뒷부대는 면양에 머물러놓고, 좌군은 양평에, 우군은 석성에 있게 한 뒤 직접 중군을 이끌고 왔다고 했다. 조운·등지·관흥·장포 모두 제갈량에게 가서 절을 하고, 날마다 성을 쳤으나 무너뜨리지 못했다고 보고했다.

제갈량은 조그마한 수레를 타고 직접 성 가까이 가서 둘레를 한번 둘러본 뒤 영채로 돌아와 막사에 들어가 앉았다. 장수들은 제갈량 가까이 둘러서서 명령을 기다렸다.

제갈량이 입을 열었다.

"이 고을은 성 밖 도랑이 깊고 성이 튼튼해서 치기가 쉽지 않소. 사실 내 목적은 이 성을 치는 게 아니오. 여러분들이 이 성을 치느라 오랫동안 매달려 있다가 혹시라도 위군이 길을 나누어 와서 한중을 빼앗으면 우리는 위험에 빠지고 마오."

등지가 말했다.

"하후무는 위의 부마라 그 사람을 사로잡기만 하면 장수 백 명을 베는 것보다 더 낫습니다. 지금 여기에 갇혀 꼼짝 못 하고 있는데 어찌 버려두고 그냥 갈 수 있겠습니까?"

제갈량이 말했다.

"내게 다 생각이 있소. 여기는 서쪽으로는 천수군과 이어지고 북쪽으로는 안정군과 닿는데, 그 두 곳 태수가 누구인지 아는 사람 있소?"

염탐꾼 노릇을 하는 군사 하나가 말했다.

"천수 태수는 마준이고, 안정 태수는 최량입니다."

제갈량은 크게 기뻐하며 위연을 불러 이러저러하라고 일렀다. 이어 관흥과 장포도 불러 이러저러하라고 일렀다. 게다가 속 깊이 믿을 만한 군사 두 사람까지 불러 해야 할 일을 일렀다. 모두들 명령을 받자 군사를 이끌고 떠났다.

제갈량은 남안성 밖에 있으면서 군사들에게 마른 풀을 가져다 성 아래에 쌓도록 했다. 그러면서 성을 불사를 거라는 말을 떠벌리도록 했다. 그 소리를 들은 위군들은 모두 큰 소리로 웃을 뿐 조금도 두려워하지 않았다.

한편 성 안에 있던 안정 태수 최량은 촉군이 남안을 에워싸는 바람에 하후무가 갇혔다는 소식을 듣고는 꽤나 두렵고 어쩔 줄 몰라 허둥댔다. 그래서 곧장 군사를 살핀 뒤 4천 명에게 성을 지키도록 했다. 그때 뜻밖에 남쪽에서 비밀스런 일 때문에 한 사람이 왔다고 했다. 최량이 그를 불러 묻자 그가 대답했다.

"저는 하후도독의 믿음을 받고 있는 배서라는 장수입니다. 지금 도독의 명령을 받들어 특별히 천수와 안정 두 고을의 도움을 받으러 왔습니다. 남안이 몹시 위험하여 날마다

성 위에서 불을 피워 신호를 보냈는데도 두 고을 어디에서
고 도와주러 오는 군사가 보이지 않아 이렇듯 에워싸고 있
는 속을 뚫고 달려와 급한 사정을 알립니다. 밤을 도와 군사
를 일으켜 밖에서 도와주시기 바랍니다. 도독께서도 두 고
을 군사가 이르면 성 문을 열어 도우실 겁니다."

최량이 말했다.

"도독께서 써주신 문서가 있소?"

배서가 몸속에서 문서 하나를 꺼냈는데 땀이 배어 젖어
있었다. 그는 문서를 슬쩍 한 번 보여주고 부리나케 아랫사
람더러 말을 바꾸어 오라 하더니 그 말을 타고 성을 나가 천
수로 가버렸다.

이틀이 지나기 전에 다시 말 탄 연락꾼이 달려와 보고했
다. 천수 태수는 이미 군사를 일으켜 남안을 구하러 갔다면
서 안정에서도 빨리 군사를 보내 도우라고 했다. 최량은 벼
슬아치들을 불러 의논했다. 여럿이 다 같은 소리를 했다.

"만약에 구하러 가지 않았다가 남안이 무너지고 하후부
마까지 잡혀가게 되면 죄다 우리 두 고을의 죄가 되고 맙니
다. 그러니 구하러 가야만 합니다."

최량은 곧장 군사와 말을 가지런히 한 뒤 군사들을 이끌
고 성을 나갔다. 성 안에는 붓대나 놀리는 벼슬아치만 남
아 지키게 되었다. 최량이 군사를 이끌고 남안 큰길을 따

라 가는데 멀리 불빛이 하늘을 찌르고 있었다. 그래서 더욱 군사들을 다그쳐 밤새 달렸다. 남안까지 50리 남짓 남아 있을 때였다. 갑작스레 앞뒤에서 아우성치는 소리가 크게 일었다.

앞서 살펴가던 군사가 달려와 보고했다.

"앞에서는 관흥이 길을 막고, 뒤에서는 장포가 몰아치고 있습니다!"

안정 군사들은 사방으로 흩어져 달아나기에 바빴다. 최량은 소스라치게 놀라 아랫사람 1백 명 남짓을 이끌고 작은 길을 따라 죽기로 싸워가며 가까스로 빠져나와 안정으로 돌아갔다. 성 가까이 도랑 가에 이르렀을 때였다. 성 위에서 화살이 어지러이 쏟아지며 촉의 장수 위연이 소리쳤다.

"내 이미 성을 차지했다! 빨리 항복하지 않고 뭐 하고 있느냐?"

원래 위연은 군사들을 안정군으로 꾸며 한밤중에 성 문을 열게 한 뒤 밀고 들어가 안정을 차지해버렸다.

최량은 허둥대다가 천수군 쪽으로 달리기 시작했다. 그러나 얼마 가지도 못했는데 앞쪽에 사나운 범 같은 군사 한 무리가 나타나 길을 막으며 늘어섰다. 큰 깃발 아래에 한 사람이 있는데, 윤건을 쓰고 깃털 부채를 든 채 학창의 차림으로 수레에 흐트러짐 없이 앉아 있었다. 최량이 자세히 보니 바로 제갈량이었다. 최량은 급히 말 머리를 돌려 달아났다. 그 뒤를 관흥과 장포가 두 갈래로 군사를 몰고 쫓아오며 외쳤다.

"빨리 항복하라!"

최량은 사방 모두 촉군밖에 보이지 않아 어쩔 수 없이 항복하고 함께 본부 영채로 돌아갔다.

제갈량이 그를 귀한 손님으로 대접하며 물었다.

"남안 태수와 그대는 사이가 가깝소?"

최량이 대답했다.

"그 사람은 바로 양부의 집안 아우인 양릉입니다. 저와는 바로 이웃해 있어 아주 가까이 지내는 사이입니다."

제갈량이 말했다.

"내 이제 그대를 성 안으로 들여보내 양릉을 달래서 하후무를 사로잡으려 하오. 할 수 있겠소?"

최량이 대답했다.

"승상께서 저를 보내시려거든 군사를 잠깐 물러나게 해 주십시오. 제가 성으로 들어가 한번 달래보겠습니다."

제갈량은 그의 말을 좇아 곧바로 사방의 군사들 모두 20 리 뒤로 물러나 영채를 세우라는 명령을 내렸다. 최량은 혼자서 말을 타고 성 가까이 가 소리쳐 성 문을 열게 했다. 최량은 부중으로 들어가 양릉과 인사를 나눈 뒤 자기가 오게 된 일을 자세히 털어놓았다.

양릉이 말했다.

"우리는 위나라 임금의 은혜를 크게 입은 사람들인데 어찌 배반한단 말이오? 그쪽 꾀를 거꾸로 이용하는 게 더 낫겠소."

양릉은 최량을 하후무가 있는 곳으로 데려가 지금까지의 일을 자세히 설명하였다.

하후무가 듣고 나서 물었다.

"그렇다면 어떤 방법을 써야 하오?"

양릉이 대답했다.

"제가 성 문을 열어 바치겠다고 속여 촉군을 안으로 들어오게 한 다음 성 안에서 꾀다 죽여버리겠습니다."

최량은 서로 의논한 대로 하기로 하고 다시 성을 나와 제갈량에게 가서 보고했다.

"양릉이 성 문을 열어 대군이 성 안으로 들어오게 하여 하후무를 사로잡도록 하겠다고 했습니다. 양릉은 자기 손으로 잡고 싶은데 아래에 씩씩한 군사들을 많이 데리고 있지 않아 가벼이 움직일 수 없다고 했습니다."

제갈량이 말했다.

"그건 아주 쉬운 일이오. 지금 그대가 거느리고 있는 항복한 군사 백 명과 촉의 장수를 안정 군사로 꾸며 함께 데리고 성으로 들어가시오. 들어가면 하후무가 있는 곳에다 미리 숨어 있게 한 뒤 양릉과 몰래 약속을 하여 밤이 되기를 기다렸다가 성 문을 열고 안팎에서 힘을 모으면 되오.”

최량은 속으로 재빨리 생각을 해보았다.

‘만약에 촉의 장수를 데려가지 않겠다고 하면 공명이 의심할지 모른다. 일단 함께 데리고 들어간 뒤 안에서 먼저 베어버리자. 그런 다음 불을 피워 신호를 올려 공명이 속아 안으로 들어오게 한 뒤 죽이면 된다.’

최량이 그렇게 하겠다고 하자 제갈량이 다시 부탁했다.

“내가 믿는 장수인 관흥과 장포를 그대와 함께 먼저 가도록 하겠소. 구해주러 온 군사라 하면서 성 안으로 들어가 하후무가 마음을 놓도록 하시오. 불이 피어오르면 내가 직접 성 안으로 들어가 하후무를 사로잡겠소.”

해가 질 무렵이 되었다. 관흥과 장포는 제갈량이 몰래 이른 말을 새기며 갑옷과 투구를 쓰고 말에 올랐다. 두 사람은 저마다 무기를 들고 안정 군사들 속에 섞여 최량을 따라 남안 성 아래로 갔다. 양릉이 성 위에 있다가 밖을 내다볼 수 있게 구멍이 난 널빤지를 들어올렸다. 이어 날아온 화살이 가슴에 맞지 않도록 가로세로로 질러진 나무살 뒤에 기대어 서서 물었다.

“어디 군사들이냐?”

최량이 대답했다.

"안정에서 도와주러 온 군사들이오."

최량이 먼저 신호로 화살 한 대를 쏘아 날렸다. 화살에는 비밀 편지가 매달려 있었다.

지금 제갈량이 두 장수를 먼저 보내 성 안에 숨어 있게 한 뒤 안 팎으로 서로 돕게 하려 하오. 그러니 놀라서 술렁거리지 마시오. 우리 계획이 새나갈까 두려우니 부중으로 들어간 다음에 피하도록 합시다.

양릉은 편지를 가지고 가 하후무에게 보여주며 일이 어찌 돌아가는지 자세히 말했다.

하후무가 말했다.

"제갈량이 이미 우리 계획에 말려들었다면 무사 백 명 남짓을 부중에 숨겨두도록 하시오. 두 장수가 최태수를 따라 여기에 이르러 말에서 내리면 바로 문을 닫고 베어버리시오. 그런 뒤 불을 피워올려 제갈량이 속아 성 안으로 들어오게 하시오. 이어 숨어 있던 군사들이 한꺼번에 뛰쳐나가 제갈량을 사로잡으시오."

준비가 끝나자 양릉은 성 위로 다시 올라가 말했다.

"안정 군사라 하니 성으로 들어오게 하라."

관흥은 최량을 따라 앞서가고, 장포는 뒤따라 들어갔다. 양릉은 성에서 내려와 문가에서 들어오는 군사를 맞았다. 관흥이 손을 한 번 번쩍 들어올리더니 칼을 내리쳐 양릉을 베어 말 아래로 고꾸라뜨렸다. 최량은 까무러치게 놀라 급히 말을 돌려 달아맨 다리 쪽으로 달아났다. 그러나 장포가 호통을 치며 앞을 막았다.

"도적놈 새끼야, 게 섰거라! 네놈들 속임수 따위에 어찌 우리 승상께서 속아 넘어가시겠느냐!"

손을 뻗어 창을 한 번 내리찌르자 최량이 말 아래로 굴러 떨어졌다. 관흥은 그때 벌써 성 위로 올라가 불을 피워올렸다. 사방에서 촉군이 몰려들어왔다. 하후무는 미처 손 한 번 써볼 생각도 못 한 채 남문을 열고 있는 힘을 다 내어 달아났다. 그러나 사나운 범 같은 군사 한 무리가 앞을 막았다. 앞장선 대장을 보니 왕평이었다. 왕평은 두 마리 말이 서로 어우러진 지 단 1합 만에 하후무를 말 위에서 사로잡고 나머지 무리는 죄다 죽여버렸다.

제갈량은 남안으로 들어가자 군사와 백성들을 어루만져 안심시키고 조금도 괴롭히지 않도록 했다.

뭇 장수들이 저마다 세운 공을 보고했다. 제갈량은 하후무를 수레 안에 가두어두도록 했다.

등지가 제갈량에게 물었다.

"승상께서는 최량이 속임수를 쓸 거라는 걸 어떻게 아셨습니까?"

제갈량이 대답했다.

"내 이미 그 사람이 항복할 마음이 없다는 걸 알았기에 일부러 성 안으로 들여보냈소. 그러면 틀림없이 돌아가는 모든 일을 하후무한테 죄다 일러바치고, 나아가 우리 계획을 거꾸로 이용하려 들 거라고 짐작했소. 나는 그가 다시 온 걸 보고 속이려 드는 그 속을 다 들여다보았소. 그래서 두 장수를 함께 데려가라 하면서 마음을 놓도록 했소. 그 사람이 정말로 항복할 마음이 있었다면 틀림없이 그렇게 못 한다고 했을 텐데, 기꺼이 같이 가겠다고 한 건 내가 의심할까 봐 두려워서 그랬소. 그 사람은 속으로 두 장수를 성으로 끌어들여 죽여도 늦지 않다고 여겼겠지요. 또 그렇게 해야 우리 군사도 성 안에 있을 두 장수를 믿어 마음 놓고 들어오리라 생각한 거요. 그래서 나는 미리 두 장수에게 성 문 아래에 이르자마자 바로 해치우라고 몰래 일러두었소. 성 안에는 틀림없이 준비가 없을 줄 알았고, 우리 군사가 바로 뒤따라 들어갈 수 있어서 그랬소. 저쪽에서는 미처 생각도 못 한 일일 테지요."

장수들 모두 놀라며 절을 했다.

제갈량이 다시 말했다.

"최량을 속이기 위해 나는 마음 깊이 믿는 사람을 위의 장수 배서로 꾸몄소. 그 사람더러 천수군으로도 가서 속이라고 했는데 아직까지 돌아오지 않으니 어찌 된 일인지 모르겠소. 이제 이긴 기운을 몰아 쳐들어가야겠소."

제갈량은 남안은 오의가 남아 지키게 하고, 안정은 유염더러 지키라 했다. 그런 뒤 위연의 군사를 보내 천수군을 빼앗도록 했다.

한편 천수군 태수 마준은 하후무가 남안성 안에 갇혀 있다는 소식을 듣고 문무 벼슬아치들을 모아놓고 의논했다. 공조 양서와 주부 윤상, 주기 양건 들이 나서서 말했다.

"하후부마는 황금 나뭇가지와 옥 이파리처럼 귀한 황실 사람입니다. 자칫 잘못이라도 생기면 앉아서 가만히 보고만 있었다는 죄를 벗기 힘듭니다. 태수께서는 어찌하여 본부 군사를 모두 일으켜 구하러 가지 않으십니까?"

마준이 이럴까 저럴까 머뭇거리는데 문득 하후부마가 마음으로 믿는 장수인 배서가 왔다는 보고가 들어왔다. 배서가 들어와 공문을 마준에게 주며 말했다.

"도독께서는 안정·천수 두 군의 군사가 밤을 도와 달려와서 구해주기를 바라고 있습니다."

그는 말을 마치자마자 바삐 돌아가버렸다. 다음 날엔 말 탄 연락꾼이 말을 달려와 보고했다.

"안정 군사는 이미 떠났습니다. 태수께서도 빨리 오셔서 함께 힘을 모으자고 합니다."

마침내 마준이 군사를 일으키려 하는데 갑자기 밖에서 한 사람이 들어오며 말했다.

"태수께서는 제갈량의 꾀에 걸려들었습니다!"

모두들 그를 바라보았다. 천수의 기 땅 사람으로 자가 백약인 강유였다. 아버지 강숙은 옛적에 천수군 공조를 지냈는데, 강족들이 난리를 일으켰을 때 그걸 막다가 죽었다. 강유는 어려서부터 책을 두루 살펴 읽고, 군사 다루는 법과 무예도 꿰뚫지 못한 게 없었다. 또 어머니를 모시는 바가 정성스러워 고을 사람들 모두 그를 우러러보았다. 나중에 중랑장이 되어 천수군의 군사 일을 맡아보았다.

강유가 마준에게 말했다.

"요새 들으니 제갈량이 하후무를 무찔러 남안성 안으로 몰아넣고 물샐틈없이 막고 있답니다. 그런데 어떻게 겹겹으로 에워싼 걸 뚫고 사람이 밖으로 나올 수 있겠습니까? 또 배서라는 사람은 이름도 알 수 없는 끄트머리 장수로 아직껏 본 적도 없습니다. 게다가 안정에서 연락꾼이 왔다는데 공문도 가지고 오지 않았습니다. 이러한 걸로 미루어볼 때, 그 사람은 촉의 장수인데 거짓으로 꾸며 위의 장수 노릇을 하였습니다. 태수를 속여 성 밖으로 끌어낸 뒤 성 안에 아무 준비가 없는 틈을 타 가까운 어디에 몰래 숨겨둔 군사를 몰고 들이쳐 천수를 빼앗으려고 그런 게 틀림없습니다.”

마준은 그 말에 퍼뜩 깨달았다.

“백약의 말이 아니었더라면 자칫 간사스런 꾀에 빠질 뻔했소!”

강유가 웃으며 말했다.

“태수께서는 마음 놓으십시오. 제게 좋은 방법이 하나 있습니다. 제갈량을 사로잡고 남안도 위기에서 구해낼 수 있습니다.”

꾀를 내어 쓰려 하니 강한 사람 나타나고
슬기를 겨루다가 뜻밖의 사람 만나네

과연 그 방법이란 무엇인지…….

강유가 제갈량에게 항복하다

강유는 제갈량에게 항복하고
제갈량은 왕랑을 꾸짖어 죽이다

강유가 마준에게 자기 생각을 털어놓았다.

"제갈량은 틀림없이 우리 군 뒤쪽에다가 군사를 숨겨놓고, 우리가 속아서 군사를 끌고 나가면 빈틈을 타 덮치려 할 겁니다. 저한테 날래고 씩씩한 군사 삼천 명만 내주시면 길목마다 숨겨놓겠습니다. 태수께서는 뒤따라 군사를 이끌고 나오시되 멀리 가지 마시고 삼십 리쯤만 가다가 되돌아오십시오. 불을 피워 신호한 뒤 앞뒤에서 끼고 몰아치면 크게 이길 수 있습니다. 제갈량이 직접 온다면 제가 꼭 사로잡고 말겠습니다."

마준은 그 방법을 쓰기로 하고 강유에게 날래고 씩씩한 군사를 내어주어 떠나보냈다. 이어 자신은 양건과 함께 군사를 이끌고 성 밖으로 나가 기다렸다. 성은 양서와 윤상이 남아 지켰다.

제갈량은 조운에게 군사 한 무리를 끌고 가 외진 산속에 숨어 있도록 했다. 그런 뒤 천수의 군사가 성을 빠져나오면 빈틈을 노려 덮칠 계획이었다.

염탐꾼이 달려와 조운에게 보고했다. 천수 태수 마준이 군사를 이끌고 성을 나가고, 붓대만 놀리는 벼슬아치들만 남아 성을 지킨다고 했다. 조운은 크게 기뻐하며 바로 장익과 고상이 있는 데로 사람을 보내 길목을 지키고 있다가 마준이 오면 무찌르라고 했다. 그 두 곳 역시 제갈량이 미리 군사를 보내 숨어 있게 한 곳이다.

조운이 군사 5천 명을 이끌고 천수성 아래로 와서 크게 소리쳤다.

"나는 바로 상산 조자룡이다! 너희들은 우리 꾀에 걸려든 줄 알아라. 빨리 성을 바쳐 목숨을 아끼도록 하라!"

성 위에서 양서가 큰소리로 웃어댔다.

"너희들이야말로 우리 강백약의 꾀에 걸려든 걸 아직도 모르느냐?"

조운이 막 성을 치려는데 갑자기 외침 소리가 크게 일며 사방에서 불빛이 하늘을 찔렀다. 젊은 장수 하나가 앞장서서 창을 꼬나들고 말을 내달려왔다.

"네 눈엔 천수 강백약이 보이지 않느냐!"

조운이 창을 뻗쳐들고 곧바로 강유에게 달려들었다. 서로 어우러진 지 여러 합이 지났는데도 강유의 싸움 솜씨는 배로 더 늘어났다. 조운은 깜짝 놀라며 속으로 생각했다.

'이런 데에 저런 사람이 있다니!'

그렇게 한창 싸우고 있는데 두 갈래로 군사들이 몰려왔다. 마준과 양건이 군사를 되돌려 쳐들어왔다. 조운의 군사는 머리와 꼬리가 서로 돌볼 수 없게 되어버렸다. 가까스로 길을 뚫고 싸움에 진 군사들을 이끌고 달아나는데 강유가 계속 뒤쫓아왔다. 그때 마침 장익과 고상의 양쪽 군사가 나타나 무찔러주는 바람에 겨우 돌아갈 수 있었다.

조운은 돌아가 제갈량을 보자 적이 쓴 꾀에 걸려든 얘기를 했다.

제갈량이 깜짝 놀라며 물었다.

"내 깊은 꾀를 알아차린 이가 누구란 말이오?"

남안 사람 하나가 나서며 말했다.

"아마 강유인 듯합니다. 그 사람은 자가 백약인데 천수 기땅 사람입니다. 어머니를 정성스레 모시는 효자로 문무를 아울러 갖추었고, 슬기와 씩씩함도 함께 지녔습니다. 참으로 이 시대에 큰일을 할 만한 사람이라 할 수 있습니다.”

조운 또한 강유의 창 쓰는 솜씨가 여느 사람과 크게 다르
더라고 칭찬했다.

제갈량이 말했다.

“내 천수를 다 차지했다고 생각했는데, 그런 사람이 있을
줄 미처 몰랐소.”

마침내 제갈량은 대군을 일으켜 앞으로 나아갔다.

한편 강유는 돌아와 마준에게 말했다.

“조운이 싸움에 지고 돌아갔으니 틀림없이 공명이 직접
옵니다. 그쪽에선 우리 군사가 반드시 성 안에만 있는 줄로
알 겁니다. 이제 본부 군사를 네 갈래로 나누도록 하십시오.
한 무리는 제가 이끌고 성 동쪽으로 가 숨어 있다 적군이 오
거든 길을 끊겠습니다. 태수께서는 양건·윤상과 함께 한 무
리씩 이끌고 나가 성 밖에 숨어 있으십시오. 양서는 백성들
과 함께 성 위에서 지키도록 하십시오.”

마준은 강유가 말한 대로 군사를 나누었다.

제갈량은 강유가 마음에 걸려 직접 앞장선 채 천수군을
바라고 떠났다. 성 가까이 이르자 제갈량이 명령을 내렸다.

“일반적으로 성을 들이칠 때는 처음 온 날 바로 군사들을
부추겨 북 치고 소리 지르며 단숨에 쳐들어가야 한다. 머뭇
거리며 날을 끌면 날카로운 기운이 꺾여 빨리 무찌르기가

어려워진다."

이에 대군은 바로 성 아래로 몰려갔다. 성 위를 쳐다보니 깃발들이 가지런히 잘 꽂혀 있어 섣불리 가볍게 칠 수가 없었다. 그래서 한밤중이 되기를 기다렸는데, 막상 한밤중이 되자 난데없이 사방에서 불빛이 일어 하늘을 찌르고 외침 소리가 땅을 뒤흔들며 어디에서 오는지도 모르게 군사들이 덮쳐들었다. 성 위에서도 북 치고 소리 지르며 돕는지라 촉군들은 어지러이 달아나기에 바빴다.

제갈량이 급히 말에 오르자 관흥과 장포 두 장수가 보호하며 에워싼 데를 뚫고 나갔다. 고개를 돌려보니 바로 동쪽에 군사 한 무리가 머물고 있었다. 불빛이 길게 뻗쳐 있어 마치 긴 뱀처럼 보였다. 제갈량이 관흥에게 가서 살펴보라고 했다.

관흥이 갔다 와서 말했다.

"바로 강유의 군사들입니다."

제갈량이 한숨을 내쉬며 말했다.

"싸움은 군사가 많다고 잘하는 게 아니고 사람이 쓰기에 달렸다. 저 사람은 참으로 뛰어난 장숫감이로다!"

제갈량은 군사를 거두어 영채로 돌아가 오랫동안 생각에 잠겨 있더니 안정 사람을 불러 물었다.

"강유의 어머니가 지금 어디 살고 있는가?"

그 사람이 대답했다.

"지금 기현에 살고 있습니다."

제갈량이 위연을 불러 말했다.

"군사 한 무리를 이끌고 가 짐짓 기현을 빼앗을 듯이 설치시오. 만약에 강유가 오거든 모른 척하고 성으로 들어갈 수 있게 내버려두시오."

제갈량이 안정 사람한테 다시 물었다.

"여기서 가장 중요한 길목이 어디인가?"

그 사람이 대답했다.

"천수의 물자와 먹을거리가 모두 상규에 있습니다. 상규를 치면 식량 운반길이 저절로 끊어집니다."

제갈량은 아주 마음에 들어 하며, 조운에게 군사 한 무리를 이끌고 가 상규를 치도록 했다. 이어 성 밖 30리 떨어진 곳에 영채를 세웠다. 염탐꾼은 이러한 사실을 재빨리 알아다 천수군에 보고했다. 촉군이 군사를 세 길로 나누었는데, 한 무리는 이곳을 지키고, 또 한 무리는 상규를 빼앗으러 가고, 다른 한 무리는 기성을 빼앗으러 갔다고 했다.

이 소식을 듣자 강유는 슬피 울며 마준에게 매달렸다.

"제 어머니가 지금 기성에 계시는데 혹시라도 탈이 생길까봐 걱정입니다. 저에게 군사 한 무리를 내주시면 가서 성도 구하고 늙으신 어머니도 보호하겠습니다."

마준은 그렇게 하라고 했다. 그는 강유에게 군사 3천 명을 내주며 가서 기성을 보호하라고 했다. 이어 양건에게는 군사 3천 명을 이끌고 가서 상규를 보호하라고 했다.

강유가 군사를 이끌고 기성에 이르렀다. 앞쪽에 사나운 범 같은 군사 한 무리가 버티고 있는데, 우두머리를 보니 촉의 장수 위연이었다. 두 장수가 서로 어우러져 싸운 지 몇 합 안 되어 위연이 거짓으로 진 척하며 달아났다. 강유는 성으로 들어가 문을 닫아건 뒤 군사들에게 지키게 하였다. 강유는 늙은 어머니한테 가서 인사를 하고 들어앉더니 싸우러 나오지 않았다. 한편 조운도 군사를 이끌고 온 양건이 상규성으로 들어가도록 내버려두었다.

제갈량은 남안군으로 사람을 보내 하후무를 데려오도록 했다.

제갈량이 물었다.

"너는 죽는 게 두렵지 않느냐?"

하후무가 급히 바닥에 엎드려 절을 하며 살려달라고 빌었다.

제갈량이 다시 말했다.

"지금 천수의 강유가 기성을 지키고 있는데 사람을 시켜 편지를 보내왔다. 부마만 살려주면 항복하겠다고 말이다. 내 지금 너를 살려 보내주면 강유를 달래 항복시킬 수 있겠느냐?"

하후무가 말했다.

"반드시 꼭 그렇게 하겠습니다."

제갈량은 옷과 안장이 얹힌 말을 내주게 한 뒤 아무도 따라가지 말고 혼자서 가게 내버려두도록 했다. 하후무는 촉군 영채를 빠져나왔다. 그대로 달아날 길을 찾았으나 길을 알 수 없었다. 발길 가는 대로 가다가 바삐 달아나고 있는 사람들과 마주쳤다. 하후무가 어디로 가는 사람들이냐고 묻자 그들이 대답했다.

"우리는 기현 백성들입니다. 강유가 제갈량에게 성을 바치며 항복하자 촉의 장수 위연이 불을 지르고 재산을 마구 빼앗기 시작했습니다. 그래서 집을 버리고 상규로 가고 있습니다."

하후무가 다시 물었다.

"지금 천수성은 누가 지키고 있느냐?"

그곳 토박이가 대답했다.

"천수성 안엔 마태수가 있습니다."

하후무는 그 말을 듣자 천수를 바라고 말을 달렸다. 가다보니 또 백성들이 나타났다. 사내아이는 손잡고 걸리며 여자아이는 품에 안고서 오는데, 그들 얘기 역시 똑같았다. 마침내 하후무는 천수성 아래에 다다르자 성 문을 열라고 소리쳤다. 성 위에 있던 사람이 하후무임을 알아보고 부리나케 문을 열어 그를 맞아들였다. 깜짝 놀란 마준이 절을 하며 어찌 된 일인지를 물었다. 하후무는 강유에 대한 얘기와, 오면서 백성들한테 들은 얘기를 자세히 했다.

마준이 한숨을 깊이 내쉬었다.

"강유가 배반하여 촉에 항복할 줄은 미처 몰랐습니다!"

양서가 고개를 갸우뚱했다.

"아마 그 사람은 도독을 구하려고 거짓으로 항복하겠다는 말을 했을 겁니다."

하후무가 짜증스럽게 내뱉었다.

"강유가 이미 항복했다는데, 거짓으로 그랬다고요?"

그들은 어찌해야 할지 모른 채 시간만 흘려보냈다. 초저녁이 되자 촉군이 또 성을 치러 왔다. 성 아래에 말을 세우고 창을 들고 있는 강유의 모습이 불빛 속에 어른거렸다.

강유가 큰소리로 외쳤다.

"하후도독은 대답하시오!"

하후무와 마준 무리는 모두 성 위로 올라갔다. 강유가 잔뜩 무게를 잡고 뻐기며 외치는 게 보였다.

"나는 도독을 위하느라 항복했는데, 도독은 어찌하여 앞서 한 말을 뒤집으시오?"

하후무가 말했다.

"너는 위나라의 은혜를 입은 몸인데 어찌하여 촉에 항복했느냐? 그리고 내가 앞서 무슨 말을 했다고 그러느냐?"

강유가 발끈했다.

"뭐라고? 나더러 촉나라에 항복하라 할 때는 언제고 이제 와서 그런 말을 할 수 있느냐? 네가 빠져나가려고 나를 구렁텅이에 빠뜨렸구나! 나는 지금 촉나라에 항복해서 상장이 되었는데 뭐 할 일 없이 위나라로 돌아가겠느냐?"

강유는 말을 마치자마자 군사를 몰아 성을 치다가 날이 밝을 무렵이 되어서야 돌아갔다.

사실 밤에 강유 노릇을 한 이는 진짜 강유가 아니었다. 제갈량이 꾀를 내어 부하 군사들 가운데에 강유와 생김새가 비슷한 이를 찾아내어 강유처럼 꾸며 성을 치게 하였다. 불빛 속에 어른거린 까닭에 진짜인지 가짜인지 알아보지 못하고 깜빡 속아넘어갔다.

제갈량은 군사를 이끌고 기성을 치러 갔다. 성 안에는 식량이 얼마 남지 않아 군사들의 끼니를 제대로 댈 수가 없었다. 강유가 성 위에서 보니 촉군이 크고 작은 수레에 식량과 말먹이를 싣고 계속 위연의 영채 안으로 들어가고 있었다. 강유가 군사 3천 명을 이끌고 성을 나와 식량을 덮쳤다. 촉군은 식량 실은 수레를 죄다 내버리고 길을 찾아 달아나버렸다.

강유가 빼앗은 식량 수레를 몰고 성으로 들어가려 하는데 사나운 범 같은 군사 한 무리가 불쑥 나타나 앞을 가로막았다. 우두머리는 촉의 장수 장익이었다. 두 장수는 서로 어우러져 싸우기 시작했다. 몇 합 싸우지 않았을 때 왕평이 군사 한 무리를 이끌고 와 양쪽에서 들이치기 시작했다. 강유는 힘이 달려 더는 해볼 수가 없어 가까스로 길을 뚫고 성으로 돌아갔다. 그런데 성 위를 보니 그새 촉군의 깃발이 꽂혀 있었다. 강유가 성을 비운 사이에 위연이 덮쳐 빼앗아버렸다.

강유는 다시 한 가닥 길을 뚫고 천수성을 향해 달아났다. 뒤따르는 부하들을 보니 여남은 명 정도였다. 그러나 가다가 장포를 만나 한바탕 싸우고 났더니 강유 제 몸 하나밖에 남지 않았다. 홀로 말을 타고 창 하나를 들고 천수성 아래에 이른 강유는 문을 열라고 외쳤다. 성 위의 군사들이 강유를 알아보고 급히 마준에게 가서 보고했다.

마준이 말했다.

"강유가 나를 속여 성 문을 열게 하려고 왔구나."

마준은 성 위에서 어지러이 화살을 쏘도록 명령했다. 강유가 고개를 돌려보니 촉군이 가까이 와 있었다. 하는 수 없어 강유는 상규성으로 달려가기 시작했다. 상규성에 이르자 이번엔 양건이 성 위에서 보고 큰소리로 욕설을 퍼부었다.

"나라를 배반한 역적놈아, 어찌 건방지게 나를 속여 성을 빼앗으려고 왔느냐! 내 이미 네가 촉나라에 항복한 걸 알고 있다!"

곧이어 화살이 어지러이 쏟아졌다. 강유는 뭐라고 변명도 해보지 못하고 하늘을 우러러 긴 한숨만 내뱉었다. 두 눈에선 눈물이 주르륵 흘러내렸다. 강유는 이제 말 머리를 돌려 장안을 바라고 달렸다. 몇 리 가지 않았을 때 앞에 큰 숲이 나타나더니 갑자기 외침 소리가 크게 일며 군사들 수천 명이 쏟아져나와 길을 막았다. 우두머리를 보니 촉의 장수인 관흥이었다. 강유 자신은 물론 말도 지칠 대로 지쳐 도무지 어찌해볼 수가 없었다. 그래서 말 머리를 돌려 달아나려 하는데 산언덕 쪽에서 작은 수레 하나가 불쑥 나타났다. 수레 위에는 윤건을 쓰고 학창의를 입은 도인 하나가 앉아 깃털 부채를 손에 들고 부치고 있었다. 제갈량이었다.

제갈량이 강유를 불렀다.

"백약은 어찌하여 아직도 항복하지 않는가?"

강유는 속으로 한참 생각해보았다. 앞에는 제갈량이 있고 뒤에는 관흥이 있는데 빠져나갈 갈 길이라곤 보이지 않았다. 말에서 내려 항복하는 수밖에 없었다.

제갈량이 부리나케 수레에서 내려와 맞으며 강유의 손을

강유가 상규성에서 쫓겨나다.

잡았다.

"내가 오두막집을 나온 뒤 어진 사람을 찾아내 평생 배운 바를 잇게 하려 했으나 아직 그런 사람을 만나지 못한 게 한이었소. 이제 백약을 만났으니 내 소원을 거의 이루었소."

강유는 크게 기뻐하며 고마움의 절을 했다.

제갈량은 강유와 함께 영채로 돌아가 천수와 상규를 빼앗을 방법을 의논했다.

강유가 말했다.

"천수성에 있는 윤상과 양서는 저와 매우 사이가 깊은 사람들입니다. 비밀 편지 두 통을 써서 성 안으로 쏘아보내 그 사람들을 어지러움에 빠뜨리면 성을 거뜬히 얻을 수 있습니다."

제갈량이 그러자고 했다. 강유는 비밀 편지 두 통을 써서 화살에 매단 뒤 말을 타고 성 아래로 가 성 안을 향해 쏘아 날렸다. 군사 하나가 그걸 주워 마준에게 갖다주었다. 마준은 크게 의심이 들어 하후무와 함께 의논했다.

"양서와 윤상이 강유와 손을 잡고 안에서 도우려고 하니 도독께서는 빨리 결정하십시오."

하후무가 대답했다.

"두 놈을 죽여버리시오."

윤상은 이러한 소식을 알자마자 양서에게 가서 말했다.

　　　　　　　　　　　　　　

"앉아서 죽느니 촉에게 성을 바쳐 항복하고 앞길을 새로 닦는 게 낫겠소."

그날 밤 하후무는 여러 차례 사람을 보내 할 말이 있다며 양서와 윤상 두 사람을 불렀다. 두 사람은 일이 급하게 돌아가는 걸 알고 갑옷 차림에 투구를 쓰고 무기를 든 채 말에 올랐다. 곧바로 본부 군사를 이끌고 가 성 문을 활짝 열어 촉군이 안으로 들어오게 했다. 하후무와 마준은 놀라 쩔쩔매다가 군사 수백 명을 이끌고 서문으로 나가 성을 버리고 강족들의 성으로 달아났다. 양서와 윤상은 제갈량을 성 안으로 맞아들였다.

제갈량은 백성들을 다독거리고 나자, 두 사람에게 상규를 빼앗을 방법을 물었다.

양서가 대답했다.

"그 성은 바로 제 아우 양건이 지키고 있습니다. 제가 가서 항복하라고 해보겠습니다."

제갈량은 무척 기뻤다. 양서는 그날 바로 상규로 가 양건을 시켜 성을 나와 제갈량에게 항복하도록 했다. 제갈량은 상을 두터이 내려 그들이 애쓴 걸 달래었다. 나아가 양서는 천수 태수로 삼고, 윤상은 기성령으로 삼았으며, 양건은 상규령으로 삼았다. 제갈량이 이렇게 마무리를 한 뒤 다시 군사를 가다듬어 떠나려 하자 여러 장수들이 물었다.

"승상께서는 어찌하여 하후무를 잡으러 가시려고는 하지 않으십니까?"

제갈량이 대답했다.

"내가 하후무를 놓아준 건 오리 한 마리 놓아준 것밖에 되지 않소. 이제 백약을 얻었으니 봉황 한 마리를 얻은 거나 마찬가지요."

제갈량이 세 성을 빼앗자 그 힘과 이름은 더욱 크게 떨쳤다. 그래서 멀고 가까운 여러 고을이 바람결에 소문만 듣고도 항복했다. 제갈량은 군사와 말을 다시 살펴 가지런히 한 뒤 한중의 군사를 모두 이끌고 기산으로 나아가 위수 서쪽에 머물렀다. 염탐꾼은 이러한 사실을 낙양에 알렸다.

위나라 태화 첫해, 위 임금 조예가 조회를 열고 있는데 가까이 모시는 이가 말했다.

"하후부마가 세 군을 잃고 강족 땅으로 달아났다 합니다. 지금 촉군은 이미 기산에 와 있는데 앞부대는 위수 서쪽에까지 이르렀다 하니 빨리 군사를 보내 적을 깨부수어야겠습니다."

조예는 소스라치게 놀라며 신하들을 보고 물었다.

"누가 나를 위해 촉군을 물리치겠소?"

사도 왕랑이 나서서 말했다.

"제가 보기에 돌아가신 황제께서는 언제나 대장군 조진을 쓰셨는데, 그 사람은 이르는 곳마다 꼭 이겼습니다. 지금 폐하께서는 어찌하여 그 사람을 대도독으로 삼아 촉군을 물리치려 하지 않으십니까?"

조예는 그 말을 듣고 조진을 불렀다.

"돌아가신 황제께서는 그대에게 나를 도와달라고 하셨소. 지금 촉군이 중원으로 쳐들어왔는데 그대는 어찌하여 앉아서 보고만 있소?"

조진이 말했다.

"저는 재주가 보잘것없고 슬기로움도 얕아 그렇듯 중요한 일을 맡을 만한 사람이 못 됩니다."

왕랑이 말했다.

"장군께서는 바로 나라를 지키는 중요한 신하이니 굳이 마다하지 마십시오. 이 사람도 비록 늙어서 굼뜨나 장군을 따라가겠습니다."

조진이 다시 말했다.

"제가 큰 은혜를 입었는데 어찌 물러날 수 있겠습니까? 바라건대 부장 한 사람이 더 있어야겠습니다."

조예가 말했다.

"직접 추천해보시오."

이에 조진은 태원 양곡 사람인 곽회를 추천했다. 곽회는

자가 백제이고 벼슬은 사정후로 옹주 자사를 맡아보고 있
었다.

조예는 이를 받아들였다. 마침내 조진을 대도독으로 삼
아 황제의 믿음을 나타내는 기와 권한을 대신하는 도끼를
주고, 곽회는 부도독으로 삼았으며, 왕랑은 군사로 삼아 작
전이나 그때그때 필요한 일을 처리하도록 했다. 이때 왕랑
의 나이는 76살이었다.

조예는 동·서 두 도읍의 군사 20만 명을 뽑아 조진에게
내주었다. 조진은 집안의 아우뻘인 조준을 앞장세우고 탕
구장군 주찬을 바로 뒤따르게 하였다. 그해 11월 군사들이
떠나자 위 임금 조예는 직접 서문 밖까지 나가 배웅했다.

조진은 대군을 이끌고 장안에 이르자 위수 서쪽에 영채
를 세웠다. 곧바로 왕랑과 곽회와 함께 적을 물리칠 일을 의
논했다.

왕랑이 말했다.

"내일 우리 군사들의 질서를 확실하게 잡고 깃발을 크게
펼쳐 세우십시오. 그러면 이 늙은이가 직접 나가 말로 한판
붙겠소. 제갈량이 두 손을 포개어 잡고 항복하게 하여 촉군
이 싸우지 않고 스스로 물러가게 하겠습니다."

조진은 아주 마음에 들어 하며 밤이 되자 명령을 내렸다.
다음 날 한밤중이 지나자마자 밥을 지어 먹고 날이 밝으면

　　　　　　　　　　　　　박상률 완역 삼국지 8

바로 가지런히 줄을 지어 준비하되, 사람과 말 모두 묵직함을 갖추고 깃발이며 북이며 나팔 모두 제자리를 잡도록 했다. 그런 뒤 사람을 시켜 싸움을 시작하자는 편지를 먼저 보냈다.

다음 날 양쪽 군사들은 기산 앞에 진을 펼쳤다. 촉군이 보니 위군이 무척 우람하고 씩씩해 보였다. 하후무하곤 아주 달랐다. 군사들의 기운을 돋우는 북소리, 나팔 소리가 그치자 사도 왕랑이 말을 타고 나왔다. 위쪽은 도독 조진이, 아래쪽은 부도독 곽회가 맡았다. 양쪽에서 앞장선 이는 진 한 모퉁이에 버티어 서 있었다.

명령을 전하는 군사 하나가 말을 타고 앞으로 나와 큰소리로 외쳤다.

"맞은편 진의 으뜸 장수는 나와서 대답하시오!"

촉군의 문기가 활짝 열리자 관흥과 장포가 왼쪽·오른쪽으로 나누어 나와서 양쪽에 말을 세우고 섰다. 이어 씩씩한 장수 한 무리가 나와 벌어 섰다. 문기 아래에 그림자가 비치는가 싶더니 가운데로 네 바퀴 수레 한 대가 나타났다. 수레엔 제갈량이 반듯이 앉아 있는데, 윤건을 쓰고 깃털 부채를 들고 하얀 도포 차림에 검은 띠를 두르고 거침없이 나왔다. 제갈량이 눈을 들어 위의 진을 보니 앞쪽에 장수 깃발이 휘날리는 해 가리개 셋이 보이고, 깃발에는 큰 글씨로 이름들이 쓰여 있었다. 한가운데에 흰 수염이 난 노인이 보이는데, 군사인 사도 왕랑이었다. 제갈량은 속으로 헤아려보았다.

'왕랑은 틀림없이 나를 말로 해보려 할 거다. 나는 그때그때 알맞은 말로 맞받아치면 그만이다.'

제갈량은 진 밖으로 수레를 더 밀고 나가도록 했다. 그런 뒤 곁에서 보호하고 있는 군사더러 말을 전하도록 했다.

"한나라 승상께서 사도와 함께 말씀을 나누시겠답니다."

왕랑이 말을 몰고 나왔다. 제갈량이 수레 위에서 손을 모아 예의를 갖추었다. 왕랑이 말 위에서 몸을 굽혀 인사를 한 뒤 말했다.

"공의 크나큰 이름을 들은 지 오래인데 이제야 다행스럽게도 한 번 만나게 되었습니다. 공은 이미 하늘의 뜻을 알고 있고 때에 맞는 일이 뭔지도 다 알고 있으면서 어찌하여 내세울 만한 까닭도 없는데 군사를 일으켰소?"

제갈량이 대답했다.

"나는 천자의 조서를 받들어 역적을 치러 왔소. 어찌 내세울 만한 까닭이 없다고 하시오?"

왕랑이 말했다.

"하늘의 운수는 바뀌게 마련이고, 황제 자리 또한 바뀌어 덕 있는 사람한테 돌아가는 게 자연스러운 이치요. 지난날 환제·영제 때부터 황건적이 난리를 일으켜 천하가 다툼 속에 빠져들었소. 초평·건안에 이르러서는 동탁이 배반하여 역적질을 하고, 이각과 곽사가 그 뒤를 이어 사납고 모질게 굴었소. 원술은 수춘에서 제멋대로 황제라 일컬었고, 원소는 업 땅에서 스스로 영웅이라고 거들먹거렸소. 유표는 형주를 차지하고, 여포는 서주를 호랑이처럼 집어삼켰소. 이에 도적은 벌 떼처럼 일어나고 간사스런 영웅들이 높이 나는 매처럼 힘자랑을 해대니, 나라는 포개놓은 알처럼 몹시 위태롭기 짝이 없고 백성들도 거꾸로 매달린 듯해 견디기 힘들게 되었소.

이에 우리 태조 무황제께서는 온 세상을 깨끗이 쓸어내시고, 자리를 둘둘 말아가듯이 천하를 휩쓰시었소. 그러했기에 모든 백성늘의 마음이 저절로 기울어져 따라왔고 천하가 그 덕을 우러러보게 되었소. 결코 힘으로써 억지로 빼앗은 게 아니라 말 그대로 하늘의 뜻에 따른 거요. 세조 문제께서는 문무를 두루 꿰뚫으시어 자리를 이어받으셨으니, 이는 하늘의 뜻에 따르고 사람의 바람에 들어맞는 일로, 요임금이 순 임금에게 자리를 물려주신 옛일을 본받아 그랬지요. 이리하여 중국에 자리하여 세상의 모든 나라를 다스리니, 이 어찌 하늘의 마음이 아니고 사람의 뜻이 아니라 할 수 있겠소?

지금 공은 큰 재주를 지닌 사람으로 마음속에 큰 뜻을 품은 채 스스로를 관중과 악의에 견주면서 어찌하여 하늘의 뜻을 거스르고 세상 사람의 마음을 저버리는 일을 억지로 하려 하오? 옛사람이 '하늘의 뜻에 따르는 이는 잘되고, 하늘의 뜻을 거스르는 이는 망한다'고 한 말도 들어보지 못했소? 지금 우리 대 위나라는 백만 대군에 뛰어난 장수만도 천여 명이 넘소. 썩은 풀더미에 붙어 있는 반딧불이 어찌 하늘 가운데에 걸린 밝은 달을 해볼 수 있겠소? 공이 창을 거꾸로 잡고 갑옷을 벗고 예의를 갖추어 항복한다면 제후 자리는 잃지 않게 되오. 나아가 나라가 편안하고 백성들이 즐거울 테니 이 어찌 아름답지 않겠소!"

수레 위의 제갈량이 껄껄 웃은 뒤 매섭게 꾸짖었다.

"한나라의 오래 묵은 신하라 그래도 뭔가 쓸 만한 말을 할 줄 알았는데 허섭스레기 같은 말만 나불거리고 있구려. 내 한마디 할 테니 모든 군사들은 조용히 하고 귀 기울이라. 지난날 환제·영제 때 한나라의 바탕이 흔들리자 환관들이 화를 불러일으켜 나라를 어지럽히고 흉년이 이어져 사방이 시끄러워지기 시작했다. 황건적이 나타난 뒤 동탁·이각·곽사 들이 계속 들고일어나 황제를 억누르고 백성들을 못살게 굴었다. 조정 안에는 썩은 나무 같은 벼슬아치들만 있고 궁에는 짐승 같은 무리들만 모여 녹을 받아먹었다. 이리 같은 마음보에 개 같은 꼴로 구는 무리들이 줄줄이 나타나 설치는 데 이어, 알랑거리며 비위나 맞추는 무리들이 나랏일을 맡아 쥐락펴락하는 바람에 나라는 허물어지고 백성은 구렁텅이에 빠지고 말았다.

나는 당신이 한 짓을 다 알고 있소. 당신은 대대로 동해 가까이서 살면서, 효도하는 이와 깨끗하게 사는 이에게 주는 자리로 벼슬살이를 시작했소. 그랬으면 임금을 잘 모시고 나라를 도와 한나라를 편안하게 하여 유씨를 일으켜세워야 마땅했소. 그런데도 당신은 되레 역적들을 도와 임금 자리를 빼앗는 일을 함께 거들었소! 그 죄가 깊고 무거워 하늘과 땅이 받아들이지 않을 거요! 천하 사람들 모두 당신의 고기를 씹어먹고자 하오!

지금 다행스럽게도 하늘의 뜻은 한나라 황실이 끊어지지 않도록 하는 데 있어 소열황제께서 서천에서 대를 이으셨소. 내 이제 그다음 임금의 뜻을 받들어 군사를 일으켜 역적들을 치러 왔소. 알랑거리며 비위나 맞추는 신하가 되었으면 숨어서 고개 낮추고 잘 입고 잘 처먹는 일이나 꾀하고 자빠져 있을 일이지, 어디 앞에 나서서 뻔뻔스레 하늘의 운수 어쩌고저쩌고한단 말이오! 머리 허연 하잘것없는 늙은이여! 수염도 허연 늙은 도적이여! 당신은 오늘 바로 저승으로 돌아갈 터인데 무슨 낯짝으로 한나라 스물네 황제들을 볼 테냐! 늙은 도적은 빨리 물러가고, 배반한 역적 들이나 나오라 하여 나와 더불어 이기고 짐을 가리자고 하시오!"

왕랑은 제갈량의 말을 듣다 보니 기가 막혀 가슴이 먹먹해졌다. 곧바로 외마디 소리를 지른 뒤 말 아래로 고꾸라져 죽고 말았다.

훗날 어떤 이가 제갈량을 기리는 시를 읊었다.

군사 거느리고 옛 서진 땅으로 나아가더니

큰 재주로 만 사람을 해보았다네

세 치 혀 가볍게 놀려

간사스런 늙은 신하 꾸짖어 죽여버렸네

이어 제갈량은 깃털 부채로 조진을 가리키며 말했다.

"내 너를 몰아붙이지는 않겠다. 내일 군사를 다시 가다듬어 싸움을 끝내려 나오도록 하라"

제갈량은 말을 마치자 수레를 돌려 돌아갔다. 이에 양쪽 군사들도 모두 물러갔다.

조진은 왕랑의 시체를 좋은 관에 넣게 한 뒤 장안으로 떠나보냈다.

부도독 곽회가 나서서 말했다.

"제갈량은 우리 군이 장례를 치르리라 여기고 틀림없이

오늘 밤에 영채를 덮치러 올 겁니다. 군사를 네 길로 나누어 두 갈래는 산속 외진 길로 해서 저쪽의 빈틈을 타 촉의 영채를 덮치러 가고, 다른 두 갈래는 우리 영채 바깥에 숨어 있다가 적이 오면 왼쪽·오른쪽에서 치도록 하시지요.”

조진이 아주 마음에 들어 했다.

“바로 내가 생각한 방법과 똑같소.”

조진은 앞장선 두 장수인 조준과 주찬을 불러 명령했다.

“두 사람은 군사를 만 명씩 끌고 기산 뒤로 질러가라. 촉군이 우리 영채를 바라고 오거든 군사를 몰고 가서 촉의 영채를 덮치도록 하라. 그러나 촉군이 움직이지 않거든 곧장 군사를 거두어 돌아오고 가벼이 움직여 나아가지 말도록 하라.”

두 사람은 명령을 받자 군사를 이끌고 떠났다.

조진이 곽회에게 말했다.

“우리 두 사람은 제가끔 군사 한 무리씩을 이끌고 영채 밖에 숨어 있으면 되오. 영채 안에는 마른 풀이며 장작더미를 쌓아놓은 뒤 몇 사람만 남겨두었다가 촉군이 이르거든 불을 놓아 신호하도록 합시다.”

여러 장수들은 모두 왼쪽·오른쪽으로 나누어 저마다 준비하러 갔다.

한편 제갈량은 막사로 돌아오자 먼저 조운과 위연을 불러 명령을 내렸다.

"그대 두 장군은 각각 본부군을 이끌고 위의 영채를 덮치러 가시오."

위연이 나서서 말했다.

"조진은 군사 다루는 법을 잘 알고 있습니다. 틀림없이 자기네들이 장사를 지내는 동안 우리가 치러 갈 줄 알고 미리 막을 준비를 해놓지 않았겠습니까?"

제갈량이 빙그레 웃었다.

"나는 바로 조진에게 우리가 영채를 덮치러 간다는 걸 알게 하려고 그러오. 그쪽은 틀림없이 기산 뒤에 군사를 숨겨두고 우리 군사가 지나가기를 기다렸다가 영채를 덮치러 올 거요. 내 그래서 그대 두 사람더러 군사를 이끌고 나아가도록 하는 것이오. 산 아래 뒷길로 해서 멀리 영채를 세우고, 위군이 우리 영채를 치러 오기를 기다리시오. 불길이 일거든 신호로 알고 군사를 두 갈래로 나누어 문장은 산어귀를 틀어막고, 자룡은 군사를 이끌고 돌아오시오. 오는 길에 틀림없이 달아나는 위군을 만날 텐데, 그렇더라도 그대로 달아나도록 놓아준 뒤 기운을 몰아 뒤에서 치도록 하시오. 그러면 그쪽은 반드시 자기네들끼리 치고받게 되어 우리가 완전히 이길 수 있소."

두 장수가 명령을 받은 뒤 군사를 이끌고 떠났다.

제갈량은 다시 관흥과 장포를 불러 명령했다.

"그대 두 사람은 군사 한 무리씩을 이끌고 기산 길목에 숨어 있으라. 위군이 지나가거든 그대로 놔두었다가, 위군이 온 길로 해서 위군의 영채를 덮치도록 하라."

두 사람이 명령을 받은 뒤 군사를 이끌고 떠나자 제갈량은 마대·왕평·장익·장의 네 장수를 불러 영채 밖에 숨어 있다가 위군이 오거든 사방에서 뛰쳐나와 무찌르도록 했다. 이어 가짜 영채와 울타리를 세우고 안에다 마른 풀들을 쌓아놓아 불을 질러 신호할 수 있게 했다. 그런 뒤 제갈량은 여러 장수들을 거느리고 영채 뒤로 물러나 있으면서 움직임을 살폈다.

위의 앞장선 장수인 조준과 주찬은 해가 질 무렵에 영채를 떠나 길게 줄을 지어 앞으로 나아갔다. 밤이 이슥해져 멀리 바라보니 산 앞에 군사들의 움직임이 아득히 보였다.

조준은 속으로 생각했다.

'곽도독은 참으로 귀신같이 헤아려 보는구나!'

조준은 군사를 다그치며 부지런히 나아갔다. 촉군의 영채에 이르렀을 때는 한밤중이 다 되어 있었다. 조준은 앞장서서 영채로 쳐들어갔다. 그런데 영채 안이 텅 비어 있고 사람 하나 보이지 않았다. 적의 꾀에 빠졌구나 싶어 급히 군사를 돌리려 하는데 영채 안에서 불길이 치솟았다. 그러자 바로 주찬의 군사가 들이닥쳤다. 이에 위군은 자기네들끼리 서로 밟고 밟히느라 사람과 말 모두 한데 엉켜 어지럽기 짝이 없었다. 조준과 주찬은 서로 어우러져 한참을 싸운 뒤에야 자기네들끼리 싸운 걸 알았다. 급히 군사를 한데 모으는데 느닷없이 사방에서 외침 소리가 크게 일며 왕평·마대·장의·장익이 들이쳤다. 조준과 주찬 두 장수는 가까이 거느린 군사 1백 명 남짓만 이끌고 큰길을 찾아 달아났다. 갑자기 북소리, 나팔 소리가 울리며 사나운 범 같은 군사 한 무리가 나타나 길을 가로막았다. 앞장선 대장을 보니 상산 조운이었다.

조운이 큰소리로 외쳤다.

"도적놈 장수들은 어디로 가느냐? 어서 빨리 죽음을 받도록 하라!"

조준과 주찬 두 사람이 가까스로 길을 뚫고 달아나는데 갑자기 외침 소리가 또 일며 위연이 사나운 범 같은 군사 한 무리를 이끌고 나타났다. 조준과 주찬 두 사람은 크게 진 뒤 겨우 길을 뚫고 자기네 영채로 돌아갔다. 영채를 지키고 있던 군사들은 촉군이 영채를 덮치러 온 줄 알고 급히 불을 놓아 신호했다. 그러자 왼쪽에서는 조진이, 오른쪽에선 곽회가 치고 나와 또 같은 편끼리 죽이고 죽었다. 그 틈을 타 뒤쪽에서는 촉군이 세 갈래로 나누어 덮쳐들었다. 가운데는 위연이고, 왼쪽은 관흥, 오른쪽은 장포로 한바탕 크게 위군을 몰아쳤다. 싸움에 진 위군은 10리도 넘게 달아났는데, 장수들 가운데에서도 죽은 이가 많았다.

마침내 제갈량은 크게 이기고 군사를 거두었다. 조진과 곽회는 싸움에 진 군사들을 거두어 영채로 돌아가 의논했다.

조진이 한숨을 길게 내쉬었다.

"지금 우리 위군의 꼴은 보잘것없이 되어버렸고, 촉군은 힘이 무척 넘쳐나오. 앞으로 어떻게 해야 물리칠 수 있단 말이오?"

곽회가 밀했다.

"이기고 지는 건 싸움에서 흔히 있는 일이므로 걱정하지 마십시오. 저한테 좋은 생각이 하나 있습니다. 촉군의 머리와 꼬리가 서로 돌보지 못하도록 해서 스스로 달아날 수밖에 없도록 하는 꾀입니다."

일을 이루지 못해 가엾기 짝이 없게 된 위나라 장수여
서쪽을 쳐다보며 도와주는 군사가 오길 바라네

과연 좋은 꾀란 무엇인지…….

다시 벼슬자리에 나간 사마의

제갈량은 눈을 이용해 강족 군사를 깨부수고
사마의는 날을 당겨 잡아 맹달을 사로잡다

곽회가 조진에게 말했다.

"서쪽의 강족 사람들은 태조 때부터 해마다 조공을 바쳐
왔고, 문황제 또한 그 사람들에게 은혜를 베풀었습니다. 우
리는 지금처럼 험한 데에 눌러앉아 있으면서 샛길로 해서
사람을 강족 땅으로 보내 서로 사이좋게 지내자 하면서 도
와달라고 하십시오. 그러면 강족 사람들은 반드시 군사를
일으켜 촉군의 뒤를 칠 겁니다. 그때 우리도 대군을 몰고 가
치면 앞뒤로 몰아붙이는 싸움이 되어 크게 이기지 않겠습
니까?"

조진이 그러자고 했다. 바로 사람을 뽑아 밤을 새워 편지를 가지고 강족 땅으로 가게 했다.

서쪽 강족 나라의 왕인 철리길은 조조 때부터 해마다 조공을 바쳐왔다. 그는 붓 놀리는 이와 칼 놀리는 이를 한 사람씩 거느리고 있었다. 붓 놀리는 이는 아단 승상이고, 칼 놀리는 이는 월길 으뜸 장수였다.

위에서 보낸 사람이 황금 구슬과 편지를 가지고 먼저 아단 승상을 찾은 뒤 예물을 바치며 도와달라는 뜻을 자세히 이야기했다. 이에 아단은 그를 왕에게 데리고 가 편지와 예물을 바쳤다. 철리길은 편지를 본 뒤 여러 사람과 더불어 의논했다.

아단이 말했다.

"우리와 위는 평소에 서로 오고 갔습니다. 지금 조도독이 도와달라고 하면서 서로 사이좋게 지내자고 하니 그러자고 하는 게 좋겠습니다."

철리길이 그 말을 좇아 곧바로 아단을 시켜 월길 으뜸 장수와 함께 강족 군사 15만 명을 일으키라고 했다. 이들은 모두 활과 쇠뇌와 창과 칼을 잘 다루었다. 게다가 날카로운 끝이 몇 갈래로 쪼개져 있고 마름쇠 꼴로 생긴 질려라는 무기며, 끈에 매달아 돌릴 수 있게 만든 쇠뭉치인 비추라는 무기 따위도 잘 썼다. 그들은 물고기 비늘 모양으로 만들어진 쇠에 못을 박아 만든 싸움 수레를 가지고 있었다. 그 수레에 식량이며 무기는 물론 여러 가지 물건을 싣고 낙타나 노새에게 끌게 하였다. 그들은 '쇠수레군'이라고 불렸다.

두 사람은 왕과 헤어져 군사를 이끌고 곧장 서평관으로 갔다. 관을 지키고 있던 촉의 장수 한정이 급히 사람을 보내 제갈량에게 보고했다.

보고를 받은 제갈량이 여러 장수들을 둘러보며 물었다.

"누가 가서 강족 군사를 물리치겠소?"

장포와 관흥이 나섰다.

"저희들이 가겠습니다."

"둘이 가는 건 좋은데, 그쪽 길을 모르는 게 걱정이군."

그러면서 제갈량은 마대를 불렀다.

"그대는 평소에 강족 사람들의 성질을 잘 알고 오랫동안 거기 살았으니 길 안내를 맡도록 하오."

제갈량은 날래고 씩씩한 군사 5만 명을 내주며 관흥과 장포 두 사람이 함께 가도록 했다. 이에 관흥과 장포는 군사를 이끌고 떠났다. 며칠 가다 보니 강족 군사가 나타났다. 관흥은 먼저 말 탄 군사 1백 명 남짓을 이끌고 산언덕 위로 올라가 살펴보았다. 강족 군사들은 쇠수레를 머리와 꼬리가 서로 닿도록 이어놓고 여러 곳에 영채를 세워놓았다. 수레 위엔 무기가 두루 세워져 있어 성이나 마찬가지였다.

관흥은 한참 동안 바라보았지만 적을 어떻게 깨야 할지 마땅한 방법이 떠오르지 않았다. 영채로 돌아온 관흥은 장포와 마대를 불러 의논했다.

마대가 말했다.

"내일 진을 살펴보고 나서 그쪽의 빈틈이 뭔지 안 다음 방법을 찾읍시다."

그들은 다음 날 일찍 군사를 세 갈래로 나누었다. 관흥은 가운데를, 장포는 왼쪽을, 마대는 오른쪽을 맡아 한꺼번에 앞으로 나아갔다. 강족 군사의 진 안에서 월길 으뜸 장수가 손에는 쇠뭉치를 들고 허리에는 보석 박힌 활을 차고 씩씩하게 말을 달려나왔다. 관흥은 세 갈래 군사를 모두 몰고 곧바로 나갔다. 흘긋 보니 강족 군사들은 양쪽으로 갈라서며 가운데로 쇠수레를 몰고 나왔다. 마치 바닷물이 밀고 들어오는 것 같았다. 이어 활과 쇠뇌를 한꺼번에 쏘아대기 시작했다. 촉군은 크게 지고 마대와 장포의 양쪽 군사가 먼저 물러났다. 그러나 관흥이 이끄는 한 갈래는 강족 군사들한테 둘러싸여 서북쪽으로 밀려갔다.

관흥은 한가운데에서 왼쪽을 치다 오른쪽을 받다 하며 닥치는 대로 무찔렀으나 벗어날 수가 없었다. 쇠수레가 빽빽이 둘러싸고 있어 마치 성 같았다. 촉의 군사들은 모두 너나 할 것 없이 서로를 돌볼 수가 없게 되어버렸다. 관흥은 산골짜기를 바라고 길을 찾아 달아났다. 어느새 날은 저무는데 검은 깃발 한 자락이 나부끼며 강족 군사들이 벌 떼처럼 몰려들었다.

쇠뭉치를 손에 든 강족 장수 하나가 큰소리로 외쳤다.

"젊은 장수야, 게 섰거라! 나는 으뜸 장수 월길이다!"

관흥은 급히 앞을 보고 달아났다. 그야말로 죽기 살기로 있는 힘껏 달리며 말에 채찍질을 해댔다. 그렇게 달리는데 갑자기 길이 끊어지며 낭떠러지가 나타났다. 말 머리를 돌려 월길과 싸우는 수밖에 없었다. 관흥은 이미 가슴이 탁 막혀서 싸울 기운이 없어 그대로 계곡을 건너뛰어 달아날 수밖에 없었다. 그러나 그새 뒤쫓아온 월길이 쇠뭉치를 한번 내려쳤다. 관흥은 번개처럼 잽싸게 피했지만 말의 다리에 맞고 말았다. 말이 놀라 뛰며 계곡 가운데로 곤두박질쳤다. 관흥도 같이 물속으로 떨어졌다.

그때였다. 갑자기 외마디 소리가 나는가 싶더니 뒤쫓아오던 월길과 말이 낭떠러지에서 뒤집어져 물속으로 함께 처박혔다. 관흥이 물속에서 일어나 살펴보니 언덕 위에서 대장 한 사람이 강족 군사들을 무찌르고 있었다. 관흥이 칼을 들어 월길을 내리치려 하자 월길이 물속에서 뛰어나가 달아났다. 관흥은 월길의 말을 언덕 위로 끌고 가 안장과 고삐를 가지런히 한 뒤 칼을 들고 말에 올랐다. 보니 그 장수는 아직도 앞쪽에서 강족 군사들을 몰아치고 있었다.

관흥은 그 사람이 자기 목숨을 구해주었으니 마땅히 가서 만나봐야겠다 생각하고 말을 몰아 달려갔다. 점점 가까이 다가가니 구름과 안개 속에 어렴풋이 대장 한 사람이 보였다. 얼굴은 잘 익은 대춧빛이고, 눈썹은 마치 누워 있는 누에 같았다. 녹색 웃옷에 황금 갑옷을 걸쳐 입고 청룡도를 쥔 채 적토마를 타고서 손으로 멋들어진 수염을 쓰다듬고 있었다. 틀림없는 자기 아버지 관우였다. 관흥은 깜짝 놀랐다.

갑자기 관우가 손으로 동남쪽을 가리키며 말했다.

"내 아들아, 어서 이 길을 따라가거라. 내 너를 보호해 영채로 돌아가게 해주마."

그 말을 끝으로 관우는 더는 보이지 않았다. 관흥은 동남쪽을 바라고 급히 달렸다.

한밤중이 다 되어갈 때쯤이었다. 갑자기 군사 한 무리가 나타났다. 장포였다.

장포가 관흥에게 물었다.

"너, 둘째 큰아버님을 뵙지 못했느냐?"

관흥이 되물었다.

"형이 그걸 어찌 아오?"

장포가 대답했다.

관우의 혼령이 아들을 구하다.

“내가 쇠수레군들한테 마구 쫓기고 있는데 문득 큰아버님이 하늘에서 내려오셨다. 놀라 물러나는 강족 군사들을 물리치시더니 손가락으로 가리키시며 말씀하셨다. ‘너는 이쪽 길로 가서 내 아들을 구해라’ 하고 말이다. 그래서 군사를 이끌고 너를 찾아왔다.”

관흥도 자신이 조금 전에 겪은 일을 얘기했다. 두 사람은 신기한 일에 놀라며 함께 영채로 돌아갔다. 마대가 두 사람을 맞으며 말했다.

“우리 군사로는 저들을 물리칠 방법이 없소. 내가 영채를 지키고 있을 테니 두 사람은 승상께 가서 보고드리고 깰 수 있는 방법을 알아오는 게 좋겠소.”

이에 관흥과 장포 두 사람은 밤을 도와 제갈량에게 가서 어떻게 된 건지 자세히 보고했다.

제갈량은 조운과 위연에게 군사 한 무리씩을 거느리고 숨어 있으라 일렀다. 그런 뒤 군사 3만 명을 거느리고 강유·장익·관흥·장포 들과 함께 직접 마대의 영채로 가서 머물렀다.

다음 날 제갈량은 높다란 언덕 위로 올라가 살펴보았다. 쇠수레가 꼬리에 꼬리를 문 듯 끊임없이 이어져 있고, 사람과 말이 제멋대로 왔다 갔다 했다.

제갈량이 고개를 끄덕였다.

"저걸 깨는 건 어렵지 않겠다."

제갈량은 마대와 장익을 불러 이러저러하라고 이른 뒤, 두 사람이 가자 강유를 불렀다.

"백약은 저 수레들을 깨뜨릴 방법을 알겠는가?"

강유가 대답했다.

"강족 군사들은 오로지 힘만 믿고 날뛸 뿐입니다. 어찌 기막힌 꾀를 알아차리겠습니까?"

제갈량이 빙그레 웃었다.

"그대는 내 마음을 알고 있구려. 이제 짙은 구름이 하늘에 가득하고 북쪽 찬바람이 휘몰아치니 눈이 올 테지. 그러면 내가 생각한 대로 할 수 있을 걸세."

제갈량은 관흥과 장포 두 사람에게 군사를 이끌고 가서 숨어 있도록 했다. 이어 강유에게 군사를 몰고 가서 싸우게 했다. 그러나 쇠수레군이 오면 싸우지 말고 달아나라 했다. 또 영채 어귀에는 거짓으로 깃발들만 잔뜩 꽂아놓은 채 안은 텅 비워놓도록 했다. 이리하여 준비는 끝났다.

때는 12월 끝 무렵이었다. 과연 하늘에서 많은 눈이 퍼붓기 시작했다. 강유가 군사를 이끌고 나가자 월길이 쇠수레군을 이끌고 나왔다. 강유는 곧장 뒤로 물러나 달아났다. 강족 군사들이 뒤를 쫓아 영채 앞까지 오자 강유는 영채를 버리고 뒤쪽으로 달아났다. 강족 군사들은 곧바로 영채 밖에 이르러 안을 살펴보았다. 영채 안에서 북소리와 거문고 소리가 들려오고 사방이 모두 빈 채 깃발들만 꽂혀 있었다. 군사들은 급히 월길에게 보고했다. 월길은 뭔가 께름칙하여 두려워 앞으로 나아갈 수가 없었다. 그러자 아단 승상이 등을 떠밀었다.

"이건 제갈량의 속임수요. 있지도 않은 군사를 있는 것처럼 해놓은 거요. 바로 들이치는 게 좋소."

월길은 군사를 이끌고 촉의 영채 앞으로 갔다. 제갈량이 거문고를 들고 수레에 오르더니 말 탄 군사 몇을 데리고 영채 안으로 들어가는가 싶더니 바로 뒤쪽으로 해서 달아나고 있었다. 강족 군사들은 그제야 영채로 뛰어든 뒤 곧장 빠져나가 산어귀까지 쫓아갔다. 조그마한 수레가 숲속으로 들어가는 게 어렴풋이 보였다.

아단이 월길에게 말했다.

"제까짓 것들이 숨어 있다 한들 뭐가 두렵겠소."

월길은 대군을 몰고 뒤쫓았다. 강유의 군사들이 눈 위를 허둥대며 달아나는 게 보였다. 월길은 씩씩거리며 군사를 다그쳐 뒤쫓아갔다. 산길이 모두 눈에 뒤덮여 있어 보이는 곳 모두 반반하였다. 그렇게 뒤쫓고 있는데 갑자기 촉군이 산 뒤쪽에서 나오고 있다는 보고가 들어왔다.

아단이 말했다.

"숨어 있는 군사들이 좀 있다고 해서 두려워할 일이 뭐 있겠는가!"

그래서 계속 군사들을 다그쳐 몰고 나갔다. 그런데 갑자기 산이 무너지는 듯한 소리가 나더니 강족 군사들 모두 구렁 속으로 빠지고 말았다. 뒤따라오던 쇠수레도 갑자기 설 수가 없어 모두 구렁 속으로 미끄러져 들어가고 말아 자기네들끼리 밟고 밟히었다. 뒤에 오던 군사들이 급히 돌아가려 하는데 왼쪽에서는 관흥의 군사들이, 오른쪽에서는 장포의 군사들이 뛰쳐나와 마구 쇠뇌를 쏟아부었다. 뒤쪽에서는 또 강유·마대·장익이 세 갈래로 군사를 나누어 들이쳤다. 쇠수레군은 큰 어지러움에 빠지고 말았다.

월길 으뜸 장수는 뒤쪽 산골짜기를 바라고 달아났다. 그러나 가다가 관흥과 딱 마주쳤다. 서로 어우러져 싸우는가 싶었는데 관흥이 한소리 내지르며 내리친 칼에 월길은 단 1합 만에 말 아래로 고꾸라지고 말았다. 아단 승상은 이미 마대에게 사로잡혀 꽁꽁 묶인 채 본부 영채로 끌려와 있었고, 강족 군사들은 사방으로 흩어져 달아나기에 바빴다.

제갈량이 막사로 들어가 윗자리에 오르자 마대가 아단을 끌고 왔다. 제갈량은 무사들에게 묶인 걸 풀어주라 한 뒤 술을 주어 놀란 가슴을 가라앉히도록 하고 좋은 말로 달랬다. 아단이 그 덕스러움에 깊이 느끼어 마음이 움직였다.

제갈량이 말했다.

"우리 임금께서는 바로 대 한나라의 황제이시다. 나는 황제의 명령을 받들어 역적들을 치러 왔는데 그대는 어찌하여 되레 역적들을 돕고 있는가? 내 이제 그대를 놓아줄 테니 돌아가 그대의 임금에게 잘 말하라. 우리나라와 그쪽은 서로 이웃하여 가까이 있으니 길이 좋은 사이를 맺고 역적들의 말을 듣지 말라고 하라."

제갈량은 사로잡은 강족 군사들과 수레와 말과 무기 등을 모두 아단에게 다시 내주며 자기 나라로 돌아가도록 했다. 그들은 모두 절을 하며 고마워한 뒤 떠나갔다.

제갈량은 밤새 군사들을 이끌고 기산의 영채로 가기로 하고 관흥과 장포더러 군사를 이끌고 먼저 떠나도록 하였다. 그러는 한편 사람을 시켜 싸움에 이긴 소식을 적은 글을 가져가도록 했다.

한편 조진은 날마다 강족의 소식을 기다리고 있는데, 뜻밖에 길에 숨어 있던 군사가 와서 보고했다.

"촉군이 영채를 거두어 떠났습니다."

곽회가 크게 기뻐하며 말했다.

"강족 군사들이 쳐들어가서 물러가는 게 틀림없습니다."

그래서 군사를 두 갈래로 나누어 뒤쫓도록 했다. 앞을 보니 촉군들이 어지러이 달아나고 있었다. 위군은 그 뒤를 마구 쫓아갔다. 조준이 앞장서서 한창 뒤를 쫓고 있는데 느닷없이 북소리가 크게 일더니 사나운 범 같은 군사 한 무리가 뛰쳐나왔다. 앞장선 대장을 보니 위연이었다.

위연이 큰소리로 외쳤다.

"역적놈들은 게 섰거라!"

조준은 소스라치게 놀랐다. 말을 내달려 어우러져 싸웠으나 3합도 채우지 못하고 위연이 한 번 내리친 칼을 맞고 말 아래로 고꾸라졌다. 다른 쪽에서 앞장선 주찬도 군사를 이끌고 뒤쫓는데 갑자기 사나운 범 같은 군사 한 무리가 나타났다. 앞장선 대장은 조운이었다. 주찬은 미처 손을 놀려 보지도 못하고 조운이 한 번 내지른 창에 찔려 죽고 말았다.

조진과 곽회는 앞장선 두 사람 모두 죽는 걸 보자 군사를 거두어 돌아가려 했다. 그런데 뒤쪽에서 외침 소리가 크게 일며 북소리, 나팔 소리가 울려퍼졌다. 관흥과 장포가 두 갈래로 군사를 나누어 들이쳐 조진과 곽회를 에워싸고 한바탕 마구 짓밟았다. 조진과 곽회 두 사람은 싸움에 진 군사들을 이끌고 겨우 길을 뚫어 달아났다. 촉군은 완전히 이기자 바로 위수까지 쫓아가 위군 영채를 빼앗아버렸다.

조진은 앞장섰던 두 장수를 잃고 나자 몹시 슬펐다. 조정에 글을 보내 도와줄 군사를 보내달라고 하지 않을 수 없었다.

위 임금 조예가 조회를 열고 있는데 가까이 모시는 이가 와서 말했다.

"대도독 조진이 촉에 여러 차례 지고, 앞장섰던 두 장수마저 잃었습니다. 또 강족 군사들이 셀 수 없이 많이 죽어 돌아가는 판이 무척 급하다 합니다. 그래서 도와줄 군사를 보내달라는 글을 보내왔습니다. 부디 폐하께서는 헤아려 결정하시기 바랍니다."

조예가 깜짝 놀라며 적군을 물리칠 방법을 급히 물었다.

화흠이 말했다.

"이젠 마땅히 폐하께서 직접 무찌르러 나서셔야겠습니다. 그래야 제후들이 많이 모이고, 모두들 목숨 걸고 싸워 적을 물리칠 수 있습니다. 그러지 않고 있다가 장안을 잃기라도 하면 관중이 위험해집니다!"

태부 종요가 말했다.

"무릇 장수는 보통 사람보다 더 슬기로워야 남을 누를 수 있습니다. 손자가 말하기를 '남을 알고 나를 알면 백 번 싸워 백 번 이긴다'고 했습니다. 제가 헤아려볼 때 조진은 비록 군사를 다룬 지 오래이긴 하나 제갈량을 해볼 수 있는 사람은 아닙니다. 저희 집안 사람 모두의 목숨을 걸고 한 사람을 추천하여 촉군을 물리칠까 합니다. 폐하의 뜻은 어떠신지요?”

조예가 말했다.

“그대는 나이도 많고 나라에 공이 많은 신하이니, 그토록 뛰어난 사람이 있다면 얼른 불러 촉군을 물리쳐 내 걱정을 덜어주도록 하시오.”

종요가 말했다.

“지난날 제갈량이 군사를 몰고 우리 땅에 쳐들어왔다가 그 사람이 두려워 헛소문을 퍼뜨렸습니다. 폐하에게 의심이 들게 하여 쫓아버리도록 하기 위해서였습니다. 그래놓고 이렇게 멀리 마구 쳐들어왔습니다. 이제 다시 그 사람을 쓰시면 제갈량은 스스로 물러갈 겁니다.”

조예가 누구냐고 묻자 종요가 대답했다.

“표기대장군 사마의입니다.”

조예가 한숨을 내쉬었다.

“그 일은 나도 안타까워하고 있소. 지금 중달은 어디서 무얼 하고 있소?”

“요새 들으니 중달은 완성에서 바쁜 일 없이 보내고 있다 합니다.”

조예는 바로 조서를 내리며, 사람을 시켜 황제의 믿음을 나타내는 기를 가지고 가 사마의의 벼슬을 되살리도록 했다. 아울러 사마의에게 평서도독까지 맡도록 하여 남양 여

러 곳의 군사를 일으켜 장안쪽으로 나아가라 했다. 이어 조예
는 스스로 적을 치러 떠나기로 하고, 사마의에게 미리 잡아
놓은 날까지 그리 와서 만나자고 했다. 마침내 심부름 맡은
이는 밤을 도와 완성으로 떠났다.

제갈량은 군사를 몰고 나온 뒤 여러 차례에 걸쳐 크게 이
기자 마음이 뿌듯했다.

어느 날 기산 영채 안에서 여러 사람들과 함께 모여 의논
하고 있는데 뜻밖의 보고가 들어왔다. 영안궁을 지키고 있
는 이엄이 아들 이풍을 보내왔다고 했다. 제갈량은 동오가
쳐들어온 것이 아닌가 하는 생각에 가슴이 덜컥하면서 무
슨 일일까 싶었다. 이풍을 막사 인으로 불러들여 묻자 그가
말했다.

"특별히 기쁜 소식을 전하러 왔습니다."

제갈량이 물었다.

"기쁜 소식이라니?"

"옛적에 맹달이 위에 항복한 건 어쩔 수 없었습니다. 그때
조비는 맹달의 재주를 아끼어 잘 달리는 좋은 말과 황금 구
슬 따위를 내리기도 하고, 함께 수레를 타고 드나들기도 했
답니다. 게다가 산기상시에 신성 태수로 삼아 상용과 금성
등을 지키게 함으로써 서남쪽을 다 맡겼답니다. 그러나 조

비가 죽고 조예가 자리에 오르자 조정의 여러 사람들이 시
샘하고 미워하는 까닭에 맹달은 밤이고 낮이고 불안해했답
니다. 그래서 여러 장수들에게 늘 말하기를 '나는 본디 촉의
장수인데 일 돌아가는 게 잘못되어 이렇게 되고 말았다'고
푸념하곤 했답니다.

요새 들어 여러 차례에 걸쳐 속으로 믿을 만한 사람을 시
켜 제 아버지한테 편지를 보내오면서 어느 때든지 승상께
대신 말씀드려달라고 했습니다. 전에 위군이 다섯 갈래로
나누어 서천을 칠 때도 이런 뜻을 지니고 있었답니다. 지금
맹달은 신성에 있는데, 거기서 승상께서 위를 치시는 줄 알
았답니다. 그래서 자기는 금성·신성·상용 세 곳의 군사를
일으켜 낙양을 칠 테니 승상께서는 장안을 빼앗아 두 도읍
모두 내리누르자고 했습니다. 지금 맹달이 보낸 사람도 같
이 데려왔습니다. 아울러 그동안 맹달이 여러 차례에 걸쳐
보내온 편지들을 바치겠습니다."

제갈량은 무척 기뻐하며 이풍 등에게 상을 두둑이 내렸다.

그때 갑자기 염탐꾼이 와서 보고했다.

"위 임금 조예가 장안으로 오고 있답니다. 또 조서를 내려
사마의를 다시 벼슬자리에 불러들이면서 평서도독으로까
지 삼으면서 그곳 군사를 일으켜 장안으로 와 만나자고 했
답니다."

제갈량은 깜짝 놀랐다.

이에 참군 마속이 말했다.

"조예 따위는 걱정할 까닭이 없습니다! 만약에 장안으로 오면 가서 사로잡아버리면 그만인데 승상께서는 왜 그렇게 놀라십니까?"

제갈량이 말했다.

"내 어찌 조예를 겁내겠는가? 내가 걱정하는 이는 오로지 사마의 한 사람뿐이오. 지금 맹달이 큰일을 일으키려 하지만, 만약에 사마의와 마주치게 되면 질 게 뻔하오. 맹달은 사마의를 해볼 수 없는 사람이라 틀림없이 사로잡히고 마오. 맹달이 죽으면 중원을 얻기가 쉽지 않을 텐데……."

마속이 말했다.

"그렇다면 급히 편지 한 통을 써서 맹달에게 보내 미리 막을 준비를 하는 게 좋지 않겠습니까?"

제갈량은 그 말을 좇아 곧바로 편지를 쓴 뒤 맹달이 보낸 사람에게 주며 밤을 도와 돌아가 맹달에게 알리도록 했다.

한편 맹달은 신성에서 오로지 속으로까지 믿고 보낸 부하가 답장을 가지고 돌아오기만을 기다렸다. 그런 어느 날, 마침내 기다리던 부하가 돌아와 제갈량의 편지를 바쳤다.

맹달은 서둘러 편지를 뜯어보았다.

요즈막에 편지를 받았는데, 옛날을 잊지 않고 충성스러움과 의리를 보여주는 공의 마음을 알게 되어 무척 기쁘고 마음이 편안해졌소. 만약에 큰일을 이루기만 하면 공은 한나라를 다시 일으켜세우는 데 첫째가는 공을 세운 신하가 되오. 그러니 특별히 더 삼가고 몰래 꾸며야 하오. 결코 가벼이 남에게 일을 맡겨서는 안 되오. 부디 삼가고 조심하시오! 요새 들으니 조예가 조서를 내려 사마의의 벼슬자리를 되찾아주고 완성과 낙양의 군사를 일으키라 했다 하오. 그러니 공이 일을 일으킨 걸 알면 반드시 그곳을 먼저 치러 갈 테니 모름지기 조금도 허술한 데 없이 단단히 틀어막고, 대수롭지 않게 여겨서는 안 되오.

맹달은 편지를 읽고 나더니 웃어넘겼다.

"사람들 말이 공명은 너무 지나칠 정도로 마음을 많이 쓴다 하더니, 이러는 걸 보니 알 만하구만."

맹달은 바로 답장을 써서 다시 속으로 믿는 부하를 시켜 제갈량에게 가져다주도록 했다. 그 사람이 이르렀다고 하자 제갈량이 그를 막사로 불러들였다. 그 사람이 편지를 바쳤다. 제갈량이 봉투를 뜯고 읽어내려갔다.

이제 막 가르침을 받았습니다. 어찌 조금이라도 게을리하겠습니까? 그러나 사마의 일은 두려워하지 마십시오. 완성과 낙양은 8백 리 떨어져 있고, 신성까지는 1천 2백 리 길입니다. 제가 일을 일으킨 걸 알면 사마의는 위 임금한테 알릴 겁니다. 그러자면 오고 가는 데 한 달은 걸립니다. 저는 그 사이에 성을 단단하게 하고, 뭇 장수들과 군사들 모두 험한 길목으로 가 틀어막고 있을 겁니다. 사마의가 바로 온다 한들 제가 무얼 두려워하겠습니까? 승상께서는 마음을 놓으시고 오로지 싸움에 이겼다는 소식이나 기다리십시오!

제갈량은 편지를 다 읽고 나자 바닥에 내팽개치며 발을 동동 굴렀다.

"맹달은 틀림없이 사마의 손에 죽고 말겠다!"

마속이 물었다.

"승상께서는 왜 그렇게 말씀하시는지요?"

제갈량이 한숨을 내쉬며 장수들을 둘러보았다.

"군사 다루는 책들을 보면 '미처 준비가 안 된 곳을 치고, 뜻하지 않은 곳으로 가라'고 했소. 어찌 한 달씩이나 미적거리고 있겠소? 조예가 이미 적을 만나면 쳐서 없애라며 일을 맡겼는데 사마의가 무엇 때문에 글을 올리며 기다리겠소? 만약에 맹달이 배반한 줄 알면 틀림없이 열흘이 못 되어 군사가 다다를 텐데 어느 틈에 손을 써본단 말이오?"

제갈량의 말에 장수들 모두 놀라워했다.

제갈량은 편지를 가지고 온 사람에게 급히 일렀다.

"만약 아직 일을 일으키지 않았으면 같이하고자 하는 이들한테도 알리지 말라고 하시오. 알면 반드시 지고 마오."

그 사람은 절을 하고 신성으로 돌아갔다.

한편 사마의는 완성에서 하는 일 없이 지내고 있었다. 위군이 여러 차례에 걸쳐 촉군한테 졌다는 소식을 듣자 하늘을 우러러 긴 한숨을 내쉬었다.

사마의의 맏아들 사마사는 자가 자원이고, 둘째 아들 사마소는 자가 자상이다. 두 사람 다 평소에 큰 뜻을 품고 군사 다루는 책들을 두루 꿰고 있었다. 그날 두 아들은 사마의 곁에 있다가 아버지가 긴 한숨을 내쉬는 걸 보고 물었다.

"아버님께서는 왜 그렇게 한숨을 길게 내쉬십니까?"

사마의가 말했다.

"너희들이 어찌 큰일을 알겠느냐?"

사마사가 물었다.

"혹시 위 임금께서 써주시지 않아 그러십니까?"

사마소가 빙그레 웃었다.

"머지않아 아버님께 틀림없이 조서가 내릴 겁니다."

말이 미처 끝나기도 전에 갑자기 황제의 믿음을 나타내는 기를 가진 사람이 왔다고 했다.

사마의는 조서를 받자 바로 완성 여러 곳의 군사를 끌어모았다. 그때 느닷없이 금성 태수 신의의 집안 사람이 비밀스런 일이 있어 왔다고 했다. 사마의는 그 사람을 구석진 방으로 불러 물었다. 그 사람은 맹달이 배반하려 한다는 얘기를 자세히 했다. 게다가 맹달과 아주 가까운 부하인 이보와 맹달의 사위인 등현이 그러한 사실을 적은 문서까지 가지고 와 내놓았다.

사마의는 얘기를 다 듣고 나자 이마에 손을 얹으며 말했다.

"이것이야말로 황제 폐하의 하늘 같은 큰 복이시로다! 제갈량이 지금 군사를 거느리고 기산에 있으면서 마구 무찔러 안팎의 모든 사람들의 기슴이 내려앉고, 황제께서도 어쩔 수 없어 장안으로 가시는 마당이다. 이때 때맞춰 나를 쓰지 않았다면 맹달이 한 번에 두 도읍을 무찔러버렸을 텐데! 이 역적은 제갈량과 서로 이어져 있는 게 틀림없다. 내 먼저 사로잡고 말겠다. 그러면 제갈량은 가슴이 뜨끔하여 스스로 군사를 거두어 물러가리라!"

사마사가 말했다.

"아버님께서는 얼른 글을 써서 황제께 올리십시오."

사마의가 고개를 저었다.

"임금의 명령이 내리기를 기다리다간 가고 오느라 한 달이 걸린다. 그러면 일은 끝나고 만다."

사마의는 바로 명령을 내렸다. 군사들을 향해 하루에 이틀 갈 길을 가도록 하는데, 꾸물거리는 이는 그 자리에서 목을 벤다고 했다. 또 참군 양기에겐 싸움을 북돋우는 글을 주며 밤을 도와 신성으로 가게 했다. 맹달의 무리에게 싸움에 나갈 준비를 하도록 하여, 그들이 아무런 의심을 갖지 않게 하기 위해서였다.

양기가 먼저 가고 나자 사마의는 바로 군사를 일으켜 뒤따랐다. 이틀을 갔을 때 산언덕 아래에서 군사 한 무리가 나왔다. 우장군 서황의 군사였다.

서황이 말에서 내려 사마의를 보고 말했다.

"황제께서 직접 촉군을 치시기 위해 장안에 이르셨는데, 지금 도독께서는 어디로 가시는지요?"

사마의가 목소리를 낮추며 말했다.

"맹달이 배반해서 내 지금 잡으러 가는 길이오."

서황이 말했다.

"그럼 제가 앞장을 서겠습니다."

사마의는 아주 기뻐하며 군사를 한데 모았다. 그런 뒤 서황을 앞장세우고, 자신은 중군을 맡고, 두 아들에게는 뒤를 맡겼다.

다시 길을 가기 시작한 지 이틀이 되었을 때였다. 앞부대의 염탐꾼이 맹달이 가까이 믿고 있던 부하를 잡아 뒤져보니 제갈량의 답장이 나와 사마의에게 끌고 왔다.

사마의가 그 사람에게 말했다.

"내 너를 죽이지 않을 테니 하나도 숨기지 말고 다 털어 놓아라."

그 사람은 그동안 제갈량과 맹달 사이에 오고 간 일을 빠짐없이 털어놓았다. 사마의는 제갈량의 답장을 보고 깜짝 놀랐다.

'음, 세상에 뛰어난 사람은 생각하는 바가 다 똑같구나. 내 생각을 공명이 이미 꿰뚫고 있었구나. 다행스럽게도 황제께서 복을 지니고 계셔서 내가 먼저 이러한 사실을 알게 되었으니 맹달은 이제 꼼짝 못 한다.'

사마의는 밤낮없이 군사를 몰아 나아갔다.

이때 맹달은 신성에서 금성 태수 신의와 상용 태수 신탐과 함께 날을 잡아 일을 일으키기로 약속을 해놓고 있었다. 그러나 신의와 신탐 두 사람은 겉으로만 그러자고 해놓고 날마다 군사들을 훈련시키면서 위군이 오면 안에서 도울 준비를 하며 기다리고 있었다. 그들은 맹달에게 무기며 식량이며 말먹이 들이 다 갖추어지지 않아 약속한 날에 섣불리 일을 일으키기 어렵겠다고 보고했다. 맹달은 조금도 의심하지 않았다.

갑자기 참군 양기가 왔다는 보고가 들어와 맹달이 그를 성 안으로 맞아들였다.

양기가 사마의의 명령을 전하며 말했다.

"사마도독께서 지금 황제의 조서를 받들어 여러 곳의 군사를 일으키시어 촉군을 물리치고자 하십니다. 태수께서도 본부 군사를 모아놓고 명령이 내릴 때까지 기다리라 하셨습니다."

맹달이 물었다.

"도독께서는 언제쯤 떠나시오?"

양기가 대답했다.

"지금쯤 완성을 떠나 장안을 바라고 가고 계실 겁니다."

맹달은 속으로 기뻐했다.

'내 큰일은 이제 이루어졌다!'

맹달은 잔치 자리를 베풀어 양기를 대접한 뒤 성 밖까지 나가 배웅했다. 이어 곧바로 신탐과 신의에게 알려 다음 날 일을 일으키기로 했다. 그리고 깃발을 '대 한나라'로 바꾸어 달고 여러 곳의 군사를 이끌고 낙양을 치러 가기로 했다.

그때 난데없는 보고가 들어왔다.

"성 밖에 먼지가 하늘 가득한데 어디서 오는 군사인지 모르겠습니다."

맹달이 성 위로 올라가 살펴보니 사나운 범 같은 군사 한 무리가 '우장군 서황'이라는 깃발을 나부끼며 나는 듯이 성 아래로 달려들었다. 맹달은 소스라치게 놀라며 달아맨 다리를 급히 끌어올렸다. 서황은 말을 멈추지 않고 그대로 내달려 도랑 가까지 오더니 크게 소리 질렀다.

"배반한 역적 맹달은 어서 항복하라!"

맹달은 화가 치밀어올라 서둘러 활을 들어 쏘았다. 화살이 서황의 이마 한가운데 들어박히자 위의 장수들이 급히 그를 구해서 돌아갔다. 성 위에서 계속 화살을 어지러이 쏘아붓자 위군은 물러갈 수밖에 없었다. 맹달이 성 문을 열고 뒤쫓으려 하는데, 사방에서 깃발이 하늘을 뒤덮어 해를 가리며 사마의의 군사가 몰려왔다.

맹달은 하늘을 우러러 길게 한숨을 내쉬었다.

"과연 공명의 생각이 빗나가지 않았구나!"

그리하여 성 문을 닫아걸고 단단히 지키기만 했다.

한편 군사들에 의해 영채로 돌아온 서황은 이마에 꽂힌 화살촉을 뽑아내고 의원이 치료했지만 그날 밤에 죽고 말았다. 이때 그의 나이는 59살이었다. 사마의는 서황의 주검을 낙양으로 보내 장사를 치르도록 했다.

다음 날 맹달은 성 위로 올라가 둘러보았다. 위군들이 사방으로 성을 조금도 빈틈없이 둘러싸고 있었다. 맹달은 놀라서 앉지도 못하고 서지도 못한 채 어찌할 바를 몰랐다. 흘 긋 보니 군사가 두 갈래로 나뉘어 밖에서 쳐들어오고 있었 다. 깃발엔 큰 글씨로 '신탐', '신의'라고 쓰여 있었다. 맹달 은 도와주러 온 군사인 줄 알고 급히 본부 군사를 이끌어 성 문을 활짝 열어젖히고 무찔러나갔다.

신탐과 신의가 크게 소리쳤다.

"배반한 역적은 달아나지 말라! 빨리 죽음을 받아라!"

맹달은 일이 틀어졌구나 싶어 말 머리를 돌려 성으로 들 어가려 했다. 순간 성 위에서 화살이 어지러이 쏟아졌다.

이보와 등현 두 사람이 성 위에서 큰소리로 욕을 퍼부으 며 외쳤다.

"우리가 이미 성을 바쳤다!"

맹달이 가까스로 길을 뚫고 달아나자 신탐이 그 뒤를 쫓 았다. 마침내 맹달은 사람도 지치고 말도 지쳐 손 한 번 제 대로 놀려보지 못한 채 신탐이 한 번 내지른 창에 찔려 말에 서 고꾸라지고 말았다. 신탐이 그의 머리를 베어 들자 나머 지 군사들은 모두 항복하고 말았다.

이보와 등현은 성 문을 활짝 열어젖히고 사마의를 성으로 맞아들였다. 사마의는 백성들을 어루만지고 군사들을 다독 거린 다음 바로 위 임금 조예에게 사람을 보내 보고했다. 조 예는 무척 기뻐하며 맹달의 머리를 낙양성 저잣거리에 내다 걸게 하여 오고 가는 백성들이 볼 수 있게 했다. 이어 신탐과 신의의 벼슬자리를 높여준 뒤 사마의를 따라 싸움터로 가게 하고, 이보와 등용은 신성과 상용을 지키도록 했다.

사마의는 군사를 거느리고 가 장안성 밖에 영채를 세웠다. 그런 뒤 성으로 들어가 위 임금을 만났다.

조예가 무척 좋아라 하며 말했다.

"내가 한때 밝지 못하여 사이가 벌어지게 하는 속임수에 넘어갔으니 안타깝소. 이번에 맹달이 배반했을 때 그대가 누르지 않았으면 두 도읍이 다 끝장나고 말 뻔했소!"

사마의가 말했다.

"제가 신의한테서 배반하려 한다는 말을 몰래 듣고 폐하께 글을 올리려 했습니다. 그러나 그러다 보면 오고 가느라 시간을 다 잡아먹을 듯싶어 명령을 기다리지 못하고 밤낮을 가리지 않고 갈 수밖에 없었습니다. 만약에 글을 올리고 명령을 기다리고 있었으면 제갈량의 계획대로 되고 말았을 겁니다."

사마의는 말을 마치자 제갈량이 맹달에게 몰래 보낸 답장 편지를 바쳤다. 조예가 그걸 훑어보고는 아주 흐뭇해했다.

"그대의 배움과 앎은 그 옛날 손무나 오기보다 낫소!"

조예는 사마의에게 황금 도끼 한 쌍을 내렸다. 그러면서

앞으로도 비밀스럽게 해야 할 중요한 일은 굳이 알릴 것 없
이 바로 알아서 하도록 했다.

사마의가 말했다.

"제가 대장 한 사람을 추천하여 앞장서는 장수로 삼을까
합니다."

조예가 물었다.

"누구를 추천하시려 하오?"

"우장군 장합이 그 일에 딱 들어맞습니다."

조예가 웃었다.

"나도 바로 그 사람을 쓰려던 참이었소."

그러면서 곧바로 장합에게 앞장을 서도록 하여 사마의와
함께 장안을 떠나 촉군을 무찌르러 가도록 했다.

이미 꾀 있는 신하가 슬기롭게 하는데

게다가 용감한 장수 도움까지 받아 무게를 더하는구나

과연 이기고 짐이 어떻게 갈라질는지…….

석 자 거문고로
사마의의 대군을 물리친 제갈량

마속은 말리는 말을 듣지 않다 가정을 잃고
제갈량은 거문고를 타서 사마의를 물리치다

위 임금 조예는 장합에게 앞장서게 해 사마의와 함께 나아가도록 했다. 그러는 한편 신비와 손례 두 사람에게 군사 5만 명을 이끌고 가 조진을 도우라 했다. 이에 두 사람은 조서를 받들고 떠났다.

사마의는 군사 20만 명을 이끌고 관을 나가 영채를 세운 뒤 앞장선 장수 장합을 불러 말했다.

"제갈량은 본디 조심스러운 사람이라 조금도 일을 허술하게 하지 않소. 나 같았으면 군사를 몰고 먼저 자오곡으로 해서 곧바로 장안을 쳤소. 그렇게 하는 게 가장 빠른 방법이

오. 그러나 제갈량이 그렇게 하지 않은 건 그가 꾀가 없어서
가 아니라 혹시라도 실수가 있을까 두려워 굳이 위험한 일
을 꾀하지 않았다고 여겨지오. 이제 제갈량은 반드시 야곡
으로 나와 미성을 빼앗으려 할 거요. 또 미성을 차지하면 틀
림없이 군사를 두 갈래로 나누어 한 무리로는 기곡을 치게
할 거요. 그래서 내가 미리 싸움을 북돋우는 글을 조자단에
게 보내, 미성을 굳게 지키고만 있으면서 군사가 오더라도
나가 싸우지 말라고 했소. 또 손례와 신비에겐 기곡으로 가
는 길목에 숨어 있다가 적군이 오거든 곧장 군사를 몰아 덮
치도록 했소."

장합이 물었다.

"장군께서는 이제 어디로 군사를 몰고 가시렵니까?"

"내 전부터 진령 서쪽에 있는 길 하나를 알고 있소. 거기
에 가정이라는 곳이 있는데, 가까운 데에 열류성이라는 성
도 하나 있소. 이 두 곳 모두 한중의 목구멍 같은 곳이오. 제
갈량은 자단이 아무런 준비를 하고 있지 않을 거라 여기고
반드시 그리 군사를 몰고 올 것이오. 내 이제 그대와 함께
가정을 먼저 차지하고자 하오. 그러고 나면 양평관도 멀리
있지 않소. 우리가 가정의 길목을 막아 그쪽의 식량 운반길
을 끊은 걸 알게 되면 제갈량은 농서 쪽을 쉽게 지킬 수 없
다고 여길 거요. 그러면 틀림없이 밤을 새워서라도 한중으

　　　　　　　　

로 돌아가려고 애쓰겠죠. 제갈량이 군사를 돌려 움직일 때 내가 군사를 거느리고 샛길로 가서 덮치면 완전히 이길 수 있소. 만약에 제갈량이 돌아가지 않으면 나는 샛길 여러 곳에 군사를 두어 모두 단단히 틀어막겠소. 그렇게 한 달이 지나면 먹을거리가 떨어질 테니 촉군은 모두 굶어죽게 되고, 제갈량도 반드시 사로잡을 수 있소.”

장합은 깨달은 바가 컸다. 바로 바닥에 엎드려 절을 하며 말했다.

“도독의 헤아림은 참으로 귀신같으십니다!”

사마의가 다시 말했다.

“하지만 제갈량은 맹달 따위와는 견줄 수 없을 정도로 뛰어나오. 장군은 앞장서 나가되 절대로 가벼이 나아가서는 안 되오. 여러 장수들에게 연락하여 산 서쪽 길로 나아가되 미리 염탐꾼을 보내 숨어 있는 군사가 없는지 살핀 뒤 나아가야 하오. 그러한 일을 게을리했다가는 반드시 제갈량의 꾀에 빠지게 되오.”

장합은 자기가 해야 할 일을 받자 군사를 이끌고 떠났다.

이때 제갈량은 기산의 영채 안에 있었다. 신성을 살피러 간 염탐꾼이 돌아왔다는 보고가 들어왔다. 제갈량이 급히 불러들여 묻자 염탐꾼이 말했다.

"사마의가 길을 배로 빨리 걸어 여드레 만에 신성에 이르렀습니다. 그런 까닭에 맹달은 미처 손 한 번 제대로 써보지 못했습니다. 게다가 신탐과 신의·이보·등현이 안에서 적을 돕는 바람에 맹달은 어지러이 싸우다가 죽고 말았습니다. 지금 사마의는 군사를 거두어 장안으로 가 위 임금을 만난 뒤, 장합과 함께 군사를 이끌고 관을 나와 우리 군사를 막으러 오고 있습니다."

제갈량이 소스라치게 놀랐다.

"맹달은 일을 몰래 꾸미지 못했기에 죽어 마땅하게 되어버렸다. 그런데 사마의가 관을 나왔다면 반드시 가정을 빼앗아 우리의 목구멍 같은 길을 끊으려 할 거다."

제갈량이 장수들을 둘러보며 물었다.

"누가 두려움을 무릅쓰고 군사를 이끌고 가서 가정을 지키겠소?"

말을 채 맺기도 전에 참군 마속이 나섰다.

"제가 가겠습니다."

제갈량이 말했다.

"가정은 비록 작지만 아주 중요한 곳이라, 만약에 거기를 잃기라도 하면 우리 대군은 모두 끝장이오. 그대가 비록 꾀도 있고 일 돌아가는 속내를 뚫어본다지만, 거긴 성도 없고 험한 자리도 없어 지키기가 무척 어렵소."

마속이 말했다.

"저는 어려서부터 군사 다루는 책을 열심히 읽어 군사 쓰는 법을 제법 알고 있습니다. 어찌 가정 하나쯤 못 지키겠습니까?"

제갈량이 말했다.

"사마의는 보통 사람이 아니오. 게다가 앞장을 선 장합은 위의 이름난 장수라 아무래도 그대가 해보기는 어렵겠소."

마속은 약이 올랐다.

"사마의와 장합은 물론 조예가 직접 온다 해도 두려울 게 하나 없습니다! 만약에 잘못되면 제 가족을 모두 베어버리십시오."

제갈량이 언짢은 표정을 지었다.

"군 안에 실없는 말은 없소."

마속도 물러서지 않았다.

"다짐글을 써놓고 가겠습니다."

제갈량이 그러라고 했다. 마속이 다짐글을 써서 바쳤다.

제갈량이 마속에게 말했다.

"내 그대에게 날래고 씩씩한 군사 이만 오천 명을 내주고 으뜸 장수 하나를 더 붙여 돕도록 하겠소."

제갈량은 왕평을 불러 일렀다.

"내 그대가 평소에 삼가고 조심하는 줄 알기에 특별히 중요한 자리를 맡기려 하오. 그대는 부디 작은 일까지 마음에 두어 둘러보고 조심하면서 그곳을 지켜야 하오. 영채는 반드시 중요한 길목에 세워 적들이 절대로 지나가지 못하도록 하시오. 영채를 세우고 나면 둘레의 모든 길과 땅 생김새를 그려 내게 보내시오. 모든 일을 의논해서 하되 가벼이 움직이면 안 되오. 그곳을 탈 없이 잘 지켜내기만 하면 장안을 빼앗는 데 첫째가는 공을 세운 신하가 되오. 부디 조심하고 또 조심하시오!"

두 사람은 제갈량에게 절을 올려 떠나는 인사를 한 뒤 군사를 이끌고 갔다.

제갈량은 깊이 생각해보았으나 두 사람이 실수할까봐 끝내 걱정되었다. 그래서 다시 고상을 불러 일렀다.

"가정 동북쪽에 열류성이라는 성이 하나 있소. 거기는 외진 산속 작은 길로 이어져 군사를 두고 영채를 세울 만하오. 그대에게 군사 만 명을 내줄 테니 그 성으로 가서 머물고 있다가 혹시라도 가정이 위험하다 싶으면 군사를 이끌고 가서 구하도록 하시오."

이에 고상은 군사를 이끌고 떠나갔다.

제갈량은 다시 생각해보았다. 고상은 아무래도 장합을 해볼 수 없었다. 대장 한 사람이 더 군사를 이끌고 가서 가정 오른쪽에 머무르고 있어야 막을 수 있을 성싶었다. 그래서 위연을 불러 본부군을 이끌고 가정 뒤에 가서 머무르고 있으라 일렀다.

위연이 볼멘소리를 했다.

"제가 앞장을 섰으니 앞서서 나가 적을 깨부수어야 마땅한 일인데, 어찌하여 저를 그런 일 없는 곳으로 가라 하십니까?"

제갈량이 말했다.

"앞장서서 적을 깨부수는 일은 편장이나 비장도 할 수 있소. 지금 그대에게 가정을 돕도록 하는 건 양평관으로 가는 중요한 길목을 막아 한중의 목구멍을 지키자고 그러오. 이건 아주 중요한 일인데 어찌 일이 없다 하시오? 혹시라도 얕잡아보다가 우리의 큰일을 그르치는 일이 생기지 않도록 조심하고 또 조심하시오!"

위연은 그 말에 아주 기뻐하며 군사를 이끌고 떠나갔다.

제갈량은 그제야 마음이 좀 놓여 조운과 등지를 불러서 일렀다.

"이제 사마의가 군사를 몰고 나왔으니 지금까지와는 아주 딴판으로 돌아가게 되었소. 그대 두 사람은 저마다 군사 한 무리씩을 이끌고 기곡으로 나가 적을 속이는 군사 노릇을 해주시오. 만약에 위군을 만나거든 때로는 싸우고 때로는 물러나면서 그들을 놀라게 하시오. 나는 직접 대군을 이끌고 야곡을 거쳐 바로 미성을 빼앗겠소. 미성을 얻기만 하면 장안까지 깨뜨릴 수 있소."

두 사람은 명령을 받고 떠났다.

제갈량은 강유를 앞장세워 군사를 이끌고 야곡으로 나아갔다.

한편 마속과 왕평 두 사람은 군사를 이끌고 가정에 이르렀다. 땅 생김새를 살펴보고 나더니 마속이 웃었다.

"승상께서는 어찌 그리도 걱정이 많으실까? 이런 외진 산속으로 위군이 어찌 겁도 없이 온단 말이오?"

왕평이 말했다.

"위군이 이리 안 오더라도 여기 다섯 길목 어귀에 영채를 세웁시다. 그런 뒤 군사들더러 나무를 베어다 울타리를 치게 하고 나중까지 오래 견딜 수 있게 해야 합니다."

마속이 손을 내저었다.

"길 위에다 어찌 영채를 세운단 말이오? 옆에 있는 산을 보니 사방이 모두 막혀 있고 숲까지 우거져 있으니 바로 하늘이 내리신 자리요. 그 산 위에다 영채를 세웁시다."

왕평이 말했다.

"참군께서는 잘못 생각하고 계십니다. 이 길 위에다 군사를 머무르게 한 다음 영채를 세우고 울타리를 치면 적군이

십만 명이라 할지라도 지나가지 못합니다. 이 좋은 길목을 버리고 산 위에다 군사를 두었다가 위군이 몰려와 사방으로 에워싸기라도 하면 어떻게 지켜낼 수 있겠소?”

마속이 껄껄 웃었다.

“그대는 참으로 겁 많은 여자들 같은 말만 하고 있구려! 군사 다루는 법에 이르기를 ‘높은 곳에서 아래를 내려다보며 싸우면 마치 대나무를 쪼개는 것과 같다’고 했소. 만약에 위군이 오기만 하면 나는 그놈들 갑옷 부스러기 하나 돌아가지 못하게 하겠소!”

왕평이 말했다.

“내 여러 차례에 걸쳐 승상을 따라다니면서 승상께서 진을 치시는 걸 보았소. 이르는 곳마다 승상께서는 애써 가르쳐주셨소. 지금 이 산을 보니 외따로 떨어진 곳이오. 만약에 위군이 우리가 물 길어오는 길만 끊어도 군사들은 싸워보지도 못하고 스스로 어지러움에 빠지고 마오.”

마속이 발끈 성을 냈다.

“어지러운 말 더는 늘어놓지 마시오! 손자가 말하기를 ‘죽을 땅으로 들어가야 살아서 나온다’고 했소. 만약에 위군이 우리의 물길을 끊는다면 촉군은 어찌 죽기로 싸우지 않겠소? 혼자서 백을 해볼 테요. 내가 평소에 군사 다루는 책을 읽어서 승상께서도 여러 일을 오히려 내게 물으셨소. 그런데 그대는 어쩌자고 자꾸 막으려 드오?"

왕평은 어이없었다.

"참군께서 기어코 산 위에 영채를 세우시려면 나에게 군사를 나누어주시오. 나는 따로 산 서쪽 아래에 작은 영채를 하나 세워놓고, 사슴을 잡을 때 뿔과 뒷다리를 한꺼번에 붙잡듯이 적을 앞뒤에서 몰아칠 수 있도록 하겠소. 그러면 위군이 오더라도 서로 도울 수 있을 거요."

그러나 마속은 그렇게 해주지 않았다. 그때 난데없이 산 속에 사는 백성들이 떼를 지어 나는 듯이 달려오더니 위군이 벌써 왔다고 했다.

왕평이 인사를 하고 떠나려 하자 마속이 말했다.

"그대는 이미 내 명령을 듣지 않고 있소. 그대에게 군사 오천 명을 내줄 테니 마음대로 가서 영채를 세우시오. 그러나 내가 위군을 깨부순 뒤 승상께 돌아갔을 때 공을 나누어 줄 수는 없소!"

왕평은 군사를 이끌고 산에서 10리 떨어진 곳으로 가서 영채를 세웠다. 그런 뒤 땅 생김새 따위를 그려 부하 군사에게 주며 밤을 도와 제갈량에게 갖다주도록 했다. 또 마속이 제멋대로 산 위에 영채를 세운 일도 자세히 말하도록 했다.

이때 사마의는 성 안에 있으면서 둘째 아들 사마소에게

앞길을 살펴보도록 했다. 만약에 가정을 지키는 군사가 있거든 바로 군사를 머물러두고 나아가지 말도록 했다.

사마소가 명령을 받들어 다녀온 뒤 아버지에게 말했다.

"가정에 지키는 군사가 있습니다."

사마의가 한숨을 내쉬었다.

"제갈량은 참으로 귀신같은 사람이구나. 내가 도무지 따를 수가 없어!"

사마소가 웃었다.

"아버님께서는 어찌하여 스스로 기를 꺾으려 하십니까? 제가 보기엔 가정을 쉽게 빼앗을 수 있을 성싶습니다."

사마의가 물었다.

"너는 어찌하여 겁도 없이 그렇게 큰소리를 치느냐?"

사마소가 대답했다.

"제가 직접 제 눈으로 살펴본 바로는, 길 위엔 아무런 영채나 울타리도 없고 군사들은 죄다 산 위에 머물고 있었습니다. 그래서 깨뜨릴 수 있다고 한 겁니다."

사마의가 아주 좋아라 했다.

"만약에 군사들이 산 위에 있다면 이는 하늘이 나에게 공을 이루라고 도와주시는 거다!"

사마의는 옷을 갈아입은 뒤 말 탄 군사 1백 명 남짓을 이끌고 직접 살펴보러 나섰다. 그날 밤하늘은 맑게 개고 달도 밝았다. 사마의는 곧장 산 아래로 가서 둘레를 한 바퀴 돌아본 뒤 말 머리를 돌렸다.

마속은 산 위에서 이를 보고 큰소리로 웃으며 떠들었다.

"저놈들이 살 목숨이면 산을 에워싸러 오지는 않을 거다!"

그러면서 장수들에게 명령을 내렸다.

"만약에 적군이 쳐들어오거든 산 위에서 붉은 깃발을 흔들 테니 곧장 사방으로 뛰어내려가 무찌르라."

한편 사마의는 영채로 돌아오자 사람을 보내 가정을 지키고 있는 장수가 누구인지 알아보도록 했다.

갔던 사람이 돌아와서 보고했다.

"바로 마량의 아우 마속이랍니다."

사마의가 빙그레 웃었다.

"쓸데없이 헛이름만 있지 별다른 재주는 없는 사람이다! 공명이 저런 사람을 쓰고도 어떻게 일을 그르치지 않을 수 있으랴!"

사마의가 더 물었다.

"가정 왼쪽·오른쪽으로 다른 군사들은 없더냐?"

염탐꾼이 대답했다.

"산에서 십 리 떨어진 곳에 왕평이 영채를 세워놓고 있습니다."

사마의는 장합에게 군사 한 무리를 이끌고 나가 왕평이

오는 길을 막도록 했다. 또 신탐과 신의에게는 군사를 두 갈래로 이끌고 나가 산을 에워싸되, 먼저 물을 길러 다니는 길부터 끊으라고 했다. 그런 뒤 촉군이 스스로 어지러움에 빠지면 기운을 몰아 들이치라고 했다. 그날 밤 모든 준비가 끝났다.

다음 날 날이 밝자 장합이 군사를 이끌고 뒤쪽으로 먼저 떠났다. 사마의는 대군을 죄다 몰고 나가 산을 사방으로 둘러싸버렸다.

마속이 산 위에서 내려다보니 위군이 산과 들을 가득 뒤덮고 있었다. 깃발이며 군사들이 줄지어 걷는 걸음걸이 모두 제대로 질서가 잡혀 있어 무게 있고 가지런했다. 촉군들은 그걸 보자 모두들 간이 오그라들어 두려움에 산 아래로 내려갈 수가 없었다. 마속이 붉은 깃발을 들어 흔들었으나 군사들이고 장수들이고 서로 눈치를 보며 미루기만 할 뿐 누구 하나 움직이려 하지 않았다. 마속은 화가 치밀어올라 스스로 장수 둘을 베어버렸다. 군사들은 놀라고 두려워 어쩔 수 없이 산을 내려가 위군과 맞닥뜨렸다. 그러나 위군은 끄떡도 하지 않았다. 촉군은 다시 물러나 산 위로 올라갈 수밖에 없었다. 마속은 그때야 비로소 일을 그르친 걸 깨닫고 군사들에게 영채 문을 단단히 지키도록 한 뒤 밖에서 도와주는 군사가 오기만을 기다렸다.

이때 왕평은 위군이 쳐들어오자 군사를 이끌고 무찌르며 오다가 장합과 마주쳤다. 장합과 어우러져 수십 합을 싸우고 나자 힘이 달리고 군사도 더 적어 해볼 수가 없어 물러나 달아났다.

위군은 아침 먹을 시간부터 저녁 먹을 시간이 지날 때까지 산을 에워싼 채 꿈쩍도 하지 않았다. 산 위에는 물이 없어 군사들은 밥도 지어 먹을 수가 없었다. 이에 영채 안은 크게 술렁이기 시작했다. 술렁거림은 한밤중이 되도록 계속되었다. 마침내 산 남쪽에 있던 촉군들이 영채문을 활짝 열고 산을 내려가 위군에게 항복해버렸다. 마속도 이를 막을 수가 없었다. 게다가 사마의는 군사들더러 산기슭을 따라 불을 지르게 했다. 이 바람에 산 위의 촉군들은 온통 어지러움에 빠지고 말았다.

마속은 더는 지킬 수 없다고 여겨 남은 군사들을 몰고 산을 내려와 서쪽으로 내달렸다. 사마의는 일부러 큰길을 열어주며 마속이 그쪽으로 지나갈 수 있도록 한 뒤 뒤쪽에 있던 장합에게 군사를 이끌고 뒤쫓도록 했다. 30리쯤 달아났을 때 앞쪽에서 북소리, 나팔 소리가 크게 울려퍼지더니 사나운 범 같은 군사 한 무리가 뛰쳐나와 마속을 지나가게 하고 장합의 앞을 가로막았다. 위연이었다. 위연은 칼을 휘두르며 말을 달려 곧장 장합에게 달려들었다. 장합은 군사를 돌려 달아났다. 위연은 군사를 몰고 그 뒤를 쫓아가 다시 가정을 빼앗은 뒤 그대로 50리 남짓 뒤쫓았다. 그때 아우성치는 소리가 일며 양쪽에서 숨어 있던 군사가 한꺼번에 쏟아져나왔다. 왼쪽은 사마의, 오른쪽은 사마소였다. 그들은 위연의 뒤로 돌더니 위연을 가운데에 두고 둘러싸버렸다. 장합마저 다시 돌아와 세 갈래 군사가 한데 뭉쳐 들이쳤다. 위연은 왼쪽·오른쪽으로 마구 뛰며 닥치는 대로 치고받고 했다. 그러나 몸을 빼지 못하고 군사도 절반이나 꺾였다. 몹시 위험하고 다급한 순간을 맞고 있는데 갑자기 사나운 범 같은 군사 한 무리가 쳐들어왔다. 바로 왕평이었다.

위연은 크게 기뻐하며 소리쳤다.

"휴! 내 이젠 살았다!"

두 장수가 군사를 한데 모아 한바탕 크게 몰아치자 위군들은 그제야 물러갔다. 두 장수는 부리나케 영채로 돌아갔다. 그러나 영채 안에는 이미 위군의 깃발들이 가득하고, 신탐과 신의가 영채 안에서 치고 나왔다. 왕평과 위연은 고상이 지키고 있는 열류성으로 달아났다. 그때 고상은 가정을 잃었다는 소식을 듣고 열류성에 있는 군사를 모두 일으켜 도와주러 가는 길이었다. 가는 길에 위연과 왕평 두 사람을 바로 만났다. 두 사람은 지금까지 있었던 일을 들려주었다.

고상이 말했다.

"오늘 밤에 위군 영채를 덮치고 가정을 다시 찾는 게 좋겠소."

세 사람은 산언덕 아래에서 의논한 뒤 날이 저물기를 기다렸다가 군사를 세 갈래로 나누어 나아갔다. 위연이 먼저 군사를 이끌고 가정으로 갔다. 그런데 사람이 하나도 없어 뭔가 께름칙했다. 그래서 겁이 나 가벼이 앞으로 나아갈 수가 없어 길 어귀에 숨어 기다렸다. 조금 있자 고상이 군사를 이끌고 나타나는 게 보였다. 두 사람 다 위군이 어디 있는지 알 수 없어 쩔쩔맸다. 게다가 왕평의 군사가 오는 것도 보이지 않았다.

바로 그때 난데없이 쾅 소리가 한 번 크게 나더니 불빛이 하늘을 찌르고 북소리가 땅을 울렸다. 이어 위군이 한꺼번에 쏟아져나와 위연과 고상을 가운데에 두고 에워싸버렸다. 두 사람은 이리저리 뛰며 닥치는 대로 치고받았으나 빠져나갈 수가 없었다. 그때 갑자기 산언덕 뒤쪽에서 아우성치는 소리가 벼락 치듯 하더니 사나운 범 같은 군사 한 무리가 무찔러 들어왔다. 왕평이었다. 왕평은 고상과 위연 두 사람을 구한 뒤 함께 열류성 쪽으로 달렸다. 성 아래에 거의 이르렀을 때였다. 성 가까이에서 군사 한 무리가 뛰쳐나왔다. 깃발엔 큰 글씨로 '위 도독 곽회'라고 쓰여 있었다.

곽회와 조진은 사마의가 공을 모두 차지하게 될까봐 격

정스러워 의논을 했다. 그래서 곽회가 군사를 나누어 가정을 빼앗으러 왔다. 그런데 듣자니 사마의와 장합이 벌써 공을 이루어버렸다고 했다. 그래서 군사를 이끌고 열류성을 덮치러 왔다가 세 장수가 나타나자 한바탕 몰아쳤다. 이 바람에 촉군 가운데에 다친 이가 무척 많았다. 위연은 양평관마저 잃을까 두려워서 급히 왕평·고상과 함께 양평관으로 갔다.

곽회는 군사를 거두고 나서 곁에 있는 이들을 돌아보았다.

"내 비록 가정은 얻지 못했으나 열류성을 빼앗았으니 이 또한 큰 공일세."

곽회는 군사를 이끌고 성 아래로 가서 문을 열라고 외쳤다. 그러자 성 위에서 꽝 소리가 한 방 나더니 깃발들이 모두 일어섰다. 맨 앞에 있는 커다란 깃발을 보니 '평서도독 사마의'라고 쓰어 있었다. 사마의가 밖을 내다볼 수 있게 구멍이 난 널빤지를 들고 날아온 화살이 가슴에 맞지 않도록 가로세로로 질러진 나무살에 기대어 껄껄 웃었다.

"곽백제는 왜 이리 늦었소?"

곽회는 깜짝 놀랐다.

"중달의 귀신같은 재주는 내 따라갈 수 없소!"

곽회는 성으로 들어갔다.

서로 인사를 나누고 나자 사마의가 말했다.

"이제 가정을 잃었으니 제갈량은 틀림없이 달아날 거요. 공은 재빨리 자단과 함께 밤을 도와 뒤쫓도록 하시오."

곽회는 그 말을 좇아 성에서 나와 떠나갔다.

사마의는 장합을 불러 말했다.

"자단과 백제는 내가 혼자 큰 공을 다 차지할까봐 두려워 이 성을 빼앗으러 왔던 거요. 그러나 나 혼자 공을 세우려 했던 게 아니오. 어떻게 하다 보니 운이 좋았을 뿐이오. 내 생각에 위연·왕평·마속·고상 무리는 틀림없이 양평관으로 먼저 가서 지키고 있을 거요. 만약에 내가 그 관을 빼앗으러 가면 틀림없이 제갈량이 뒤따라와 덮칠 거고, 자칫 그 사람이 뜻하는 대로 말려들게 되오. 군사 쓰는 법에 이르기를 '돌아가는 군사는 덮치지 말고, 빠져나갈 데 없는 도적은 쫓지 말라'고 했소. 그대는 샛길로 해서 기곡으로 가 물러가는 촉군을 을러대며 괴롭히시오. 나는 군사를 거느리고 가 야곡의 촉군을 맡겠소. 만약에 저쪽이 싸움에 지고 달아나거든 맞서 막지 마시오. 그대로 달아나게 두었다가 가는 중간에 들이치면 촉군의 물자를 모조리 얻을 수 있소."

장합은 사마의의 계획에 따라 군사 절반을 거느리고 떠나갔다.

사마의가 마침내 명령을 내렸다.

"야곡을 빼앗기 위해 서성으로 해서 나아간다. 서성은 비록 외진 산골의 작은 현이지만 촉군의 식량이 쌓여 있는 곳이고, 또 남안·천수·안정 세 군으로 통하는 길목이다. 이성을 얻기만 하면 세 군을 다시 찾을 수 있다."

이에 사마의는 신탐과 신의는 남아 열류성을 지키게 하고, 자신은 직접 대군을 이끌고 야곡을 바라고 나아갔다.

한편 제갈량은 가정을 지키라고 마속 등을 보냈지만 못내 걱정스런 마음을 떨치지 못하고 있었다. 그때 왕평이 보낸 사람이 땅 생김새를 그린 그림을 가지고 왔다고 했다. 제갈량이 들어오라 하니 곁에서 모시는 이들이 그 그림을 바쳤다. 제갈량은 책상 위에 그림을 펼쳐놓고 살펴보더니 깜짝 놀라며 책상을 내리쳤다.

"마속이 멍청하게도 우리 군사를 구렁텅이에 다 쓸어 넣어버렸구나!"

곁에서 모시는 이들이 물었다.

"승상께서는 어찌하여 그토록 놀라십니까?"

제갈량이 대답했다.

"내 이 그림을 살펴보니, 중요한 길목은 다 제쳐두고 산위에다 영채를 세웠소. 만약에 위군이 많이 들이닥쳐 사방을 둘러싸고 물 긷는 길을 끊으면 채 이틀도 못 가 우리 군사들은 저절로 무너지고 마오. 만약에 가정을 잃으면 우리는 어디로 돌아간단 말이오?”

장사 양의가 나섰다.

“제 비록 재주는 없으나, 제가 가겠으니 마유상을 불러들이십시오.”

제갈량은 양의에게 영채를 세울 자리 따위를 하나하나 일렀다. 양의가 막 떠나려 하는데 염탐꾼이 급히 달려와 보고했다.

“가정과 열류성 모두 다 잃고 말았습니다!”

제갈량은 발을 구르고 한숨을 길게 내쉬었다.

“큰일을 다 그르치고 말았구나! 다 내 잘못이로다!”

제갈량은 급히 관흥과 장포를 불러 일렀다.

“그대 두 사람은 날래고 씩씩한 군사 삼천 명씩을 이끌고 무공산 샛길로 가라. 만약에 위군을 만나거든 크게 싸움을 벌이지 말고, 그저 북 치고 아우성치면서 군사가 많이 있는 듯이만 굴라. 그러면 적은 저절로 달아날 텐데, 그렇다고 뒤쫓아서는 안 된다. 그 군사가 다 물러가기를 기다렸다가 곧바로 양평관으로 가라.”

이어 장익에게는 먼저 군사를 이끌고 검각으로 가서 길을 고쳐 돌아갈 길을 마련해놓도록 했다. 그런 뒤 대군에게 몰래 짐을 꾸려 떠날 준비를 하라는 명령을 가만히 내렸다. 또 마대와 강유에게는 뒤를 끊으라고 하면서, 먼저 산골짜기에 들어가 숨어 있다가 적들이 모두 물러가면 군사를 거두도록 했다. 아울러 믿을 만한 부하들을 천수·남안·안정 세 군으로 나누어 보내 그곳 벼슬아치와 군사와 백성들을 모두 한중으로 들어가도록 했다. 기현으로도 믿을 만한 사람을 보내 강유의 늙은 어머니를 한중으로 옮기도록 했다.

제갈량은 나누는 일을 마치자 먼저 군사 5천 명을 이끌고 식량과 말먹이를 나르기 위해 서성현으로 물러갔다. 그때 염탐꾼이 연거푸 여남은 차례나 나는 듯이 달려왔다.

"사마의가 십오만 대군을 이끌고 서성을 바라고 벌 떼처럼 몰려오고 있습니다!"

그때 제갈량 가까이엔 대장이 하나도 없었다. 남아 있는 이는 붓이나 놀리는 벼슬아치들이었다. 게다가 이끌고 온 군사 5천 명 가운데 절반은 이미 식량과 말먹이를 가지고 떠나고 나머지 2천 5백 명만 성 안에 남아 있었다. 뭇 벼슬아치들은 소식을 듣자마자 모두 낯빛이 바뀌어버렸다.

제갈량이 성 위에 올라가 바라보니 과연 먼지가 하늘을 찌를 정도로 일며 위군이 두 갈래로 나누어 서성현을 향해 몰려오고 있었다.

제갈량은 곧바로 명령을 내렸다.

"깃발들을 모두 감추라. 모든 군사는 저마다 성 위 제자리를 잘 지키라. 함부로 드나들며 큰소리로 떠들면 목을 베리라! 네 문을 활짝 열어젖히고, 문 하나에 백성들로 꾸민 군사를 스무 명씩 보내 길에다 물을 뿌리고 쓸도록 하라. 위군이 오더라도 조금도 주눅 들지 말고 흔들리지 말라. 내게 다 생각이 있다."

명령을 다 내리자 제갈량은 학창의 차림에 윤건을 쓰고, 어린 사내아이 둘에게 거문고를 들려 바로 앞에 적이 내려다보이는 성 위 다락집으로 갔다. 이어 가장자리 나무살에 기대어 앉더니 향을 피우고 거문고를 타기 시작했다.

성 아래에 이른 사마의의 앞부대는 이러한 모습을 보자 섣불리 나아갈 수가 없어 멈추어 선 채 사마의에게 급히 보고했다. 사마의는 웃으면서 믿지 않았다. 전군을 제자리에 멈추게 한 뒤 직접 말을 달려와 멀리서 바라보았다. 과연 제갈량이 성 위에 앉아 향을 피워놓고 웃으면서 거문고를 타고 있었다. 왼쪽에 선 아이는 손으로 보배 칼을 받들고 있고, 오른쪽의 아이는 먼지떨이를 들고 있었다. 성 문 안팎엔 백성들 20명 남짓이 나와 고개를 숙인 채 물을 뿌려가며 청소를 하고 있었다. 그야말로 곁에 누가 있든 말든 알 바 없다는 모습이었다.

사마의는 께름칙한 마음이 크게 들어 곧장 중군으로 돌아간 뒤 뒷부대를 앞부대 삼고, 앞부대는 뒷부대 삼아 북쪽 산길을 잡아 물러가라고 했다.

둘째 아들 사마소가 말했다.

"제갈량이 군사가 없어서 일부러 저러고 있는 듯한데, 아버님께서는 어찌하여 군사를 물리려 하십니까?"

사마의가 손을 내저었다.

"제갈량은 평생 동안 조심하고 조심한 사람이다. 아직까지 위험한 짓을 한 일이 없다. 지금 성 문을 활짝 열어놓은 걸 보면 틀림없이 군사가 숨어 있다. 우리 군사가 나아가면 그대로 제갈량이 노리는 대로 되고 만다. 너희들이 무얼 알겠느냐? 빨리 물러가도록 하라."

이에 두 갈래 군사는 모두 물러갔다. 제갈량은 위군이 멀리 물러간 걸 보자 손뼉을 치며 웃었다.

뭇 벼슬아치들이 놀라 어리둥절한 말투로 물었다.

"사마의는 위의 뛰어난 장수입니다. 지금 십오만 명이나 되는 씩씩한 군사들을 이끌고 왔는데 승상을 보자마자 재빨리 물러가고 말았습니다. 왜 그런 겁니까?"

제갈량이 대답했다.

"저 사람은 내가 평생 동안 조심하고 조심하며 쉽게 위험한 일을 저지르지 않는다는 걸 알고 있소. 그래서 우리가 하고 있는 모습을 보자 군사가 숨어 있겠거니 의심하고 물러갔소. 나는 위험한 짓을 하는 사람이 아닌데, 이번엔 어쩔 수 없어 한번 해보았소. 그 사람은 틀림없이 군사를 이끌고

제갈량이 거문고를 타서 사마의의 대군을 물리치다.

북쪽 산 샛길을 잡아 갔소. 내 이미 관흥과 장포 두 사람을 보내 기다리고 있으라 했소."

모두들 놀라 입이 쩍 벌어졌다.

"승상의 기가 막히신 꾀는 귀신도 미처 모를 일입니다. 저희들 같았으면 틀림없이 성을 버리고 달아나느라 바빴을 겁니다."

제갈량이 말했다.

"우리 군사는 겨우 이천 오백 명뿐이오. 성을 버리고 달아났다 해도 멀리 달아나지 못했을 게 틀림없소. 그렇다면 결국 사마의 손에 사로잡히지 않을 수 있었겠소?"

나중에 어떤 사람이 시를 남겨 이를 기렸다.

석 자밖에 안 되는 거문고가 엄청난 군사를 눌렀구나
제갈량이 서성에서 적을 물리칠 때 얘기라네
15만 대군이 말 머리를 돌리던 자리
그 고장 사람들, 아직도 그곳 가리키며 갸우뚱하네

제갈량은 말을 마치자 손뼉을 치며 껄껄 웃었다.

"내가 만약 사마의였다면 결코 그대로 물러가지는 않았으리라."

그런 뒤 서성의 백성들에게 군사를 따라 한중으로 가도

록 했다. 사마의가 머지않아 반드시 다시 오리라 여겼기 때문이다. 마침내 제갈량은 서성을 떠나 한중으로 달아났다. 천수·안정·남안 세 군의 벼슬아치와 군사와 백성들도 그 뒤를 이어 줄줄이 뒤따라갔다.

한편 사마의는 무공산의 좁다란 길로 달아나고 있었다. 난데없이 산언덕 뒤쪽에서 외침 소리가 하늘을 찌를 듯이 울려퍼지고 북소리가 땅을 뒤흔들었다.

사마의가 두 아들을 돌아보았다.

"내가 만약에 달아나지 않았으면 틀림없이 제갈량의 노림수에 빠지고 말았다."

큰길로 군사 힌 무리가 부찌르며 나오는 게 보였다. 깃발을 보니 큰 글씨로 '우호위사 호익장군 장포'라고 쓰여 있었다. 위군들은 모두 갑옷을 벗어던지고 창도 내던진 채 달아나기 시작했다. 그러나 얼마 가지 않았을 때 또다시 산골짜기에서 외침 소리가 일며 땅을 뒤흔들고 북소리, 나팔 소리가 하늘에 울려퍼졌다. 앞쪽에 큰 깃발 하나가 나부끼기에 보니 '좌호위사 용양장군 관흥'이라고 쓰여 있었다. 외침 소리가 골짜기 안에 계속 메아리치니 촉군이 얼마나 많은지 알 수도 없었다. 게다가 위군들은 잔뜩 주눅이 들고 께름칙한 마음뿐이어서 오래 머물 수도 없었다. 그래서 물자까지도 다 내던지고 달아났다.

관흥과 장포 두 사람은 명령을 받은 대로 뒤를 쫓지 않고 무기며 식량이며 말먹이 따위만 챙겨 돌아갔다.

사마의는 산골짜기 안마다 모두 촉군이 있자 두려움에 큰길로 나아가지 못하고 가정으로 돌아갔다.

이때 조진은 제갈량이 군사를 물린 것을 알고 급히 그 뒤를 쫓았다. 갑자기 산 뒤쪽에서 쾅 소리가 한 방 크게 나더니 촉군이 산과 들을 뒤덮으며 몰려왔다. 우두머리 대장을 보니 강유와 마대였다. 조진은 깜짝 놀라 급히 군사를 물리려 했다. 그러나 앞장섰던 진조가 벌써 마대의 칼을 맞고 말 아래로 고꾸라졌다. 조진은 군사를 이끌고 쥐가 구멍을 찾듯이 달아났다. 촉군은 밤새 한중으로 돌아갔다.

한편 조운과 등지는 기곡의 길가에 군사를 숨겨놓고 있었다. 제갈량이 군사를 돌려 돌아가라는 명령을 내렸다는 소식을 듣자 조운이 등지에게 말했다.

"위군은 우리가 물러가는 줄 알면 틀림없이 쫓아올 거요. 내가 먼저 군사 한 무리를 이끌고 뒤에 숨어 있겠소. 공은 내 깃발을 내세우고 천천히 물러가시오. 나도 한 걸음씩 뒤따라가며 보호하겠소."

이때 곽회는 군사를 이끌고 다시 기곡으로 돌아가는 길

이었다. 곽회가 앞장선 소옹을 불러 일렀다.

"촉의 장수 조운은 뛰어나게 씩씩한 사람으로 막을 자가 없으니 그대는 조심하시오. 그쪽 군사가 물러간다 해도 반드시 뭔가 속임수가 있소."

소옹이 머뭇거림 없이 말했다.

"도독께서 도와주시면 제가 조운을 사로잡겠습니다."

소옹은 앞에서 군사 3천 명을 이끌고 기곡으로 뛰어들어갔다. 차츰 촉군이 가까워지는데 산언덕 뒤쪽에서 붉은 깃발 하나가 나타났다. 깃발에는 흰 글씨로 '조운'이라고 쓰여 있었다. 소옹은 급히 군사를 거두어 뒤로 달아났다. 그러나 몇 리 가지 않았을 때 외침 소리가 크게 울리더니 사나운 범 같은 군사 한 무리가 나타났다. 우두머리 대장이 창을 꼬나잡고 말을 달려나오더니 크게 소리쳤다.

"너는 조자룡을 모르느냐!"

소옹은 까무러치게 놀랐다.

"어찌하여 조운이 또 있단 말인가?"

소옹은 미처 손을 쓸 틈도 없이 조운이 한 번 내지른 창에 찔려 말 아래로 떨어져 죽었다. 나머지 군사들은 다 흩어져 버렸다.

조운이 계속 앞으로 나아가는데 등 뒤에서 또 군사 한 무리가 쫓아왔다. 곽회의 부하 장수인 만정이 이끄는 군사였다. 조운은 위군이 워낙 급하게 몰려오는지라 말을 세우고 창을 부여잡은 채 길 어귀에 버티어 서서 적이 달려들기를 기다렸다. 그 사이에 촉군은 벌써 30리 넘게 물러가고 있었다. 만정은 조운을 알아보자 두려움에 앞으로 나아갈 수가 없었다. 조운은 해가 질 때까지 그렇게 서서 버티다가 천천히 말 머리를 돌려 물러갔다.

곽회가 군사를 이끌고 오자 만정은 조운이 옛날과 마찬가지로 워낙 뛰어나게 씩씩해서 겁이 나 앞으로 가까이 다가가 싸울 수가 없었다고 말했다. 곽회는 군사들에게 급히 뒤쫓으라는 명령을 내렸다. 만정도 말 탄 군사들 가운데 씩씩한 사람 수백 명을 이끌고 뒤쫓았다. 큰 숲 앞에 이르렀을 때였다. 갑자기 등 뒤에서 벼락 치는 듯한 소리가 들렸다.

"조자룡이 여기 있노라!"

그 호통 소리에 놀라 말에서 떨어진 군사만도 1백 명이 넘고, 나머지 군사들은 모두 고개를 넘어 달아나버렸다. 만정은 억지로 힘을 내 맞섰으나, 조운이 쏜 화살이 투구에 매달린 술에 날아와 꽂히는 바람에 놀라 시내 가운데로 곤두박질치고 말았다.

조운이 창끝으로 만정을 가리키며 말했다.

"내 너의 목숨은 살려줄 테니 돌아가거라! 가서 곽회더러 빨리 쫓아오라고 해라!"

만정은 겨우 목숨을 건져 돌아갔다. 조운은 수레와 군사를 몰고 한중을 바라고 갔다. 가는 길에 아무것도 잃지 않았다.

조진과 곽회는 세 군을 다시 빼앗아 그걸 공으로 내세웠다.

사마의는 군사를 나누어 다시 나아갔다. 촉군들은 모두 다 한중으로 돌아간 뒤였다. 사마의는 군사 한 무리를 이끌고 다시 서성으로 왔다. 거기 남아 있던 백성들과 산속에 숨어 사는 이들의 말을 들어보니, 제갈량은 그때 성 안에 군사를 겨우 2천 5백 명밖에 거느리고 있지 않았다고 했다. 게다가 장수는 하나도 없이 붓이나 놀리는 벼슬아치만 몇 명 있었고, 숨겨둔 군사도 따로 없었다고 했다.

무공산에 사는 백성들이 말했다.

"괸흥과 장포는 겨우 군사 삼천 명씩을 거느리고 이 산 저 산 몰려다니며 아우성치고 북을 시끄럽게 울려 위군이 놀라 물러가게 했답니다. 따로 군사가 더 있지 않아 더 싸우지는 못했답니다."

사마의는 못내 아쉬워 하늘을 우러르며 한숨을 내쉬었다.

"나는 정말 공명만 못하구나!"

사마의는 여기저기의 벼슬아치와 백성들을 어루만진 뒤, 군사를 거느리고 장안으로 가서 위 임금을 만났다.

조예가 말했다.

"우리가 다시 농서의 여러 군을 얻은 건 모두 그대의 공이오.”

사마의가 말했다.

“지금 촉군은 모두 한중에 있어 다 무찌르지 못했습니다.
저에게 대군을 내주시면 힘을 다해 동천과 서천을 거두어
폐하의 은혜를 갚겠습니다.”

조예가 아주 좋아라 하며 곧바로 사마의를 시켜 군사를
일으키도록 했다. 그때 불쑥 한 사람이 나서며 말했다.

“저에게 쓸 만한 계획이 하나 있습니다. 촉을 가라앉히고
오의 항복을 받을 수 있는 방법입니다.”

촉의 장수와 승상이 이제 막 돌아가자
위 땅 임금과 신하들은 또다시 꾀를 내는구나

과연 그러한 꾀를 내는 이는 누구인지…….

제96회

제갈량이 울며
마속을 베다

제갈량은 눈물을 뿌리며 마속을 베고
주방은 머리털을 잘라가며 조휴를 속이다

이때 쓸 만한 계획이 있다며 나선 사람은 상서 손자였다.

조예가 물었다.

"그대가 가지고 있다는 좋은 방법이 무엇이오?"

손자가 말했다.

"옛적에 태조 무황제께서 장로를 거두실 때 위험한 일을
여러 번 겪으시고 나서야 끝을 맺으셨습니다. 그때 뭇 신하
들에게 늘 '남정 땅은 참으로 하늘이 만든 감옥과 같다'고
하셨습니다. 더구나 야곡길 오백 리는 바위굴 속을 지나는
듯해서 아무리 봐도 군사를 쓸 만한 곳이 못 됩니다. 지금

만약에 천하의 군사를 모두 일으켜 촉을 치러 가면 그 틈을
타 동오가 쳐들어올 겁니다. 그러니 지금 있는 군사들을 대
장들에게 나누어주며 험한 길목을 지키도록 하고, 안으로
힘을 더 기르고 날카로운 기운을 쌓도록 하는 게 좋겠습니
다. 그러면 몇 해 지나지 않아 우리 중국은 날로 강해지고,
오와 촉 두 나라는 틀림없이 서로 싸우느라 지쳐 떨어집니
다. 그때 일을 꾀하시면 어찌 이기지 못하겠습니까? 부디
폐하께서는 그렇게 하시기 바랍니다.”

조예가 사마의를 바라보았다.

“이 생각이 어떻소?”

사마의가 대답했다.

“손상서의 말씀이 더할 나위 없이 옳습니다.”

조예는 그 말을 좇아 사마의에게 여러 장수들을 험한 길
목에 나누어 보내 지키도록 하고, 곽회와 장합은 장안에 머
물며 지키도록 했다. 이어 모든 군사들에게 상을 크게 내린
뒤 낙양으로 돌아갔다.

한편 제갈량은 한중으로 돌아와 군사들을 살펴보았다.
그런데 조운과 등지가 보이지 않았다. 제갈량은 속으로 무
척 걱정이 되어 관흥과 장포더러 군사 한 무리씩을 이끌고
가 돕도록 했다. 두 사람이 막 떠나려 하는데 뜻밖에 조운과

등지가 이르렀다는 보고가 들어왔다. 사람 하나 다치지 않고, 말 한 마리 잃지 않고, 물자와 무기도 잃지 않고 고스란히 다 가지고 왔다고 했다. 제갈량은 무척 기뻐하며 직접 여러 장수들을 거느리고 나가 맞았다. 조운이 급히 말에서 내려 땅바닥에 엎드리며 말했다.

"승상께서는 어찌하여 싸움에 진 장수를 맞으려 먼 데까지 수고로이 나오셨습니까?"

제갈량이 조운을 급히 붙들어세운 뒤 손을 잡고 말했다.

"이번 일은 내가 똑똑지 못해서 이렇게 되고 말았소! 여러 곳의 군사와 장수가 다 져서 잃은 게 많은데 오로지 자룡께서만 사람 하나, 말 한 마리 잃지 않았소. 어떻게 그럴 수 있었소?"

등지가 나서서 말했다.

"저는 군사를 이끌고 앞서 가고, 자룡께서는 홀로 남으셔서 뒤를 끊으시며 적의 장수를 베고 공을 세우셨습니다. 그 바람에 적들 모두 놀라고 두려워했기에 군사·물자 하나 잃지 않을 수 있었습니다."

제갈량이 고개를 끄덕였다.

"참으로 장군이시오!"

제갈량은 조운에게 황금 50근을 주고, 군사들에게는 비단 1만 필을 상으로 주려 했다.

조운이 사양하며 말했다.

"모든 군이 조그마한 공도 세우지 못했으니 저마다 그 죄를 나누어 져야 합니다. 이런 때 도리어 상을 받는다면 그건 승상께서 상과 벌을 뚜렷이 가르지 못하시는 게 됩니다. 일단 창고에 넣어두셨다가 올 겨울에 군사들한테 나누어주셔도 늦지 않을 겁니다."

제갈량은 가슴이 뭉클했다.

"돌아가신 황제께서 살아 계실 때 늘 자룡의 덕스러움을 칭찬하시더니, 지금 보니 과연 그대로요!"

이때부터 제갈량은 조운을 더욱 존경하게 되었다.

그때 마속·왕평·위연·고상이 이르렀다는 보고가 들어왔다. 제갈량은 먼저 왕평을 막사로 불러 꾸짖었다.

"내 그대에게 마속과 함께 가정을 지키라 했는데 어찌하여 말리지 않고 일을 그르치게 하였는가?"

왕평이 대답했다.

"저는 거듭 권하기를, 중요한 길목에 흙으로 성을 쌓고 군사를 머물게 해 지키자고 했습니다. 그러나 참군이 화만 벌컥벌컥 내며 말을 들어주지 않았습니다. 그래서 저는 따로 군사 오천 명을 거느리고 산에서 십 리 떨어진 곳으로 가 영채를 세웠습니다. 그때 위군이 갑자기 쳐들어와 산을 사방으로 에워쌌기에 저는 군사를 이끌고 가 여남은 차례에 걸쳐 무찔렀으나 끝내 뚫고 들어가지 못했습니다.

다음 날 산 위 군사들은 흙이 무너지고 기와가 깨지듯 걷잡을 수 없이 되자 항복하는 이가 셀 수 없이 많아졌습니다. 저는 외따로 군사를 거느리고 버티는 게 어려워 위문장에게 도와달라고 하러 갔습니다. 그러나 가는 길에 위군을 만나 산골짜기 안에 갇히고 말았습니다. 가까스로 뚫고 나와 영채로 돌아오니 이미 위군이 영채를 차지하고 있었습니다. 그래서 열류성을 바라고 가는데 길에서 고상을 만났습니다. 마침내 군사를 세 갈래로 나누어 위군 영채를 덮치고 가정을 되찾고자 했습니다.

그런데 가정으로 가는 길에 숨어 있는 군사가 하나도 없어 뭔가 꺼림칙했습니다. 그래서 높은 데로 올라가 살펴보니 위연과 고상이 위군에게 갇혀 있는 게 보였습니다. 저는 곧바로 겹겹으로 둘러싸인 곳을 뚫고 들어가 두 장수를 구한 뒤 참군과 모두 한자리에 모였습니다. 그런 뒤 양평관을 잃게 될까봐 걱정스러워 급히 돌아가 지켰습니다. 사실 제가 말리지 않은 게 아닙니다. 승상께서 정 못 믿으시겠거든 부하 장수들에게 물어보십시오.”

제갈량은 왕평을 나무란 뒤 물러가게 하고 마속을 들라고 했다. 마속은 스스로 몸을 묶은 채 들어와 꿇어앉았다.

제갈량의 낯빛이 바뀌었다.

"그대는 어려서부터 군사 다루는 책을 많이 읽어 싸우는 법을 익히 잘 알고 있는 사람일세. 내 여러 차례에 걸쳐 가정은 우리의 중요한 바탕이 되는 곳이라고 타일러 조심하게 했네. 그대는 가족의 목숨을 걸고 이 중요한 자리를 맡았지. 그대가 만약에 왕평이 말리는 말을 들었다면 어찌 이런 화를 입었겠는가? 이번 싸움에 져서 장수가 꺾이고 땅을 잃고 성이 무너진 건 죄다 그대의 잘못이다! 군법을 뚜렷이 밝히지 않으면 어찌 많은 군사들을 따르게 할 수 있겠는가? 그대는 지금 법을 어겼으니 나를 원망하지 말라. 그대가 죽고 난 뒤 그대의 가족에겐 달마다 녹으로 쌀을 줄 터이니 그대는 뒷일은 걱정하지 않아도 된다."

제갈량은 말을 마치자 마속을 끌어내 목을 베라 하였다.

마속이 울며 말했다.

"승상께서는 저를 아들처럼 여겨주셨고, 저도 승상을 아버지처럼 생각하였습니다. 저의 죄는 죽어 마땅합니다. 그러나 승상께서는 부디 그 옛날 순 임금이 곤을 죽였지만 곤의 아들 우를 쓰신 뜻을 헤아려만 주십시오. 그러면 저는 죽어 저승에 가서도 아무런 한이 없겠습니다!"

마속은 말을 마치자 목을 놓아 울었다.

제갈량이 눈물을 뿌리며 말했다.

"내 그대와는 형제 같은 의리를 지니고 있었으니 그대의 아들은 내 아들이나 마찬가지다. 그러니 굳이 부탁하고 말고 할 것도 없느니라."

무사들이 마속을 베기 위해 군문 밖으로 끌고 갔다. 그때 참군 장완이 마침 성도에서 오다가 무사들이 마속을 베려는 걸 보고 소스라치게 놀라 크게 소리쳤다.

"잠깐 기다려라!"

그런 뒤 들어가 제갈량을 만났다.

"옛적에 초나라의 득신이 진나라와 싸우다 지고 돌아와 죽고 나니 진나라 문공이 기뻐했답니다. 아직 천하의 자리를 미처 잡지 못했는데 슬기와 꾀를 지닌 신하를 죽이면 이 어찌 안타까운 일이 아니겠습니까?"

제갈량이 눈물을 흘리며 대답했다.

"옛적에 손무가 천하를 누를 수 있었던 것은 바로 법을 제대로 밝혀 썼기 때문이오. 지금 사방이 서로 다투며 싸움이 시작되었는데, 만약 법을 업신여긴다면 어떻게 역적을 칠 수 있겠소? 마땅히 베어야만 하오."

조금 뒤 무사들이 마속의 머리를 가지고 와 뜰아래에 바쳤다. 제갈량은 목을 놓아 그치지 않고 울었다.

장완이 물었다.

"지금 마유상이 죄를 지어 군법에 따라 바로잡았는데, 승상께서는 어찌하여 우십니까?"

제갈량이 대답했다.

"나는 지금 마속이 죽어 우는 게 아니오. 내 돌이켜 떠올려보니, 돌아가신 황제께서 백제성에서 세상을 뜨시려 할 때 내게 부탁하시기를 '마속은 말이 사실보다 훨씬 더 앞서니 크게 쓸 만한 사람이 아니다'라고 말씀하셨소. 지금 보니 과연 그 말씀이 딱 들어맞았소. 돌아가신 황제의 말씀을 떠올리니 내 밝지 못함이 깊이깊이 한스러워 이렇듯 가슴이 아프오!"

이 말에 높고 낮은 장수들 가운데 눈물을 흘리지 않는 이가 없었다.

마속이 죽은 때의 나이는 39살로, 건흥 6년 여름 5월이었다.

나중에 어떤 사람이 읊은 시가 있다.

가정을 잃은 죄 어찌 가벼우랴

어이없게도 마속이 군사 쓰는 일을 들먹이다니

군문 밖에서 머리 베어 군법 단단히 하고

눈물 닦으며 돌아가신 황제가 이른 말씀 떠올리네

제갈량은 마속의 머리를 영채마다 돌려 두루 보여주었다. 그런 다음 몸통에 머리를 다시 이어 붙인 뒤 관을 갖추

제갈량이 울며 마속을 베다.

어 장사를 지내게 했다. 제갈량은 직접 제문을 지어 제사를 지낸 뒤, 마속의 가족은 더욱 불쌍히 여겨 정성껏 어루만지며 다달이 쌀을 보내주도록 했다.

제갈량은 스스로 글을 지어 장완을 시켜 유선에게 갖다 바치도록 했다. 제갈량은 스스로 승상의 자리에서 내려가겠다는 뜻을 밝혔다. 장완은 성도로 돌아가 유선에게 제갈량의 글을 바쳤다. 유선이 글을 펼쳐보았다.

저는 어리석어 재주도 얕으면서 너무 큰 자리에 앉아 직접 지휘기와 도끼를 쥐고 모든 군사를 다스렸습니다. 그러나 규정을 제대로 가르치지 못하고 군법도 밝히지 못하였습니다. 그러했기에 일이 닥쳤을 때 쩔쩔매게 되어 가정에서는 명령을 지키지 않는 잘못을 저지르게 하고, 기곡에서는 조심하지 않는 잘못을 저지르게 했습니다. 잘못은 모두 저한테 있습니다. 제가 사람을 알아보는 눈이 밝지 못하고, 일을 돌볼 때 어둡기 짝이 없습니다. 역사에 비추어보자면 저는 죄를 벗어날 수 없습니다. 저 스스로 벼슬을 세 자리 내려 제 잘못을 탓하고자 하니 저의 잘못을 꾸짖어주십시오. 부끄러움을 이길 수 없어 엎드려 명령만 기다립니다.

유선이 다 읽고 나서 신하들을 둘러보았다.

“이기고 지는 건 싸움터에서 흔히 있는 일인데, 승상이 어찌하여 이런 말씀을 하시는 게요?”

시중 비의가 말했다.

“제가 듣기에 나라를 다스리는 이는 반드시 법을 무겁게 받들어야 한다고 했습니다. 만약에 법이 제대로 쓰이지 않는다면 어떻게 사람들을 따르게 할 수 있겠습니까? 승상이 싸움에 져 스스로 벼슬을 깎아내리고자 하는 건 참으로 마땅한 일이라 생각합니다.”

유선은 그 말을 받아들여 제갈량을 우장군으로 삼는다는 조서를 내렸다. 그러나 승상의 일을 그대로 맡아보도록 하고, 지금까지 했던 대로 군사도 모두 맡아 다스리도록 하였다.

비의는 조서를 가지고 한중으로 갔다. 마침내 제갈량은 벼슬이 깎이는 조서를 받았다. 비의는 혹시라도 제갈량이 부끄럽게 생각할까봐 축하하는 말을 꺼냈다.

“촉의 백성들은 승상께서 처음에 네 고을을 빼앗은 걸 알고 무척 좋아했습니다.”

제갈량의 낯빛이 바뀌었다.

“그게 무슨 말이오! 얻었다가 다시 잃었으니 얻지 못한 거나 마찬가지요. 공이 그런 걸 가지고 나를 칭찬하려 하는데 참으로 낯부끄러운 일이오.”

비의가 또 말했다.

"황제께서는 승상께서 강유를 얻으셨다는 말씀을 듣고 무척 기뻐하셨습니다."

제갈량이 발끈 화를 냈다.

"싸움에 져서 돌아오고, 한 치의 땅도 빼앗지 못한 건 내 큰 죄요. 우리한테 강유 한 사람이 왔다고 해서 위나라에 손해날 게 얼마나 있겠소?"

그래도 비의는 물러나지 않았다.

"승상께서는 지금 용감한 군사 수십만 명을 거느리고 계시니 위를 다시 치실 수 있지 않겠습니까?"

제갈량이 대답했다.

"전에 대군이 기산과 기곡에 머물고 있을 때, 우리 군사가 적군보다 많았는데도 적을 깨지 못하고 되레 지고 말았소. 이기고 지는 건 군사가 많고 적은 데에 있지 않고 주된 장수에 달려 있소. 이제 나는 군사와 장수를 줄이고 벌을 밝히고 잘못을 되돌아보아, 앞으로는 어떤 경우에도 막히지 않고 뚫고 나갈 수 있도록 하겠소. 그렇게 하지 못하면 군사가 아무리 많은들 어디다 쓰겠소? 이제 나라의 앞날을 멀리까지 생각하는 사람이라면 누구든 내 잘못을 깨닫게 해주고, 내 부족한 점을 꾸짖어주기 바라오. 그래야 일이 바로잡히고 적도 무찔러 공을 이룰 날을 기다릴 수 있소."

비의를 비롯해 여러 장수들 모두 제갈량의 말에 느끼는 바가 많았다.

비의가 성도로 돌아간 뒤 제갈량은 한중에서 군사들을 아끼고 백성들을 사랑하는 가운데 군사들을 북돋우며 무예를 익히도록 했다. 또 성을 무찌르고 물을 건너는 데 필요한 기구를 만들고, 식량과 말먹이도 미리 마련하면서 앞으로 벌어질 싸움 준비를 해나갔다. 위의 염탐꾼은 이러한 일을 알아내 낙양으로 보고했다.

위 임금 조예는 소식을 듣자 바로 사마의를 불러 촉을 무너뜨릴 방법을 의논했다.

사마의가 말했다.

"아직은 촉을 칠 때가 아닙니다. 요새 날씨가 너무 더워 촉군도 틀림없이 싸우러 오지 않을 겁니다. 만약에 우리 군사가 저쪽 땅 깊숙이 쳐들어간다 해도 저쪽에서 험한 길목을 지키고 있으면 쉽게 무찌를 수 없습니다."

조예가 물었다.

"만약 촉군이 다시 우리 땅을 쳐들어오면 어찌해야 하오?"

사마의가 대답했다.

"제가 이미 준비를 해놓았습니다. 이번에 제갈량은 틀림없이 옛날에 한신이 벼랑길을 고치는 척하며 적을 속이고 몰래 진창으로 건너갔던 방법을 쓸 겁니다. 제가 한 사람을 추천할 테니 그 사람을 진창길 어귀로 보내 성을 쌓고 지키게 하십시오. 그러면 만에 하나 있을 만한 실수도 없습니다. 그 사람은 키가 아홉 자이고, 원숭이처럼 팔이 길어 활을 잘 쏘고, 슬기와 꾀도 갖추고 있습니다. 그러니 제갈량이 쳐들어오더라도 거뜬히 막아냅니다.”

조예가 좋아라 하며 물었다.

“그 사람이 누구요?”

사마의가 대답했다.

“태원 사람으로 자가 백도인 학소입니다. 지금 잡호장군으로 하서 땅을 지키고 있습니다.”

조예는 사마의의 말을 받아들였다. 그래서 학소의 벼슬을 더해 진서장군으로 삼은 뒤 진창길 어귀를 지키라고 한 뒤, 조서를 꾸며 학소에게 보냈다.

그때 뜻밖에 양주 사마 대도독 조휴가 글을 보내왔다. 동오의 파양 태수 주방이 자기 고을을 바치고 항복하고 싶다며 몰래 사람을 보내왔다고 했다. 게다가 동오를 깰 수 있는 방법 일곱 가지를 들먹이며 빨리 군사를 보내 빼앗자고 했단다.

조예는 글을 임금 상 위에 펼쳐놓고 사마의와 함께 들여다보았다.

사마의가 말했다.

"이 말의 앞뒤를 새겨보니 어긋나지 않습니다. 오는 마땅히 무찌를 수 있습니다! 제가 군사 한 무리를 이끌고 조휴를 돕도록 하겠습니다."

갑자기 한 사람이 나서며 말렸다.

"동오 사람들은 말을 잘 뒤집어서 그대로 믿을 수 없습니다. 게다가 주방은 슬기와 꾀가 있는 사람입니다. 반드시 항복하지 않습니다. 이는 우리를 속이려는 짓입니다."

모두들 그 사람을 바라보았다. 건위장군 가규였다.

사마의가 말했다.

"이 말 역시 맞는 말이라 내칠 수는 없지만, 이런 기회를 놓쳐서도 안 됩니다."

조예가 말했다.

"그럼 중달이 가규와 함께 가서 조휴를 돕도록 하시오."

두 사람은 명령을 받들어 곧바로 떠났다. 이리하여 조휴는 대군을 이끌고 환성을 빼앗으러 가고, 가규는 전장군 만총과 동완 태수 호질과 함께 양성을 빼앗기 위해 곧장 동관으로 갔다. 사마의는 본부군을 이끌고 강릉을 빼앗으러 갔다.

한편 오 임금 손권은 무창 동관에서 뭇 벼슬아치들을 모아놓고 의논을 하고 있었다.

"이번에 파양 태수 주방이 몰래 글을 올려, 위의 양주 도독 조휴가 우리 땅에 쳐들어올 뜻이 있다는 걸 알려왔소. 주방은 거짓 속임수로 일곱 가지 방법을 써 위군을 우리 땅 깊숙이 들어오게 한 뒤 군사를 숨겨두었다가 사로잡겠다고 하오. 지금 위군은 세 길로 나누어 쳐들어오고 있소. 여러분들은 좋은 생각을 가지고 있소?"

고옹이 나섰다.

"이처럼 큰일은 육백언이 아니고선 누구도 섣불리 맡을 수 없습니다."

손권은 무척 기뻐하며 바로 육손을 불러 보국대장군 평북대원수로 삼았다. 그리고 어림대군을 거느려 임금의 일까지 맡아보게 하며 흰 소꼬리기와 황금 도끼를 주어 문무 벼슬아치들이 모두 그의 명령을 받도록 했다. 이어 손권은 직접 육손에게 채찍을 쥐어주었다. 육손은 명령을 받자 고마움을 나타낸 뒤 두 사람을 추천하여 좌우도독으로 삼고, 군사를 세 갈래로 나누어 위군을 맞아 싸우러 가겠다고 했다. 손권이 누구냐고 묻자 육손이 대답했다.

"분위장군 주환과 수남장군 전종으로, 두 사람은 저를 잘 도와줄 겁니다."

손권은 그의 뜻을 받아들여 곧바로 주환을 좌도독으로,

전종은 우도독으로 삼았다. 마침내 육손은 강남 81고을과 형호의 군사 70만 명을 거느리고 주환에게는 왼쪽을, 전종에게는 오른쪽을 맡긴 뒤 육손 자신은 가운데를 맡아 세 갈래로 나누어 나아갔다.

주환이 싸울 방법을 말했다.

"조휴는 위 임금의 친척이기 때문에 그 자리를 맡았을 뿐 슬기도, 씩씩함도 없는 장수입니다. 지금 주방이 꾀기 위해 속인 말을 듣고 우리 땅 깊숙이 들어와 있으니, 원수께서 군사를 몰고 들이치면 조휴는 반드시 지게 되어 있습니다. 지고 나면 틀림없이 두 갈래로 나누어 달아날 텐데 왼쪽은 협석길이고, 오른쪽은 괘차길입니다. 두 길 모두 외진 산속의 좁다란 길로 아주 험하기 짝이 없습니다. 저와 전자황이 군사 한 무리씩을 이끌고 가 험한 산속에 숨어 있으면서 미리 통나무와 큰 돌로 길을 막아놓으면 조휴를 사로잡을 수 있습니다. 조휴를 사로잡고 나면 그대로 군사를 몰고 나가 가뿐히 수춘을 얻고, 나아가 허도와 낙양도 노려볼 수 있습니다. 이는 만 년에 한 번 있을까 말까 한 기회입니다."

그러나 육손이 고개를 저었다.

"그다지 좋은 방법이 아니오. 내게 좋은 생각이 있소."

이에 주환은 속으로 고깝게 생각하며 물러갔다. 육손은 제갈근 등에게 강릉을 지켜 사마의를 막도록 하였다. 이어 다른 여러 곳에도 명령을 내려 준비를 끝내도록 했다.

　한편 조휴가 군사를 이끌고 환성에 이르자 마중 나온 주방이 조휴의 막사로 왔다.
　조휴가 물었다.
　"얼마 전에 그대가 보낸 편지를 보니, 일곱 가지 방법이 앞뒤 다 들어맞는 말이라 황제께 말씀드리고 대군을 일으켜 세 갈래로 나누어 떠나왔소. 만약에 강동 땅을 얻게 되면 그대의 공이 적지 않소. 그런데 사람들이 말하기를, 그대는 원래 꾀가 많은 사람이라서 그대의 말을 곧이곧대로 믿을 수 없다고 하오. 하지만 나는 그대가 결코 나를 속이지 않으리라고 믿소."
　그 말에 주방이 갑자기 목을 놓아 울며 곁에 따라온 이의 칼을 재빨리 빼어 든 다음 자기 목을 찌르려 했다. 조휴가 급히 말리자 주방이 칼을 짚고 서서 말했다.
　"내가 일곱 가지 방법을 알려드리면서 속마음까지 내비쳐드릴 수 없는 게 한스러웠소. 그러한 의심을 받게 된 건 틀림없이 동오 사람이 사이를 벌어지게 하는 꾀를 썼기 때문인 듯싶소. 만약에 그 말을 그대로 믿으시면 나는 죽음뿐이오. 나의 충성스러운 마음은 오로지 하늘만이 아십니다!"
　말을 마치자 주방은 또 칼을 들어 목을 찌르려 했다. 조휴가 깜짝 놀라 부리나케 붙들며 말렸다.

"내 그저 가볍게 해본 말인데 그대는 왜 자꾸 이러시오!"

주방은 들고 있던 칼로 머리털을 싹둑 잘라 바닥에 내던졌다.

"나는 충성스런 마음으로 공을 대했건만, 공께서는 나를 한갓 웃음거리로 여기셨소. 나는 부모한테 받은 머리털을 잘라서라도 내 마음을 드러내 보여주고 싶소!"

이에 조휴는 주방을 깊이 믿어 잔치를 베풀며 대접했다. 잔치 자리가 끝나 주방이 돌아가고 났을 때 뜻밖에 건위장군 가규가 왔다고 했다. 조휴가 들라 하여 물었다.

"그대가 어쩐 일이오?"

가규가 말했다.

"제가 헤아려보니 동오 군사들은 모두 환성에 모여 있는 듯합니다. 도독께서는 가벼이 나가지 마십시오. 저와 함께 양쪽에서 나누어 들이쳐야 적을 깰 수 있습니다."

조휴가 화를 벌컥 냈다.

"그대는 내 공을 빼앗자고 그런 말을 하오?"

가규가 물러서지 않고 계속 말했다.

"주방이 자기 머리털을 자르면서까지 다짐을 했다고 들었습니다. 이게 바로 속임수입니다. 옛날에 요리라는 이는 미리 팔을 자른 뒤 도망쳐왔노라고 속여 경기가 믿게 해놓고 끝내 경기를 찔러 죽였소. 이러한 일에 비추어볼 때 아직 깊이 믿으시면 안 됩니다.”

조휴는 화가 머리끝까지 치밀어올랐다.

“내 이제 막 군사를 끌고 나가려 하는데, 그대는 어찌하여 그따위 말로 군사들 마음을 흐트러뜨리려 하는가!”

조휴는 곧바로 가규를 끌어다가 목을 베라고 소리쳤다. 그러자 뭇 장수들이 말렸다.

“아직 군사가 나아가기도 전에 대장부터 베는 건 우리 군사들한테 도움이 되지 않습니다. 부디 용서해주시기 바랍니다.”

조휴가 마지못해 그 말을 받아들였다. 그러나 가규와 그의 군사는 영채에 남아 있게 한 뒤, 자신은 직접 군사 한 무리를 이끌고 동관을 빼앗으러 떠났다. 그때 주방은 가규가 군사를 다스릴 수 있는 힘을 빼앗겼다는 말을 듣자 속으로 무척 좋아라 했다.

“조휴가 만약에 가규의 말을 들었더라면 동오는 질 수밖에 없다. 이는 바로 하늘이 나더러 공을 세우라는 뜻이다!”

주방은 곧바로 사람을 환성으로 몰래 보내 육손에게 보고했다.

육손은 여러 장수들을 모아놓고 명령을 내렸다.

“앞쪽의 석정은 비록 산길이긴 하지만 숨어 있을 만하오.

먼저 석정으로 가 넓은 데를 차지하여 진을 펼쳐놓고 위군이 오기를 기다리시오."

이어 서성을 앞장서게 한 뒤 군사를 이끌고 앞으로 나아갔다.

한편 조휴는 주방에게 군사를 이끌고 나아가도록 했다. 어느 정도 갔을 때 조휴가 주방을 돌아보았다.

"저 앞쪽은 어디요?"

주방이 대답했다.

"앞쪽은 석정이라 하는데, 군사가 머물 만합니다."

조휴는 그 말을 좇아 대군을 석정으로 끌고 가 머물게 하였다. 수레며 무기도 모두 그곳에 옮겨다 두었다.

다음 날 염탐꾼이 와서 보고했다.

"앞쪽에 있는 오군이 얼마나 되는지는 모르겠으나 산어귀를 막고 지키고 있습니다."

조휴는 소스라치게 놀랐다.

"주방 말로는 군사가 없다고 했는데 어떻게 알고 미리 지키고 있단 말이냐?"

조휴는 확인을 위해 주방을 급히 찾았다. 그러나 주방이 부하 수십 명을 이끌고 어디론가 가버렸다는 보고가 들어왔다.

조휴는 어이없었다.

"내가 적의 꾀에 속고 말았구나! 하지만 그렇다고 해서 뭘 무서워하겠느냐!"

조휴는 대장 장보를 시켜 앞장서서 군사 수천 명을 이끌고 나가 오군과 싸우도록 했다. 양쪽 군사가 서로 마주 보며 둥글게 진을 펼치고 나자 장보가 말을 타고 나가 꾸짖었다.

"적의 장수는 빨리 나와 항복하라!"

서성이 말을 타고 나와 맞았다. 그러나 장보는 서성을 해볼 수 없어 몇 합 싸우다 말고 말 머리를 돌려 군사를 거두어 돌아갔다. 장보는 조휴에게 서성이 워낙 씩씩해서 해볼 수가 없더라고 말했다.

조휴가 말했다.

"그렇다면 군사를 몰래 움직여 들이쳐서 이기는 수밖에 없다."

조휴는 장보더러 군사 2만 명을 이끌고 석정 남쪽에 가서 숨어 있으라 했다. 또 설교도 군사 2만 명을 이끌고 석정 북쪽으로 가서 숨어 있도록 했다.

"내일 내가 직접 군사 천 명을 이끌고 나가 싸움을 건 뒤 거짓으로 진 척하고서 달아나 적을 북산 앞까지 꾀어오겠다. 쾅 소리를 신호 삼아 세 군데서 한꺼번에 들이치면 반드시 크게 이길 수 있다."

두 장수는 조휴가 이른 대로 하기 위해 해가 저물기를 기다렸다가 따로따로 군사 2만 명씩을 거느리고 가서 숨었다.

한편 육손은 주환과 전종을 불러 일렀다.

"그대 두 사람은 군사 삼만 명씩을 거느리고 석정 산길로 해서 조휴의 영채 뒤로 가 불을 질러 신호를 하시오. 내 직접 대군을 이끌고 가운데 길로 나아가겠소. 그렇게 하면 조휴를 사로잡을 수 있소."

해가 저물자 두 장수는 육손이 이른 대로 하기 위해 군사를 이끌고 나아갔다. 밤이 이슥해졌을 때 주환은 군사 한 무리를 이끌고 위군 영채 뒤에 이르렀는데, 숨어 있던 장보의 군사와 딱 마주쳤다. 장보는 오군인 줄 모르고 어디서 왔는지 물어보려다가 주환이 한 번 내리친 칼을 맞고 말 아래로 고꾸라져버렸다. 위군들은 달아나기 시작했다. 주환은 뒤쪽 군사들에게 불을 지르도록 했다.

이때 전종 역시 군사 한 무리를 이끌고 위군 영채 뒤에 이르렀다. 설교의 군사들이 있는 곳이었다. 전종은 군사를 몰아 한바탕 크게 들이쳤다. 설교는 싸움에 져 달아났다. 나머지 위군들도 크게 지고서 본부 영채로 쫓겨 돌아갔다.

주환과 전종은 두 갈래로 나누어 뒤쫓았다. 조휴의 영채는 큰 어지러움에 빠져 자기네들끼리 뒤섞인 채 치고받았다. 조휴는 급히 말에 올라 협석길을 바라고 달아났다. 그러나 서성이 대부대를 이끌고 큰길에서 마구 닥치는 대로 무찔러댔다. 위군 가운데에 죽어 나자빠지는 이는 이루 헤아릴 수 없이 많았다. 목숨을 건지려는 이들은 모두들 옷과 갑옷을 벗어던지고 달아났다.

조휴는 까무러치게 놀라 쩔쩔매다가 협석길로 죽을힘을 다해 말을 달렸다. 갑자기 사나운 범 같은 군사 한 무리가 좁다란 길에서 나타났다. 앞장선 대장을 보니 가규였다. 조휴는 놀란 가슴이 가라앉자 부끄러운 마음이 일었다.

"내가 공의 말을 듣지 않다가 과연 이렇게 지고 말았소!"

가규가 말했다.

"도독께서는 빨리 이 길로 해서 빠져나가십시오. 만약에 오군이 통나무나 돌로 막아버리면 우리는 모두 다 끝장입니다!"

조휴는 말을 몰아 마구 달리고 가규는 뒤를 끊었다. 가규는 숲이 우거지고 험한 샛길마다 무수한 깃발을 꽂아 군사가 많이 있는 듯이 꾸몄다. 서성은 열심히 뒤를 쫓아왔으나 산언덕마다 깃발이 펄럭이는 것을 보자 혹시라도 숨어 있는 군사가 있을까 싶어 두려워 뒤를 더 쫓지 못하고 군사를 거두어 돌아갔다. 이에 조휴는 가까스로 목숨을 건졌다. 사마의는 조휴가 싸움에 졌다는 소식을 듣자 군사를 이끌고 물러가버렸다.

이때 육손은 싸움에 이겼다는 보고를 기다리고 있었다. 얼마 지나지 않아 서성·주환·전종이 돌아왔다. 그들은 수레며, 소며, 말이며, 나귀에다가 군사 물자와 무기들을 셀 수 없을 만큼 잔뜩 가지고 왔다. 항복한 군사만도 수만 명이었다.

육손은 무척 좋아라 하며 곧바로 태수 주방과 여러 장수들과 함께 군사를 거두어 오로 돌아갔다. 오 임금 손권은 문무 벼슬아치들을 거느리고 무창성 밖까지 나와 맞은 뒤, 임금이 쓰는 해 가리개를 육손과 같이 쓰고서 들어갔다. 손권은 여러 장수들의 벼슬자리를 모두 높여주고 상도 내렸다.

손권은 주방의 머리털이 없는 것을 보고 다독거렸다.

"그대가 머리털을 잘라 큰일을 이루었소. 공을 널리 세운 그 이름, 마땅히 역사에 길이 남을 거요."

그러면서 주방을 바로 관내후로 삼고, 잔치를 크게 열어 군사들을 어루만지며 축하했다.

육손이 말했다.

"이번에 조휴가 크게 져서 위는 가슴이 철렁 내려앉았을 겁니다. 나라에서 편지를 하나 써서 서천으로 보내, 제갈량이 군사를 일으켜 위를 치도록 하십시오."

손권은 그 말을 받아들여 편지를 써서 서천으로 보냈다.

동오가 뛰어난 계획을 세워 펼치니

서천은 또 군사를 움직이게 되는구나

과연 제갈량이 다시 위를 치러 가면 이기고 짐이 어떻게

갈라질는지…….

박상률 완역 삼국지 8

ⓒ 박상률, 백남원, 2025

초판 1쇄 인쇄 | 2025년 10월 29일
초판 1쇄 발행 | 2025년 11월 6일

옮긴이 | 박상률
책임편집 | 배상현
콘텐츠 그룹 | 배상현, 김다미, 김아영, 박화인, 기소미
표지 디자인 | design R 이보람
본문 디자인 | 스튜디오 보글

펴낸이 | 전승환
펴낸곳 | 책 읽어주는 남자
신고번호 | 제2024-000099호
이메일 | bookpleaser@thebookman.co.kr

ISBN
979-11-93937-86-0 (세트)
979-11-93937-94-5 (04820)